T0245967

El celo

Sabina Urraca

El celo

ALFAGUARA

Papel certificado por el Forest Stewardship Council®

Primera edición: mayo de 2024

© 2024, Sabina Urraca
© 2024, Penguin Random House Grupo Editorial, S.A.U.
Travessera de Gràcia, 47-49. 08021 Barcelona

Proyecto realizado con la Beca Leonardo a Investigadores y Creadores
Culturales 2022 de la Fundación BBVA.

Fundación

Printed in Spain – Impreso en España

ISBN: 978-84-204-7688-9
Depósito legal: B-4475-2024

Compuesto en Arca Edinet, S. L.
Impreso en Unigraf, Móstoles (Madrid)

AL76889

Para Choche y Murcia, por aparecerse

2.10. Heridas y llagas
Se unta la parte afectada con aceite de pardela. Es también
bueno para las llagas dárselas de lamer a un perro.

DOMINGO GARCÍA BARBUZANO,
Prácticas y creencias de una santiguadora canaria

Leí un cuento de Afanassiev, El vampiro, *y me pregunté*
por qué Marusia, que tenía miedo del vampiro, se
obstinaba en negar lo que había visto, aun sabiendo
que denominarlo significaba para ella la salvación.

MARINA TSVIETÁIEVA,
El poeta y el tiempo

¿Qué necesidad hay de diablo cuando basta la persona?

HENRI MICHAUX

Uno
Los cordones

La Perra empieza a sangrar. Deja lamparones rojos en el suelo del metro, en el sofá, motea el suelo de la casa. Empiezan a seguirla perros de todo el barrio. De otros barrios. Se le extravía la mirada. Dentro de ella, algo empieza a fermentar. No come. Bebe lo justo para sostener ese nervio vivo que la llevará, en un par de semanas, a ser otra distinta, a querer ser otra con otros, a querer ser muchos perros más.

En el blog *Amo a mi mascota*:

El sangrado de tu perrita durará un máximo de catorce días. En este tiempo, a pesar de que los machos empezarán a interesarse por ella, es probable que la perra aún no se muestre dispuesta.

Debajo del texto aparece la ilustración de una perra con ojos de cachorro inocente y un lazo rojo en la cabeza.

En el parque, junto al río, un señor con una furia de años se acerca mucho mucho a la cara de la Humana. Si la Humana fuese un hombre, la habría agarrado de la pechera. Pero no es. El señor lleva una chaqueta de cuero cuarteada y un gorro del Atleti lleno de bolitas. Le dice:

Mirabonita: si mi Mirko - le huele - el coño - a tu perra - y cruza la calle - y lo pilla un coche - y lo mata - la próxima vez que nos veamos no-va-a-ser-agradable-ya-me-entiendes.

El aliento del señor es el cuchillo de un bandido que ha estado partiendo ajos. Pero el peligro para el mundo no es él. Por lo visto el delito es la bicha loca, la criatura suelta, la Perra esparciendo feromonas. Soltando muerte coño abajo. La Humana pide perdón. Se disculpa y tiembla como en la guardería, después de haber robado un muñequito precioso, diminuto, de boca roja, después de haberse metido el muñequito primero en el bolsillo, luego en la boca, luego en el culo, para que no la pillaran, después de haber sido descubierta y obligada a sentarse en un orinal y no levantarse hasta que hubiese cagado el muñequito. Ahora tiene treintaidós. Le parece haber sido veinte distintas desde entonces, pero esta pequeñez repentina, el miedo bajando como un pis de hielo ante cualquier voz que hable desde arriba son iguales que cuando el muñequito.

Por la noche, de nuevo en el parque, otro señor. Tiene tres perritos diminutos: abuelo, padre e hijo. Bichos tristes que necesitan ayuda para reproducirse, para parir, para respirar. Dos de ellos llevan pajarita. Liliputienses de gala, ahogados en su propio aliento tras varios días de fiesta. Para aparearse con la Perra tendrían que treparse unos sobre otros. La abuela, madre e hija, amante de los tres, todos los cargos familiares juntos en una sola perra, murió hace dos años, le dice el señor. *Se puso gorda como un tonel. No le cabía ninguno de sus vestidos. Tenía nueve.* El señor viste polo negro, pantalones cortos negros. Fuma tabaco negro. Al señor le gustan los hombres, pero nunca ha follado con uno. Quizá ni siquiera sabe que le gustan los hombres. Es eso lo que huele la Humana en esos sesenta años mal llevados, el crujido que ve en su ceño oscuro: un celo jamás agotado, amargo ya. El perro hijo se acerca a la Perra intentando *lamer encaramarse multiplicarse*. Al señor se le envenena el gesto.

Nerón deja a la perrita.

Nerón no la molestes.
Nerón ¿qué te estoy diciendo?

Finalmente se enfurece, el perrito casi ahogado por el tirón de correa.

Nerón DÉJALA EL CRISPI.

Hace unos meses que la Humana vive en un bajo, un piso diminuto en los edificios amarillos junto al río, esos bloques al sur de la ciudad que se construyeron hace casi cien años para alojar a los trabajadores del antiguo matadero. Frente a la que ahora es su casa paseaban medio desmayados los bebedores de sangre, enfermos que hacían cola para recibir un vaso de líquido vital aún tibio, exprimido del cuerpo recién muerto del animal. Antes vivía sola. Ahora con la Perra. Orejas puntiagudas, pelo negro. Cuando está a punto de ser guapa, le sobresale un diente de abajo. Perros sacatapas. Así llamaba la Abuela a los chuchos mil leches, más cerca de las ratas que de los lobos, en los que la mandíbula de abajo ganaba a la de arriba. La recuerda visitando el pueblo en verano, vestida de señora de ciudad, el cardado impecable, como una Sofía Loren chaparra y arisca, ahuyentando a un grupo de perros que iba tras las tortas de manteca ocultas en el bolso, tras los dedos manchados de azúcar de la nieta blanda. *Quita demonio.* *Quita demonio,* espantando la miseria de su infancia, descalza por esas mismas calles. Los huesos de sus pies deformados, ahora en tacones bajos marrón oscuro, presionaban el cuero, como queriendo romper y salir a dar con la tierra antigua. *Estos pies endemoniados que tengo.* Y la parada en la fuente, a recolocar la plantilla cuando no pasara nadie. *Tú no mires vuélvete.* La nieta girada hacia el pueblo de adobe, imaginando los pies de la Abuela, oyendo su quejido. *Endemoniados endemoniados.* Sólo iban de visita tres veces cada verano, bien repartidas a lo largo de los tres

13

meses de vacaciones. El Abuelo evadía el teatrillo social. Las dejaba con el coche en la entrada del pueblo. MILAGROS en letras negras sobre el cartel oxidado. A veces, ya enfilando la calle central, a la Abuela empezaban a temblarle los labios, los párpados. *Creo yo que me está bajando el azúcar.* Les echaban las tortas desmigadas a los perros y tomaban el camino hacia la ermita, rodeado de campos de cultivo, para que la Abuela pudiese descansar. Quedaba temblando, apoyada en una alpaca de paja. Comía, uno tras otro, terrones que sacaba del bolso. La Humana repasaba con una vara el trigal recién segado, espantando el miedo de la Abuela a las culebras. La Abuela crujía el azúcar en el carrillo. Señalaba el camino. *Por aquí iba yo más chica que tú con la hogaza para el santo. Sin nada en los pies.* La Humana ponía la cara de espanto que a la Abuela le gustaba que pusiera. *No pongas esa cara, que era muy bonito. Había que llevar la hogaza más grande que hiciera tu madre.* Atronaban las chicharras. La Humana se quitaba las zapatillas blancas de loneta y posaba los pies tiernos en la vereda. Exploraba el daño de la Abuela niña. *Íbamos descalzas por la nieve, porque era en enero. Todas las más pequeñas. Si te nacía otra hermana, ya no tenías que ir. Cuando supo caminar la Quina yo ya no fui más. Y cuando nació la Valvanera tampoco fue más la Quina.*

A veces llegaban hasta la puerta de la casa, pero una vez allí no las dejaban entrar porque la Quina estaba mala. *Ya sabes que cuando se pone así no es bonito de ver*, decía Valvanera, nariz de pájaro, dos dientes a faltar, cerrándoles el paso. Ya en el trigal, esperando al Abuelo, la Abuela se cubría fuerte la boca para taponar el llanto. Sonaba a vaca que pide desde un pozo. La Humana no miraba por un pudor sólido como una torta de manteca. Le agarraba la mano, pero ponía la vista en la carretera. A veces esperaban media hora, a veces menos, hasta que el coche del Abuelo aparecía por el camino vibrante de calor, entre los campos agostados. Las llevaba a comer a Las Aguas 1 —RESTORÁN escrito en gruesas letras rojas de pintura abultada—, donde la Abuela, mientras se le apagaba el temblor, tomaba solamente leche frita y moscatel. Después volvían a la casa de veraneo de los abuelos, pequeña, pero con terraza, toldo y muebles de pino comprados en Almacenes Astorga. Juegos Reunidos bajo la mesita del salón, ediciones manoseadas de Torres de Malory con el nombre de la madre o la tía Silvia en la primera página y una piscina central que compartían todos los vecinos. Por las noches, la Abuela fumaba unos puritos que se llamaban señoritas. La casa la habían comprado en los sesenta, lo suficientemente cerca del pueblo de origen para decir *este verano vamos al pueblo.* Y lo suficientemente lejos del pueblo para no veranear en el pueblo, para que la Abuela no temblase y pudiese intentar ir al pueblo. A veces conseguían completar la visita, entrar a la casa, fresca y con suelo de cemento. Un zapato viejo de hombre calzaba la puerta entreabierta. *Así entra el aire.* Frases y actos tan repetidos que perdían significado. ¿Por qué no abrían las ventanas? Quina y Valvanera les ofrecían café en unos pocillos azules y les hablaban de tierras, dinero y muerte. La Abuela asentía humilde, como si les debiera algo. La chaqueta, el cardado y el collar de perlas se volvían lo que eran: un disfraz.

También a la Humana le pasa como a la Perra, como a los perros de Milagros: cuando está a punto de ser un poco guapa, le asoma la tristeza como un colmillo. Le asoma el dolor en las tetas enormes y llenas de estrías. Heridas hechas de a poquito, carne que crece desde dentro contando una historia. Le gustaría ir a una bruja de esas que anuncian los papelitos en los parabrisas de toda la ciudad, subirse la camiseta, enseñarle el entramado de líneas moradas y blancas, y preguntarle *qué dice aquí qué está escrito cuándo va a llegar el final tenía razón él.* Que le lean las estrías de las tetas como quien lee los posos del café.

Tuvo una amiga argentina que vivía en Madrid. La abuela de su amiga, ofendida porque su nieta se hubiese salido del cerco feroz de la familia y el pueblo, la llamaba por teléfono desde Catamarca y se regocijaba con sus penurias españolas. Papeleos infernales, precariedad, desamor, verrugas genitales que al final resultaban ser virus del papiloma humano: ese manantial calmaba la sed de la abuela. La llamaba cada vez más a menudo. Al final ni saludaba. Decía regocijada *contame contame qué cositas malas te están pasando por Europa.*

La Humana vive ahora en un continuo repaso de sus cositas malas. Cada nueva cosita le hace doler más las tetas, alforjas que portan el peso de todo lo anterior. Y no le queda una sola abuela mala a la que contarle.

La Perra, incapaz de dormir, de detenerse un momento para dejar de ansiar, empieza a lamerle los pies con una insistencia maniática. Por primera vez, la deja hacer. Su lengua rosa se cuela entre los dedos, insiste en las uñas, se centra durante un rato en el empeine, en un punto concreto, y luego vuelve a repasar el pie entero. En la pantalla del ordenador, mil foros abiertos. La Humana pregunta al oráculo en busca de una balsa firme, algo de compañía en medio del lodazal. La Perra sigue lamiéndole los pies, insistiendo en los talones. En los últimos tiempos la Humana evita observar su cuerpo. Es un vehículo que la transporta a sitios, que traiciona, se desmaya y duele. Nada más que eso. Pero ahora la atención de la Perra sobre sus pies hace que los mire como si los viese por primera vez después de mucho tiempo. Y allí están: los talones y toda la planta, endurecidos, callosos, como si el cuerpo hubiese fabricado una suela para ellos. La capa de piel ha crecido sobre la suciedad, manteniéndola intacta. Vitrina de museo, tatuaje indeleble. El pasado atrapado en los talones, igual que la Abuela. Pero esa tierra enjaulada, el encierro que su anatomía impone, le da menos miedo ahí atrapada. Prefiere observar a la bestia del pasado antes que tocarla. La Perra, espoleada por esa suciedad sabrosa imposible de atrapar, lame los talones cada vez con más desesperación. La Humana siente la lija de la lengua volverse colmillo. Se sobresalta. Es siempre así en los últimos meses: su sistema nervioso es tan frágil que un pequeño ruido la lleva de un salto al otro lado de la habitación. Los dientes de la Perra en el talón la ponen sobre aviso. Su instinto de sobreprotección se afila. Al fin y al cabo, no deja de ser una bestia salvaje, otro animal del que protegerse. En un acto reflejo, la pierna de la Humana se estira y empuja a la Perra, que sale disparada hacia el mueble de enfrente. Su cuerpo golpea contra la esquina. No chilla, no se queja. Le lanza una mirada de desconcierto. La Humana tiembla. Como siempre le sucede tras el sobresalto, no entiende qué es lo que ha hecho. Se le encoge el alma. Le gustaría pedirle perdón, consolarla, explicarle, llamarla por un nombre. En realidad, ya ha pensado su nombre, lo ha pensado mil veces, y al mismo tiempo ha manoteado sobre él para emborronarlo, porque no tiene sentido ponerle nombre a nada. Le parece absurda cualquier proyección de futuro. Cremas antienvejecimiento, detergentes que mantienen los colores de la ropa, un protector para la pantalla del teléfono. Si ella no tuviese nombre tampoco se pondría ninguno.

Cuando tiene que llamar a la Perra, lo hace silbando, como le enseñó el Abuelo. *Hay que chiflar distinto si las ovejas están lejos que si se quiere que vayan más despacio en careo. Cuanto más lejos estén más recio, ¿ves? Así. A mí de pequeño se me oía a kilómetros. Ahora me cuesta más.*

Abre el periódico que cada día le dejan al vecino viejo de al lado en la puerta, y que se va acumulando sin que nadie lo coja hasta que limpian el portal. Lee:

*Hoy un cazador de veintidós años que participaba
en una batida para matar jabalíes en los Alpes ha matado por error a un ciclista de cuarenta al confundirlo con
un animal.*

La Perra es de un color pasmado, con calvas aquí y
allá, sin brillo. El cuerpo es atlético, pero tiembla. Ni grande ni pequeña. Huele las esquinas de la casa. Los primeros
días le daba miedo bajar y subir escaleras, entrar en espacios
cerrados. Miraba el marco de las puertas con precaución,
como si estuviese entrando en una nave espacial. Su pelo
negro quemado revelaba intemperie, ni una sola techum-
bre en su vida tan corta. Cuando la encontró, estaba tan
destrozada que la Humana pensó que recogía un trapillo
viejo que viviría con ella sus últimos años de vida. En su
amargor, la cosa le sonó dulce: un talismán de orejas mor-
didas para acompañarse mutuamente hasta el final, muy
próximo. Días después, el veterinario tasó sus dientes, pequeños como granos de arroz partidos a la mitad, y dijo *un
año poco más tendrá*. El culo de la Perra era una fuente de
lombrices. El veterinario abrazó a la Humana pensando
que estaba arrasada por la emoción de la caridad, pero el
shock era otro: no saber qué hacer con tanto tiempo de
perra por delante. El veterinario le apretaba el cuerpo, las
tetas globos llenos de daño, mientras con la mano le daba
golpecitos paternales en la espalda. Un beso en el pelo. *Es
muy bonito lo que estás haciendo.* Le explicó que las tabletas
antiparasitarias podían provocar unos días de estreñimien-
to. Lombrices que se quieren alojar un par de días más en
el hotel y se agarran fuerte a las tripas. *Vas a ver que lo echa
todo y se queda sanita.*

La noche que encontró a la Perra, la Humana había
tomado mdma. El efecto de esta droga produce una reac-
ción similar a la de la oxitocina que segregan las mujeres al
dar a luz: amor desbordante, un mundo mullido. Esa sen-

sación hace que la madre, aunque dé a luz a un monstruo acuclillada entre unas ruinas, ame instantáneamente a la criatura. El organismo droga a la recién parida para que quiera a su bebé y relativice cualquier horror del entorno. En términos salvajes, ¿por qué iba alguien a tener clemencia con un ser que le ha dejado el cuerpo como un globo roto? Una de las razones es el imperativo cultural, la tradición de amar a tu bebé. La otra, la oxitocina.

Actualmente, en Estados Unidos, el ensayo clínico sobre terapia asistida con mdma se encuentra en la última etapa que debe pasar un tratamiento experimental antes de ser aprobado. Se usa principalmente para tratar trastornos de estrés postraumático. La noche del encuentro con la Perra, la Humana nadaba en éxtasis para descansar por un momento de patalear en el fango. Por supuesto, su consumo estaba fuera de cualquier programa terapéutico. Era una toma no pautada e ilegal, en una rave al sur de la ciudad. Nadie controla lo que toma la Humana, nadie sabe de qué forma le sirve lo que toma, porque tampoco nadie sabe exactamente lo que le ha pasado. Ha vuelto a la ciudad después de un año en el campo, con muy pocas cosas, lo que cabría intuir una huida, pero ya se ocupa ella de que nadie lo intuya. Si se tropieza con algún conocido, muestra todos los dientes posibles en una sonrisa radiante que en realidad es esa mueca grotesca de algunos perros de youtube cuando se han comido todos los muffins y pretenden ocultarlo frente a su dueño, que se acerca con el móvil, deseoso de grabar el miedo.

La dosis de esa noche la había conducido a un claro luminoso del bosque oscuro de adentro. Sabía que el efecto pasaría, pero intentaba apretarse contra la sensación burbujeante, antigua: *Era esto, así era esto antes, antes de.* Abría una y otra vez el atadito de plástico, mojaba el dedo en el polvo color vainilla, lo chupaba como una teta de loba cuya leche diera fuerzas para construir una ciudad que dominará el mundo. Se le acercó una chica. La muchacha estaba hambrienta por saber. Resulta que una amiga suya le había contado que alguien le había contado que otro le había contado que. La Humana miró a la chica, vio su bigote aterciopelado, no disimulado, e intuyó un salvajismo común. Habló porque necesitaba tumbarse, que le entablillaran y vendaran todas las partes posibles. Habló porque chupar mdma la ayudaba a pensar que el mundo era bueno, y el bigote le pareció una camilla mullida. Desmayó el cerebro y dejó que brotara. Pero hay cosas que no se pueden ni preguntar ni contar en una noche, en una fiesta. El gesto de la chica volviéndose amargo, escéptico. *No sé, me parece rarísimo. No entiendo por qué no te fuiste.* Un cierto desprecio en la voz, una red a medio zurcir para un cuerpo que salta al vacío. Los ojos duros, fríos. *A mí lo que me han contado es otra cosa.* El bigote de pronto casi ni se veía, estaba decolorado con Andina. Quizá no existía, y lanzarse a él había sido un salto al suelo desnudo. La Humana sintió un coágulo de miedo taponándole los sentidos, pero la droga se ocupó de diluirlo. Saltó con deportividad por encima de ese bigote que se retorcía de ganas de llamarla mentirosa. La chica quedó ahí, defendiendo el honor de él, con su sed de cotilleo saciada, mientras las luces estroboscópicas arrancaban destellos de su bigote ahora rosa ahora azul ahora verde ahora morado, morado desvaído, morado tono *hermana, yo no te creo nada.* La Humana siguió bailando. El mdma conseguía esas cosas.

En términos terapéuticos lo explican así: al pasar el efecto de la droga, lo más probable es que el paciente vuelva a estar deprimido. Pero durante su viaje de éxtasis ha vuelto a conocer la sensación de felicidad, la tiene reciente. Es decir, que el camino para retornar a ese punto, hasta entonces lleno de maleza, está ahora recién desbrozado por los machetazos certeros de la droga. Sólo le queda al explorador andar de nuevo ese sendero, poniendo el pie en las huellas frescas de sus propias pisadas en el barro, ignorando a los tucanes desplumados que graznan detrás, en la selva oscura que abandona.

La Humana abre el periódico y sigue leyendo:

La familia del ciclista muerto a tiros por error, confundido con un jabalí, no se sorprendió demasiado al saber la noticia. El ciclista llevaba años alejado de ellos.

Deja el periódico. Piensa en su padre, en el que nunca piensa, que vive en un pueblo de Almería, y con el que no habla por teléfono desde hace tres años, en un pacto tácito y mutuo de comodidad para todos. En la época en la que se veían era porque él viajaba por trabajo a la isla. Concertaban una cita que terminaba siendo como una entrevista de trabajo en la que los dos eran los aspirantes al puesto, pero en realidad ninguno quería el trabajo. La sangre no tira, nunca tiró. Imagina a su madre, lejos, en la isla. En su cabeza aparece junto al mar, porque desde que se jubiló va cada día a la playa. La ve enterándose de la noticia de su muerte. *Mi hija mi hijaaaa.* El ruido de las olas no deja oír sus gritos de dolor. Sus amigas jubiladas la arrastran hasta el bar del paseo marítimo para darle un vaso de agua. Y, sin embargo, hace un par de semanas, cuando intentó hablar con ella de lo que le está pasando, chocando con las palabras que no quería decir, intentando no contar más de la cuenta, la frase de la Madre la atropelló. *Es que. Hija. Pareces tonta.* Le parecía que estaba viendo sus ojos negros, ninguna diferencia entre el iris y la pupila, líquidos, enormes, muy abiertos. *¡Tus ojos me dan miedo!* Se lo gritó de muy pequeña, después de recibir una reprimenda. Y salió corriendo. La Madre no podía parar de reír.

Junto con las delicias de la jubilación, la Madre ha descubierto que tiene el tipo de sangre de los cazadores. Se lo ha dicho una nutricionista. Nada de cereales. Carne, pescado, sólo algunas verduras. Agua. La Madre devora cortezas de cerdo con el teléfono sujeto entre el hombro y la barbilla. *Me encuentro mejor que nunca. Pienso mejor.* El nuevo tono de voz de la Humana, un susurro en descenso, se ahoga en el crujir de las cortezas. Qué boca entusiasmada la de su madre. *¡Anímate mujer! No seas boba.* Y a la Humana esa última palabra le hace doler, le hace latir esas tremendas *boobs*, esas tetas de boba que cada dos o tres días expulsan un suerillo ácido. *¿Y leche materna puedes tomar mamá?* La frase encuentra su lugar entre cruje y cruje. La Madre ríe, la hija ríe imitando una risa de antaño, como una grabación enlatada y guardada. La Madre se cree la risa. Le dice que la quiere mucho. Cuelga.

La Perra apareció tras la cima de un montículo mientras la rave rugía. La Humana vio bajar su figurilla oscura, sortear personas, olisquear. Cuando llegó a ella, aupó su cuerpo para apoyar las patas delanteras sobre sus piernas. Ahora se pregunta si su cerebro engañado por las sustancias fabricó la escena límpida, con estrellitas parpadeando. *Strong hands on my hips is the first thing I remember.* La voz dulce, plena de vocoders, de una sueca que finge ser una geisha que finge ser una niña, entrelazándose con el retumbar de la música. El organismo drogado de la Humana quedó cosido a la Perra como el de la parturienta al niño que le acaba de salir de las tripas. La oxitocina como una uña afilada escribiendo en la carne tierna: *Salvar, no abandonar en el bosque, querer.* La magia duró un par de días más. Después empezó a esfumarse. La Humana no sabe si quiere recorrer otra vez el camino, no sabe si está dispuesta a recoger las miguitas que la lleven de nuevo a querer a ese animal. Esa bicha de caminar de caballo diminuto que, al principio, por la calle, se giraba cada cuatro pasos para ver si ella seguía ahí. Pero pronto, con esta nueva furia hormonal que comienza, la abandonará con tal de ser *olida lamida*. Estará dispuesta a cruzar calles con coches zumbando, dejarse aplastar por un camión, sin perder de vista la posibilidad, al otro lado de la carretera, de *ser ensartada impregnada*. La Humana siente una furia extraña, no sabe hacia quién. Hace no tanto, ella cruzó sin mirar calles con coches zumbando, llamada por la fragancia intoxicante de un amor. Le duele el cuerpo como si la hubiesen atropellado varias veces. Los coches, jugadores de un rugby fatal; ella, una pelota desmadejada y hambrienta que no cejaba en su intento de cruzar, olisqueando lo que estaba al otro lado. En el pueblo de sus abuelos había un hombre que atropellaba un poco a los perros, sólo un toquecito, sin llegar a matarlos, haciéndoles el daño justo para que les cogieran miedo a los coches.

A veces se asusta al recordar de pronto que hace semanas que ha encontrado una Perra y ahora vive con ella. En la chica del bigote mullido intenta no pensar. Se gira de golpe en la cama y mira el trozo de casa que queda a la vista. Y la Perra, quizá alertada por su falta de confianza, está siempre ahí, mirándola muy atenta, tumbada en el único rayo de sol que entra en la casa, con la sombra de la higuera que brota mágicamente en el jardín interior de la vecindad proyectada en su cuerpo gastado. Las hojas bíblicas del árbol acarician su lomo. La Humana aún no es capaz.

El primer día, cuando llegaron a casa, se vio de pronto frente a frente con ella, en la cocina. Dos especies animales en dos metros cuadrados de luz blanca de bajo consumo. Fuera empezaba a amanecer. La Perra se sentó en mitad de la cocina, mirándola fijamente. Ella le hizo una tortilla francesa. Esa tortilla era una muestra del primer contacto entre el científico y el extraterrestre, el encuentro con un ser al que estudiar y observar con extrañeza, ofrecerle objetos y ver qué hace con ellos. Le hizo aquella tortilla porque las tortillas francesas de queso y cornflakes son de lo poco que la ata a la vida ahora mismo. La Perra tragaba y le brillaban los ojos saltones. Se relamía una y otra vez, repasando con la lengua su hocico fino. Cuando terminó, pasó una hora buscando más tortillas francesas que brotaran del suelo. Intentaba escarbarlo, se sorprendía ante el chasquido de las uñas contra el falso parqué. No acudía a la Humana. Ni siquiera la relacionaba con aquel nuevo manjar que aún le manchaba los bigotes.

Ahora descansa con su pelo crespo estremecido, los ojos dorados a medio abrir. Así es el sueño de los que nunca han podido relajarse del todo: puro tremor. También la Humana pasa noches terribles, como si el Predicador la mirase mientras duerme.

Abre el periódico y lee un poco más:

El ciclista confundido con un jabalí tenía varias denuncias que no habían prosperado. Había violado a chicas de su pueblo y a varias familiares. Ellas denunciaron cuando el delito ya había prescrito.

Lo cierra de golpe.

Al ver la boca abierta de la Perra, los dientes brillando, piensa *vives con un animal que podría comerte, pero no te come.*
Después ve cómo la Perra la mira a ella, a veces asustándose ante su sombra humana: también la Perra sabe que vive con un animal que podría comérsela, pero que no se la come. Una cadena trófica sólo interrumpida por el posible amor. *No te como porque quiero que sigas estando aquí conmigo.* Eso, o algo parecido, le dijo el Predicador la primera noche, al despertar. Ella se reía, se reía.

El periódico sigue sobre la mesa, abierto por la misma página. Mientras los cornflakes y el huevo crujen en su boca, termina de leer:

«Lo mataron como a un animal porque eso es lo que era.
Un animal en celo», dijo la madre del ciclista a los medios.

Los edificios amarillos rezuman calor. Las calles reverberan. El río trae un hilo fino de agua. Las obras del antiguo matadero están detenidas. La ciudad espera a que alguien la mire de nuevo para poder existir, pero no hay nadie a esa hora. Vagando por las calles vacías, la Humana y la Perra parecen dos personas que se han salvado de una catástrofe y caminan juntas antes de que las metan a cada una en una ambulancia y no vuelvan a verse jamás. La correa es el único hilo que las comunica. Cada una olisquea el miedo por su cuenta.

Cosas que la Perra teme:
Los niños que no saben caminar del todo (como si esa zozobra indicase un peligro inminente).
Los líquidos que salen a presión de las cañerías. También las mangueras, serpientes imprevisibles.
Los patines en línea. Los otros no.
Mira las escobas con el lomo encrespado. En la revisión, el veterinario dijo que tenía contusiones en las costillas. Pero más tarde, cuando la Humana buscó en los papeles la confirmación de ese recuerdo, no lo encontró. Son tantos los recuerdos de los que duda.

Cosas que la Humana teme:
No puede decirlas.

Sólo duerme de puro agotamiento. La Perra la despierta husmeando su boca, lamiendo la saliva pastosa que se derrama sobre el cojín. Por primera vez, le da la pata, como solicitando algo urgente. La Humana ve la luz del atardecer, ya casi naranja, y echa cuentas: no ha sacado a la Perra desde el día anterior. El peso de la irresponsabilidad hilvana sus días. En su prisa por salir, ni siquiera se ata los cordones de las zapatillas. Y entonces, en medio de la calle, se agacha a anudarlos y sucede. Cae el último sol sobre su pelo rubio mal cortado. Su espalda fina se estremece. Los dedos se disponen a la coreografía como gusanitos obedientes, pero el movimiento se pierde en una bruma espesa. El cerebro queda columpiándose en un balancín con las cuerdas deshilachadas. No puede atarse los cordones.

Por darse tiempo mientras sigue en cuclillas, en medio del paso de cebra, asimilando las órdenes que se pierden en el sendero de la mente a las manos, se concentra en el latir de su corazón desbocado. Mira sus tetas doloridas, enormes desde los trece años, divinas durante tanto tiempo, inasumibles desde hace seis meses. Mira a la Perra, que tampoco entiende nada. El cuerpo de pelo negro se remueve, los ojos amarillos suplican, la correa se tensa, como diciendo *¿podemos seguir caminando, por favor? Están todos los olores ahí delante esperándonos. Quizá alguien quiera lamerme encaramarse multiplicarse conmigo.* En los últimos días le han empezado a brotar las texturas blandas y afelpadas de los cachorros. Asoman nuevas impaciencias. Tira y tira de la correa mientras la Humana intenta vencer los cordones desatados, sus manos y su cerebro de pronto inútiles. Intuye una mancha con motor acercándose al fondo de la calle. Una máquina de obra, con su cadencia de tren chuchú. Quizá la urgencia deshaga la confusión. ¿Cómo no va a poder hacerlo? Aprendió a los cuatro años, al lado de una fuente. *Se hace así y así este extremo encima del otro haces una «o» con uno pasas la otra lazada por encima. ¿Ves?* Enseñó a otros niños, a pesar de que ella era de octubre y ellos de enero o febrero. Pero ahora, detenida en el cruce de calles, no sabe ni por dónde se empieza a pensar. El camioncito cargado de bloques quiere pasar. Se incorpora y avanza renqueante para no pisar el cordón desatado. Se dice que ahora, ya a salvo en la acera, volverá a arrodillarse y lo conseguirá. Claro que sí. Pero, cuando se agacha, vuelve la bruma espesa. La Perra ha dejado de tirar de la correa.

Huele y lame los cordones como si fuesen carne en salsa. Todo lo sucio es sabroso. Y después sigue con ella, zapateando con sus uñas negras, hambrienta de ser *olida lamida ensartada*. Sin importarle nada que la Humana camine con los cordones sueltos y la sangre detenida dentro de las venas.

Va al médico. Claro que va al médico.

Señora el cuerpo duele es así, le decía el doctor hace muchos años a la Abuela. La Humana, entonces un cerebro tierno que bebía todo lo que pasaba cerca, tragó la información, bien obediente. Y, bien obediente, sólo ha ido al centro de salud en momentos de confusión suprema hacia los comportamientos de su cuerpo. Es decir, ahora. Y hace un mes. Y hace dos, y hace dos y medio, y hace tres. En cada visita ha balbuceado los males de la anterior y ha añadido uno más, como en esas canciones de campamento en las que había un hoyo en el fondo del mar, y en ese hoyo un palo y en el palo una rana y en la rana un ojo y en el ojo un pelo y en el pelo un piojo, y cada vez que se añadía un elemento se repetían todos los demás, mientras un niño mareado vomitaba al fondo del autobús y salpicaba a otro y todos gritaban.

Hoy espera en la sala llena de gente y ecos que rebotan en los techos altos. Hace diez años, el centro de salud era un mercado. Ahora las señoras que van a contar sus dolores gritan como cuando iban a por fruta. La salud se mide por kilos y magulladuras en la pulpa. La Humana las admira, tan deseosas de vivir bien. *Una ciruela pocha siempre vale para compota*, decía la Abuela mirándose los brazos pellejudos.

La Abuela nunca alzaba la voz en el médico, no se quejaba siquiera. Entraba en la consulta como si su presencia allí fuese una falta grave. Agachaba la cabeza, hacía lo posible por no molestar al doctor. Se apartaba el pelo con vergüenza para que él observara el hueco. Como si se estuviese quitando las bragas, pensaba la Humana niña. Nunca había visto a su abuela desnuda. *Quería* verla. El médico se lavaba las manos, palpaba la cabeza. *Siento algo raro*, decía la Abuela. Ni siquiera se atrevía a pronunciar dolor. *Usted tiene el cerebro desplazado pero no afectado así que lo único que puede hacer es dar gracias.* La Abuela se disculpaba ante el doctor, suspiraba, se llamaba tonta. *El cuerpo duele señora.* Ella bajaba la cabeza, cogía del bolso el cepillo redondo y se ahuecaba el pelo hasta tapar de nuevo la desnudez.

Cuando era pequeña, justo antes del *hasta mañana si dios quiere*, le pedía tocar el bache. La Abuela hacía como que se impacientaba, pero su rostro se iluminaba con algo parecido al orgullo mientras se acercaba a la cama, se sentaba en el borde y le ofrecía la cabeza. Tocar el bache era internar la mano en el cardado de pelo negro y avanzar, avanzar poco a poco hasta dar con el borde de la hondonada. Entonces llegaba el momento. Las dos sonreían mirándose a los ojos. Los dedos diminutos se aventuraban y caían en el hueco, hundiéndose dentro del cráneo. En el agujero la piel era fina y suave, sin pelo. Si apoyaba el dedo en el punto más profundo se podía sentir un latido, un bicho que bullía adentro. *Es que el cerebro se mueve cuando pienso qué te cres.*

Mi abuela tiene un agujero en la cabeza. Tenía siete años. Se acercaron expectantes, borrachos de azúcar en sus trajecitos de plaza en domingo, los dedos ardiendo por ver el horror, y ella formuló la pregunta con una sonrisa. La Abuela tomaba vermut con aceituna. Todas las señoras miraron. Al final de la pregunta, la Humana ya estaba sudando frío. La Abuela se levantó sin decir nada y se fue al baño. *Cómo me has hecho pasar esa vergüenza*, le dijo dos días después, cuando al fin le dirigió la palabra. Y ella entendió que era un secreto entre ellas dos.

Sólo una vez le pegó. La Humana tenía ya diez años. En la tele, un hombre con una traqueotomía hablaba de los efectos del tabaco en su vida. Intentaba no romper a llorar. La garganta perforada, esa voz de robot destemplado, eran algo mucho peor que lo de la Abuela. Sin embargo, aquel hombre lo contaba para toda España, tapándose el hueco con un pañuelito blanco. *¿Abuela el bache cómo te lo hiciste?* Silencio. *¿El hueco cómo?* El tortazo llegó como una tarea más del hogar. Después siguió planchando. Le temblaban las manos. Y ella entendió que era un secreto de su abuela sola.

Con el aujero este sólo tengo para agradecer, decía la Abuela en el médico, en esas construcciones confusas que la Humana repetía hasta que alguien le decía *eso no se dice así*. El médico agradecía, la Abuela agradecía el cerebro intacto, la Humana asentía. No le decía al doctor que a veces, en los tiempos muertos, mientras esperaban el autobús o en la cola de la frutería, mientras la Abuela miraba al vacío pensando en otra cosa, sus manos doblaban una toalla invisible o servían la nada en un plato de nada con un cucharón que nadie veía o colgaban una rebeca inexistente en una percha de aire. Un gesto maniático, como quien se muerde las uñas o se retuerce un mechón de pelo. No le decía al doctor, porque la Humana no sabía si la Abuela sabía, que a veces le servía para cenar un poco de arroz blanco con nocilla, un yogur con sal, un huevo frito con una naranja cortada en dados a modo de guarnición. La Humana niña comía y sonreía.

A la Humana no se le escapa que el médico no tiene tiempo para sus cositas malas, que la mira distraído, que le dice *es que estás muy nerviosa* como explicación a todo, sin ni siquiera preguntarle por qué está tan nerviosa. Si se lo preguntase, tampoco podría explicarlo. La consulta es pequeña, llena de los ruidos de afuera, absolutamente vacía del instrumental que ella siente que sería preciso para abrirla y extirparle lo malo. *Estáis nerviosas siempre las chicas*, le dice el médico. Sonríe paternal y osezno. *Las chicas.* Como si acabasen de darles la bofetada de la confirmación y estuviesen aún aturdidas. Como si bebiesen batido de vainilla y se les derramase un poquito por las comisuras al sonreír. Es bastante probable que la Humana haya comido más coños que el médico, si es que el médico ha comido alguno. Este puntal crece en su cerebro, la sostiene un momento y después se disuelve. Se recuerda a sí misma firme, vibrante, aunque sudando hielo, diciéndole eso mismo a un creativo que pretendía colarse en la campaña que ella se había ocupado de levantar, una infamia publicitaria que hablaba de mujeres y deseo para vender ropa interior a precios astronómicos. *En la campaña tendríamos que tener si no os importa que sea claro, alguien que supiese de eso del deseo hacia las mujeres*, dijo él, intentando hacerla a un lado. La Humana lo miró a los ojos de rata trepadora y le dijo *pues igual yo he comido más coños que tú*. Si ella fuese la de antes, habría enarbolado esa bandera sobre el médico, se la habría restregado por el hocico sucio. El mundo le ha enseñado cosas así: que para luchar contra un tipo repugnante lo único que puede hacer es volverse un tipo aún más repugnante.

Pero ya no tiene fuerzas para el juego del mundo. Se calla. Mira la boca del médico que se mueve, una boca como hecha de la misma goma que la pulsera del papa Benedicto XVI que lleva en la muñeca: *Yo siempre digo*, empieza el doctor. Esto ya se lo sabe la Humana, ya se lo han largado un ginecólogo o dos, con otras palabras, pero ofreciéndole en realidad la misma bolsa de basura agujereada que gotea un líquido tan podrido que quema la pierna. *Yo siempre digo*. Arranca la frase de nuevo y a la Humana empiezan a aparecerle ante los ojos unas luces blancas. A veces le sucede así, en situaciones de incomprensión. Siente que el precipicio entre lo que le ha pasado y lo que el mundo le responde es un barranco sin fondo. Que si el médico no se calla a ella se le van a desatar todos los cordones de adentro. *Teniendo hijos se quitan*. No es lo más terrible que ha oído. *Las tonterías*. Lleva unas cuantas de esas frases atravesadas en las tripas. Ir al médico es internarse en ese túnel humano, juego de campamento, atravesarlo lo más rápido posible recibiendo una sucesión de bofetadas. Tiene la sensación de que en cada visita parte de cero, que le pone delante los mismos juguetes que a cualquier treintañera desquiciada que aparece por allí. ¿Porque qué es el mundo, sino un desquiciadero para animales como ella? Toma un cubito de playa, una pala y un rastrillo, el mismo kit infantil de irrespeto, y venga a jugar al arenero, chicas, que estoy muy ocupado.

Su recuerdo nada hasta una playa soleada: hace años, un ginecólogo viejo que apestaba a tabaco negro la palpó por dentro con su mano enguantada. *Si te acuestas con muchos intenta al menos que sean de pedigrí. Y pasarlo muy bien.* Y los dos rieron, ella aprisionando y liberando los dedos de él, sus músculos vaginales contrayéndose de risa.

La Humana sabe que es un animal molesto para el médico, una perra que se retuerce y tiembla y no es capaz de fijar la mirada en un punto, un escarabajo pelotero que esconde un secreto dentro de su bola de mierda. Una lista de síntomas que no es capaz de contar del todo sin desvelar el centro. Pero, si ella se dispone a bajar sus defensas y confiar en alguien que lleva una pulsera que anuncia la visita a Madrid de Benedicto XVI, no entiende por qué él no es capaz de vislumbrar algo del peligro que la ronda. Lo cierto —piensa mientras lo mira teclear— es que la pulsera vaticana del médico sí que le ofrece un pequeñísimo consuelo. La traslada al verano de hace diez años en el que, después de una fiesta, absolutamente borracha y feliz, decidió dormir tumbada en un banco de plaza de España. Despertó justo a tiempo para ver los dedos malvas del amanecer arañando la ciudad vacía, y un grupo de aquellos adolescentes católicos que poblaban la ciudad intentando aparearse unos con otros de la manera más torpe. Dos lo habían conseguido, y follaban tras un arbusto con los polos blancos manchados de hierba, el pelito dorado de ella botando, él concentrándose y cerrando los ojos y pidiendo parar para no correrse demasiado pronto. A la Humana aún le ilusionaban el verano, la vida y tener la suerte de escuchar las palabras que le decía ella para poder seguir: *Piensa en perros*. Él se retorcía, apretaba los dientes, la hacía detenerse, se reía. *Piensa que te persiguen perros. Eso funciona, lo dice mi hermana.* Se reían los dos, paraban, y enseguida volvían a enzarzarse en el vaivén. La Humana era feliz, feliz de poder observar a aquellos otros animales cediendo al calor entre la hojarasca. Lo contó muchas veces en los siguientes años, cómo había visto follando a dos jóvenes católicos entre los arbustos de plaza de España, cómo relucían y se apretujaban sus polos con el nombre del papa bordado. Ahora ver a dos personas botando entre los arbustos le provocaría frío muscular, lucecitas frente a los ojos. La extrañeza de observar a alguien sumido en una actividad que ahora le resulta ajena. Como encontrarte por la calle a los ladrones vistiendo ropa y joyas que un día fueron tuyas. Cuerpo desvalijado.

Pero la pulsera del médico, que podría darle pista libre para una confesión sincera, es sólo un trozo de plástico que tardará en descomponerse mucho más que su dueño. Él está ya medio podrido. Chasquea la lengua y atiende en el ordenador algo que no es su historial ni es ella. La Humana quiere gritarle, pero últimamente incluso gritar es como buscar con demasiada insistencia una moneda que se ha extraviado. Y, además, ¿qué va a decirle? Mire, doctor, mírelas: mis tetas doloridas a punto de estallar. No puedo rozarme con nada, no encuentro la postura de dormir ni de estar despierta, a veces me pongo hielo, a veces me pongo hojas de col porque leí en internet que es bueno, aunque creo que la gente sólo lo dice porque las hojas de col tienen forma de teta vacía; a veces siento que tengo dentro de los conductos dos serpientes muy finas, o quizá una sola que empieza en una teta y termina en otra. Ayúdeme, doctor. Mire este hematoma del brazo que ya se empieza a borrar, mírelo. Se lo enseñé hace un mes y no lo miró, pero mírelo ahora. Yo no me lo hice, doctor. Yo sólo soñé que él me agarraba y me decía *estás ridícula*. Y me apretaba el brazo. Por la mañana desperté con esto: cinco pinceladas negras, las marcas de su mano. ¿Existen los súcubos, doctor? ¿O puede un organismo hacer aparecer en el cuerpo lo que está en la imaginación? Nadie estuvo esa noche en mi casa. Quiero una explicación científica que me calme. Y ahora, doctor, ahora también esto: me agacho y no puedo atarme los zapatos. Doctor, mi Abuela tenía algo que quizá es esto mismo que. Pero calla. Farfulla ansiedad, malestar, mareo. *El otro día me encontraba tan mal que ni atarme los cordones podía.* Lo formula con torpeza, es su culpa. *Es que. Hija. Eres tonta*, como le dijo la Madre cuando la Humana huyó del campo y la llamó para ser cachorra que se recoge de nuevo en el calor antiguo. Madre afilada, fiera, comiendo filetes poco hechos y quedándose en las fibras. Ya no hay en ella carne que pueda acoger su carne, nada del sedentarismo de recolectora de temores que apoltrona a la Humana. Y el médico, que no quiere más de lo que puede abarcar, y lo que puede abarcar es nada, se deja caer cómodamente sobre esa mala traducción: una chica de treintaidós años, nerviosa como todas las de su estilo (el doctor puede pulsar con su dedito, echar para atrás en su historial y llegar a las infecciones de transmisión sexual), bien enmarcada en el grupo de las merecedoras-de-cualquier-horror-que-les-pase, que no sabe ni dónde tiene la cabeza. Queda barrida a golpe de teléfono roto cualquier posibilidad de volante médico para neurología. Asoma en la cara del doctor una sonrisa bonachona que en realidad es de venganza. Al fin y al cabo —ahora sí que ha bajado en su historial y ha vislumbrado su pasado; lo ve en el brillo de sus gafas empañadas— ella está como está por vivir así.

Antes le resultaba casi enternecedora la estupidez de algunos médicos. Ella, a pesar de sus descalabros, era fuerte. Luchaba contra especímenes con cuernos y colmillos kilométricos. Recuerda a aquel fisioterapeuta. *Normal que te duelan las lumbares si es que vais por ahí meneando las caderas de una forma que no se puede.* Y se reía. Era joven, calvo, fuerte, sudaba, se quejaba de que las chicas con las que quedaba en el entonces recién nacido Tinder al final sólo lo querían como amigo, y apretaba, haciendo daño, sudando más, cuando lo contaba. *Meneando las caderas de una forma.* Ella se lo recomendaba a sus amigos: *Es maravilloso. Toda la fuerza de su frustración sexual puesta en un masaje.* Y se reían. La realidad es que se había quedado dormida en una fiesta en casa de un director de cine y se había despertado de madrugada, con el director intentando metérsela. Por suerte, las pastillas que tomaba para la tensión le ablandaban la erección. Esto le provocaba una furia que combatía entrechocando las caderas, la polla combada, los dientes apretados, contra el cuerpo dormido de la Humana. Despertó de golpe, lista para alcanzar la máxima tensión de la huida. Mientras bajaba las escaleras, sintió en la cintura la punzada de la gimnasia pasiva a la que había sido sometida. Aun así, era una época en la que la vida marchaba a golpe de un flautista tan animoso que no había manera de enredarse en demasiada angustia, sólo bailar como un ratón. En general, el temblor duraba lo que tardaban en servirle una caña para ella y otra para su amiga, a la que terminaría besando al final de la fiesta. ¿A quién no le había pasado algo como aquello? Más tarde se reirían como locas cuando la Humana contase lo de la polla doblada del director e imitase sus gruñidos, chocando sus caderas contra el culo de su amiga.

Pero ahora, con treintaidós, permanece muy quieta, aplastada por dentro, mientras el doctor cacharrea con el ordenador, llama al enfermero para que le traiga algo, resopla por cosas que no son ella. Ya sólo le queda esperar por el trámite final, el único emplasto de argamasa que hace más aguantables las goteras: la receta de ansiolíticos. El médico se pelea con el programa informático —*es que nos lo han cambiado*— para extenderle la receta. Se detiene cuando casi está terminando. Frunce el ceño. Se da cuenta de que hace menos de un mes que le recetó una caja. Le dice que es su deber anular la receta y remitirla a salud mental. *Mi deber*. Como si no fuese también su deber mirarla un momento a los ojos.

La Humana sabe que está haciendo trampas: si se supone que queda poco para su fin, ¿qué más le da que un daño cerebral haya desanudado los cables que regían sobre el atado de cordones? ¿Qué más le dan las tetas, los moratones del brazo que siguen apareciendo? Está llamando con las manos temblorosas a las puertas de La Medicina abrazando la misma lógica por la que una mujer con una enfermedad terminal a la que la ciencia ya no ofrece solución se arrastraría hasta el sótano de una curandera. La Humana, con el cuerpo enredado en quién sabe qué magia oscura, incapaz de no asustarse ante el avance de la maldición, necesita que la ciencia le ofrezca el bálsamo tranquilizador de la explicación lógica. Pero la ciencia a pie de calle sólo puede ofrecer cinco minutos por paciente y una cita con el psiquiatra de la seguridad social dentro de tres semanas. Sólo él podrá valorar la situación y recetarle más ansiolíticos.

Unidad de Salud Mental. La Humana sueña con un abrazo seguro, la ermita secreta en la que guarecerse. Sólo podría contarlo así, apretando mucho el rostro contra las tetas mullidas de una terapeuta, pegando la boca contra la carne de otra para que las palabras no se entendiesen. Así no estaría saltándose ningún pacto, no estaría hablando de más. ¿Cuentan como traición a un juramento las palabras dichas de forma que no se entiendan? Esa pregunta: ¿cae un árbol en el bosque si no hay nadie mirando? Ella es un mapache enfermo que ve la caída del árbol. O el propio árbol podrido. Mientras camina hacia la salida, envidia a las viejas que gritan sus dolores. Ojalá, como en un musical en el que todo el mundo sabe lo que le pasa a la protagonista, una de ellas se le acerque cantando y le deslice en el bolsillo una caja de orfidales para las tres semanas que le quedan por delante.

Sale del centro de salud lista para ir a resignarse a casa. Quiere y no quiere encontrarse a la Perra atada a la farola de enfrente. La lleva siempre consigo porque tiene pocas cosas y no quiere que se las rompa. Ha oído historias terribles sobre perros de la calle adoptados que abrían túneles de lado a lado de un sofá, huyendo de cautividad a cautividad. Aunque esta Perra sólo chupa, besa el suelo con dedicación hasta dejarlo tapizado de baba. Un día lamió uno a uno los cojines del sofá, como venerando ese nuevo confort caído del cielo. A veces, cuando entra en la tienda a comprar (siempre la tienda pequeña de la calle de al lado, nunca el supermercado: hay demasiada gente en el supermercado, y él siempre podría estar en el pasillo de al lado), la deja fuera, atada de cualquier forma, no cerca pero no lejos de la puerta, regalando la situación al azar. Cuando vuelve, el animal sigue ahí, atento. Hoy, fuera del centro de salud, un señor borracho y tierno la acaricia. El aliento a fruta fermentada, los ojos de un demonio recién llorado. *No ha movido la cabeza ni un poco, los ojitos fijos todo el rato en la puerta. Yo la he estado cuidando.* Se le ve orgulloso de haber podido hacerse cargo de algo durante media hora. Mira a la Perra, le revuelve el pelo negro y nuevo que le nace en las calvas. *Cómo quieres a la mami, ¿eh?* La Perra rehúye su mano con seriedad escolar para acercarse a la Humana. Fiel. La Humana teme estas frases que la atan. Huye de las señoras del parque que rompen a hablar con ella con sus perros grifones enredando las correas en su lucha por oler coño. *Es preciosa la tuya, ¿eh? A mí me dan la vida. Por ellos muero. Mi marido dice que un día los tira por la ventana, pero yo le digo que si hace eso yo voy detrás.* Hoy, junto al jardín de chopos del parque, camino a casa, el señor déjala-el-crispi, con los tres perros liliputienses a su vera, la saluda. Intenta esquivarlo; es imposible aguantarlo ahora mismo, sabiendo que sólo le quedan dos ansiolíticos y medio. Pero él es un muro firme. Se enreda en las mismas genealogías caninas de siempre mientras uno de sus perros se acerca a la Perra, inmensa a su lado. *Tenía otra igual que él, hermana suya, pero la embarazó y ella murió en el parto porque estas perras chicas no pueden parir solas hay que operarlas para sacárselos. Casi lo reviento de una patada cuando me dijo el veterinario que la perra no se iba a salvar pero qué le voy a hacer ya lo he perdonado y es que mi vida son estos perritos yo sin ellos me mataría.* Habla sin saber a quién habla, con la manía de los señores que morirán sin haber besado, esa inquina hacia sí mismos y el resto disparada en todas direcciones. Encabalga el aviso a su perro más chico para que pare de oler el coño de la Perra —*Nerónnn, ¿qué te he dicho?*— con la narración de una infancia mustia, el relato atropellado de una madre que lo hacía ir caminando durante una hora a comprar al mercado que a ella le gustaba, que lo tuvo seis meses en casa por un catarro. Y después, sin coger aire, se precipita a sus problemas de salud, indicándole la capacidad de funcionamiento de cada riñón y lamentándose de nuevo por su perrita muerta. *Aunque estaba bien gorda; ya no le servía ninguno de sus vestidos. Tenía veinte.* El otro día dijo nueve. Quizá el problema de la Humana sea que se acuerda de demasiadas cosas con demasiada exactitud. Todo el pasado duele en alguna parte del cuerpo. Ahora es un trapo mojado en agua caliente, ve luces delante de los ojos. La perorata la hace marearse de ola en ola sin llegar a hundirse. *¡Te he dicho que-la-dejes-el-crispi!* El señor agarra a Nerón del pellejo y lo levanta. Nerón se retuerce y lloriquea. Entonces la Humana da dos pasos, trastabilla, camina rápido hacia casa —correría, pero le duelen tanto las tetas— mientras su perra —no, no es su perra— la sigue, y el señor que tose y fuma y tose y fuma, la señala y grita alarmado:

¿Está en celo?

Un mail:

Si hablas bien de mí
Si hablas bien de mí
recibirás la paz, la salud y el amor

Dos
Los cuentos

> *Doctor, repuse yo, y me acerqué a él hasta que mi humo le quemara las mejillas, yo no soy más que un animal deseando dejar de serlo.*
>
> LINA MERUANE,
> *Sangre en el ojo*

Yo te conozco, tú tienes dos perras.
Esta de aquí y otra más vieja.

A esas horas el sol de mediodía cae de lleno sobre el pipicán, único parque vallado, seguro para la Perra. No hay perro a los pies del hombre ni más allá, pero él ha escogido ese lugar para sufrir el sol de julio. Arrastra una bolsa llena de latas, va tiznado de gris. Habla con la boca pastosa, pero no parece ebrio. Es como si la borrachera fuese un país, y al hombre, en unas vacaciones allí, se le hubiese pegado el acento para siempre.

¿Dónde tienes la otra? ¿Se te murió?

La Humana no le responde porque al principio no desentraña las palabras y luego ya es demasiado tarde para deshacer la confusión. Le sonríe nada más. No le dice que las dos perras son la misma perra, que antes era vieja vieja vieja y gastada, y que en un mes se ha transformado en una cachorra que no sabe cómo contener. La Perra arrastra a la Humana con una fuerza difícil de seguir. Como un lobo que tira de un trineo. El trineo vacío se va golpeando contra los peñascos. Al final sólo queda un palito atado a una cuerda y un animal que corre corre corre.

Hace unas semanas, cuando aún tenía el pelo quemado y las tetas alargadas y negras, obscenas, inexplicables en una perra tan chica —*es raro que haya parido tan joven pero quién sabe*, dijo el veterinario—, un niño la señaló en un paso de cebra: *Mira papá una perrita*. El padre estaba decidido a explicarle las verdades del mundo a su hijo. *No cariño mira. Es un macho. ¿Ves su pito?* La Humana se giró y confesó: *Es un pezón*.

Ascaris, Tricurideos y *Ancylostomas*. Poblaciones de parásitos queriendo ganar a la Perra desde dentro. Milbemax tabletas. Los ejércitos de gusanos finitos, la clásica lombriz de culo de niño, empiezan a desmayarse. Persisten unas babosas inauditas, planas y medio transparentes. Se agitan, protestan contra la mano de la Humana cuando recoge la caca con la bolsa. Vermix Forte monodosis. Las expulsa. A la Perra se le rellenan los ojos de dorado, surgen felpas, terciopelos. Todos los brillos del color negro bailan en su lomo. *Señora, ha llegado el tapicero*. La Humana no se explica cómo ha logrado arreglar *algo*. A *alguien*. Arreglarlo *tanto*. Demasiado. Porque la Perra, con el cuerpo restablecido, quiere más.

Llena de una alegría nueva, mueve el rabo y salpica las paredes de rojo. El sofá, cubierto por una sábana blanca, es un muestrario de estampaciones: coño de perra en tinta roja, exposición prolongada; coño de perra en tinta roja desvaída, exposición fugaz con gota central. Le compra unas bragas que contengan aquello. *No, rosas no las quiero*. La empleada de la tienda veterinaria le ofrece bragas menstruales con lazos y puntillas, toda la parafernalia humana para ocultar la incomodidad de un coño de perra que sangra y que, cuando pare de sangrar —esto ya es una voz que susurra, casi grita, dentro de la Humana—, se volverá un peligro. Finalmente se lleva unas negras, ajustables con velcro, con las correas de sujeción en eskái también negro, brillante. Ya en la calle, ve que su apuesta por la sobriedad ha sido un tobogán directo al pantano de la perversión. La gente las mira: una mujer en pijama que rezuma por los pezones y una perra en arnés de cuero negro con correas ajustadas. La Perra, embutida en sus nuevas bragas, se queda paralizada cada tres pasos. Estupefacta por esa nueva prenda que la atrapa. Como si la ocultación de su desnudez y sus fluidos la hubiesen sumido en una consciencia aberrante de su cuerpo. Por primera vez, la Perra podría comprender a la Humana.

Hace diez años que parecen cincuenta, la Humana hizo un máster en Barcelona. *Nuevas formas de publicidad: adaptación a un mundo nuevo.* Había algo sectario en aquel nombre, una cosa como de puertas divinas abriéndose. En cuanto los alumnos se conocieron y se emborracharon juntos, empezaron a llamarla *Nuevas formas de publicidad: adaptación a un mundo enfermo.* A final de curso, directamente decían *Mundo enfermo.* La Humana alquiló una habitación pequeña y bonita, muy barata. ¿Por qué nadie quería ese cuarto de la casa, al otro lado de un pasillo larguísimo, separado de los demás? No lo sabía. La ventana daba al zoo. Algarabía tropical a la hora de rellenar los comederos. Era bonito. Una vez se escapó un tití bigotudo, avisaron al vecindario. Lo encontraron escondido en un cubo de basura, apretando muy fuerte una moneda de euro entre sus manitas negras. En primavera, los jardines municipales estallaron en flores y la noche se volvió imposible. En las jaulas de felinos separaban a los machos y a las hembras para controlar la reproducción. El lamento de una leona desesperada por follar es una sirena de bomberos bronca, infinita. Una especie de aullido amplificado de esa gata siempre en celo que tenía un amigo suyo a los

41

catorce. La madre de su amigo masturbaba a la gata con un canutillo muy fino de papel mientras veían *Pesadilla antes de Navidad*. *Pobrecita mi niña no se alivia*. Finalmente, la familia soltó al animal en un descampado. Salió disparada, camino de la destrucción o la salvación. Pero no había descampado posible para las leonas del zoo. A la Humana se le iba la noche por ese túnel gritado, intentando terminar el trabajo de fin de curso, traducirlo al inglés, como requería el reglamento del máster. Llegaba a las clases diminuta de cansancio, arrastrándose como una niña partida por la mitad. Ahora ve ese mismo grito zoológico empezando a asomar en los ojos saltones y amarillos de la Perra.

Piensa, claro, en la esterilización. Clínicas. Ofertas. 250 euros en un hospital veterinario sórdido, con fotos desenfocadas. 400 euros en la Casa de los Animales Pequeños, una clínica consagrada a la ternura y la humanización animal. Imágenes de perras estupefactas con falditas escocesas y boinas con borla. Cuanto más baratas son las clínicas, más estridentes son los anuncios. ESTERILIZACIÓN escrito en grandes letras amarillas. Mal escrito. ESTRELIZACION. ESTEREOLIZACIÓN. 350 euros, aúllan los carteles luminosos de las clínicas veterinarias. Vaciarla. *A mí me vaciaron y aquí estoy*, dice una señora rubia del parque, dueña de dos bichones malteses con coleteros morados en la melena blanca. Brilla al sol la sombra verdiazul y rosa aplicada a manotazos en los ojos marrones de la señora. Un carnaval que oculta muchísimo miedo. Aspira fuerte el cigarro y suelta el humo. *Ya no lo quería para nada todo eso. Ahora estoy mejor así vaciadita. Limpia.* Lanza una carcajada.

En Núremberg, en 1828, apareció un adolescente extraño que dijo llamarse Kaspar Hauser. Hablaba con dificultad y daba señales de haber permanecido en cautividad, sin contacto humano, durante años. A Kaspar le dieron un caballo de juguete de papel maché. Nunca había visto la representación de un caballo, sólo caballos reales. Le dio de beber al juguete hasta que le deshizo el hocico. Pensando que la sed era inmensa, lo sumergió por completo en el agua. El caballo desapareció del todo. A la Humana, la Perra le parece un juguete fácilmente rompible. En inglés, castrar a una perra se dice *to get your dog fixed*. *To fix* significa «fijar, reparar, solucionar». Imagina a la Perra con la barriga afeitada y un costurón atravesándola, algo muerto en los ojos. No sabe qué le da más miedo, si el embarazo o la asfixia forzada de los instintos. De todos modos, tiene el dinero justo para sobrevivir los próximos meses. Las fuerzas para trabajar la han abandonado de una forma que le hace pensar que jamás volverán. Aparta la operación de su cabeza igual que la señora rubia del parque debe retirar cada noche de su rostro ese falso carnaval. Con un suspiro de agotamiento.

Le gusta un poco haber engordado al mismo tiempo que la Perra. Hay consuelo en dos cuerpos que cambian juntos. En el caso de la Perra es simple justicia: los huesos y el pellejo se rellenan de alimento y suspiros largos. El engorde de la Humana es casi lo contrario a una reparación. Comer y beber es una forma de estar detenida. Ha olvidado las formas en la mesa, los cánones de alimentación humana. No tapa la webcam del ordenador para que no la vean masturbarse, porque ni se le ocurre ponerse un dedo encima a sí misma. Pega un trozo de papel en el ojito de la cámara para que nadie la espíe comiendo sardinas directamente de la lata, el aceite chorreándole por la barbilla, los ojos de animal asustado. Queso y crema de orujo. Bromazepam 5 miligramos: le quedaban seis al fondo de un neceser; se los raciona hasta la cita con el psiquiatra. Mermelada con yogur y pipas peladas. Comer es la única manera de ser paciente en esa sala del temblor, alejada de todo lo que en un tiempo dio por supuesto. Saber atarse los cordones de los zapatos, por ejemplo. En realidad no sabe si sabe. Ni siquiera lo intenta porque le aterra no poder.

Un poco de arroz blanco coronado por una bola de nocilla. El dulzor atascado en el paladar. Ojalá se quedase allí para siempre, derritiéndose, consolando. La boca se le llena de emociones antiguas que no hacen ningún daño. Las manos de la Abuela enrollando chorizo alrededor de una onza de chocolate. La oscuridad se disipa mientras repite las comidas que le preparaba en sus últimos años buenos, cuando ya empezaba a quebrársele la cabeza, pero no del todo. Incluso los momentos más terribles de la Abuela estallan ahora en estampas llenas de luz. La Humana insomne piensa en uno de esos cromos luminosos, la trae rápido rápido rápido rápido al lienzo emborronado de su noche:

La Humana tiene seis años y ve la televisión completamente desnuda, entregada a su paz suprema: morderse las uñas de los pies, el cuerpo plegado sobre sí mismo, niña pescadilla que se come por abajo. Es el primer verano que la Madre se queda trabajando en la isla y la manda sola con sus abuelos a Las Aguas 3, ese pueblo de interior, reseco, con nombre de empresa constructora. A principios de los sesenta se construyeron viviendas nuevas, separadas en tres sectores de urbanización, en trigales inmensos. Se llenaron piscinas y se regaron céspedes, se pusieron farolillos y juegos de petanca, para que la gente que nació en los pueblos cercanos y tuvo que ir a medrar a la ciudad pudieran volver, ya medrados, y veranear lo suficientemente cerca, pero lejos, de esa pobreza antigua que aún les corroía. *¿Veraneas en Las Aguas 3? En Las Aguas 2. ¿Cuál es tu pueblo? Torrente de Arrúbal. ¿De Arriba? No. De Abajo. ¿Y el tuyo? Milagros.* La miraban extrañados. Milagros era ya entonces un pueblo fantasma en el que vivían menos de veinte personas. Nadie volvía a Milagros.

En los últimos años, una especie de rumor médico había arrastrado también a las urbanizaciones de veraneo a padres preocupados por una criatura que se les asfixiaba en los brazos cada invierno. Los plátanos de sombra arrojaban la humedad justa para que los niños que sufrían enfermedades respiratorias pudieran jugar sin enfermar. Todas las tardes se juntaban en el césped junto a la piscina las asmáticas, los atascados en flema. Corrían hasta donde se asfixiaban, saltaban hasta que a la del pitido en el pecho le pitaba el pecho. Nebulizador. Intercambiaban ventolines. La Humana niña probaba también la expansión respiratoria de esos jarabes. Mareo. Era de las únicas sanas, la más flexible; podía llevarse los pies a la boca y exponerse sin peligro a los gérmenes de las uñas de los pies. Eso era lo que estaba haciendo cuando apareció la Abuela en el quicio del salón. Mirada de reproche, de señora que lo quiere todo en su sitio, de vieja que años más tarde, cuando perdiese la cabeza del todo, haría torres con *trapos platos tenedores un bote de mayonesa*, escondería el dinero en la nevera, las medicinas dentro de los zapatos, las flores del parque dobladas pétalo a pétalo en el cajón de las bragas, imparable en su mandato de ordenar el mundo entero. Pero en ese momento su idea del orden aún se acoplaba a los cánones del mundo. Vio a la nieta arrojada a la barbaridad y no dudó un momento. *Si te muerdes las uñas.* La nieta no cejaba, aunque las palabras venían duras. *Si te muerdes las uñas de los pies.* Un trueno podría haber salido de esa boca. La Humana, diminuta, los ojos en la tele, el sabor *tibio íntimo sabroso bueno buenísimo* de sus propios pies llenándole la boca, la desnudez inconsciente. *Si te muerdes las uñas de los pies, te va a dar cáncer.*

Yo te conozco, tú tienes dos abuelas. Esta de aquí y otra más buena.

Sólo años más tarde entendería la Humana que no eran tanto las uñas de los pies en la boca como el cuerpo desnudo, la vulva diminuta inevitablemente abierta recibiendo la luz azul del televisor. *Si haces lo peor, sucederá lo peor.* En ese momento, una maldición así no significaba nada. Se olvidaba con una onza de chocolate envuelta en lonchas de jamón y queso. Ahora es distinto. Las maldiciones de ahora están empezando a cumplirse. Su parálisis frente a los cordones de los zapatos, esa nueva señal de que el mal definitivo se acerca, se le parece al escalón inmenso que veía crecer frente a la Abuela cuando empezó a confundir los nombres. *¿Quina?* Enseguida balbuceaba algo que no era nada. *¿Valvanera?* Una fuerza invisible detenía los lazos cerebrales que antes se hacían sin pensar.

Incluso cuando ya empezaba a hacer sopa con azúcar y la cama con ella dentro, la Abuela le contaba cuentos. *Decía* cuentos. *Acuéstate y te digo un cuento.* Un señor moría en una apuesta por comerse una cabra entera. *Pero esto es de verdad y no es de reírse.* Dos hombres luchaban desnudos, rebozados en manteca de cerdo. Uno conseguía vencer al otro metiéndole un dedo por el culo, único asidero seguro en medio del unto resbaloso, lanzándolo lejos. Otro señor del pueblo se convertía en gato por las noches y martirizaba a las niñas que habían sido malas durante el día. Todo era verdad. Todo había sucedido en Milagros. La Humana prefería el cuento del castillo, precisamente porque era una historia ajena al barro y a la aldea dejada atrás, a los pies deformados de la Abuela. Prefería ver a la niña con sabañones en los pies convertida en una señora a salvo del mundo, con los riñones molidos de limpiar, pero en una casa de veraneo de tres habitaciones. Sobre cada cama había un interruptor con el dibujo de una camarera diminuta. La Humana tocaba el timbre y la noche vibraba. Nunca hubo criados, sólo esos timbres y una nieta caprichosa. Se entrecortaba el ronquido del Abuelo, asomaba la Abuela. *No des guerra y duérmete.* La Abuela, con la redecilla, la bata color salmón, la dentadura postiza puesta rápidamente por pura coquetería. Incluso en mitad de la noche, los pies iban embutidos en zapatillas de terciopelo beis que ocultaban la deformidad. *Dime el último.* La Abuela suspiraba *cuál dices que quieres ya no me sé más.* Media sonrisa. *Sí sabes.* La Abuela analfabeta guardaba tesoros que la nieta no podía leer en ningún sitio. Se tiraba de rodillas en el suelo, los codos sobre la colcha, el rostro hundido entre las manos, como rezando en rendición. *Decía* el cuento:

> *Érase un castillo hermoso.*
> *Grandes torres, cien almenas.*
> *Banderines encarnados.*
> *Fuentes de miel sobre hojuelas.*

Aquí la Abuela levantaba la cabeza, tomada por el ritmo del *decir*. Dibujaban juntas en el aire los bordes dentados del castillo, la Humana ondeaba la mano como una bandera. Una coreografía siempre igual.

> *Reyes felices y orondos,*
> *las princesas, las más bellas.*
> *Eran tan felices todos*
> *sin duelos y sin afrentas.*

Aquí un silencio. Cosquillas de miedo.

> *Mas un grito oscuro suena*
> *asustando a las cigüeñas:*
> *«Arda todo, arda pronto.*
> *Que el incendio bien les duela».*

La voz de la Abuela, tras la maldición, se volvía grave y oscura.

> *Dicho y hecho, el grande trueno*
> *estalló en la paja seca.*

Aquí la Humana niña apretaba los muslos, el culo, hasta que el nervio interno se transformaba en una sensación desconocida y gustosa. El buen miedo. La Abuela dictaba la sentencia fatal.

El castillo ardió entero
y, en sus tripas, las princesas.
No quedó ni rastro de ello.
Como si nunca lo hubiera.

Se miraban fijamente a los ojos. Las dos fruncían los labios para lanzar un soplo de aire, un chiflido: el viento atravesando el páramo carbonizado en el que antes había estado el castillo. La Abuela detenía de golpe el silbido, se ponía el dedo frente a la boca, pidiendo silencio para lo que seguía. Acercándose a la oreja de la nieta regocijada, susurraba el final en voz muy baja:

Viven ahora los reyes escondidos bajo tierra.
No quieren mentar al Malo,
a aquel que en lo oscuro acecha.

Lo que seguía lo decían juntas, como un rezo.

Así que fingen que viven entre brocados y sedas
haciendo que el pan tan seco
es dulce miel sobre hojuela.

Presionaba con un dedo los labios de la nieta. El viento ya detenido del todo. Beso en la frente. *Hasta mañana si dios quiere.* La luz. Clic. En el cabecero, un rosario brillaba en la oscuridad. Era de plástico y había que sacarlo al balcón cada día para que agarrase fuerza.

La Abuela murió hace cuatro años. Fueron más de quince apagándose hasta desaparecer del todo. Pero hasta hace poco aún salía en Google Maps. Un fantasma sostenido en el tiempo. La Humana hizo una captura y la tiene guardada en el escritorio del ordenador. La imagen borrosa de la Abuela asomando tras la maceta de geranios, el rostro contraído por la extrañeza de ver ese cochecito raro que pasaba fotografiando el mundo. Un último gesto de curiosidad ante una vida en la que hacía muchos años que no estaba. La Humana querría hacerla aparecer cuando quisiera. Recitar el poema y que su abuela se fuese descargando de a poquitos, como una imagen de veinte megabytes en la pantalla del ordenador. Si la Abuela de niña vio a un hombre transformarse en gato, cómo no va a poder la Humana, en esta noche interminable, mirar la nada y transformarla en Abuela. Si ya lo hace todo el rato: transforma la nada y las sombras en un miedo del que no es capaz de desprenderse. Es lo único que sabe hacer, aparte de comer. Pero lo que asoma a la oscuridad del cuarto, en cambio, es el hocico tembloroso de la Perra, los ojos brillantes avanzando hacia ella, pidiendo cobijo a su desesperación. *No. No.* Le empuja la cabeza hacia abajo, le quita la pata una y otra vez. Remete las sábanas por los lados, protegiendo su envoltorio humano de esa bestia negra a la que no tiene nada que darle.

Uno de los últimos veranos, la Abuela hizo la cama con ella dentro. Era ya de día y la Humana remoloneaba con toda la indolencia malcriada de la adolescencia. La Abuela apareció titubeando, pero terca en su pasión por dejar todo impoluto. Alisó la sábana, tensa sobre el cuerpo de su nieta, remetió los bajos sobrantes, aplanó el embozo bordado por ella misma con las iniciales matrimoniales: MD. No la veía. No veía el bulto del cuerpo que entorpecía la pulcritud de una cama hecha. La mirada estaba fija, como si los ojos reales estuviesen volteados hacia otro mundo. *Es peligroso despertar a los sonámbulos*, le había dicho en la plaza la del pitido en el pecho, que de noche se fingía sonámbula porque de día no le dejaban hacer nada. Simulando sonambulismo, la del pitido en el pecho encendía los peligros de Canal Plus, bebía vasos y vasos de cocacola con cafeína ante la mirada en vilo de sus padres. El mismo respeto que paralizaba a la Humana, inmóvil entre la ropa de cama. Finalmente, arregladas la manta, la sábana, el embozo, la Abuela la cubrió con la colcha. El rostro de la nieta oculto bajo la tela floreada, casi sin respirar para no matar el embrujo. Como una ofrenda, una niña sacrificada a un dios.

Sólo una vez la vio desnuda. La Abuela estaba con la hernia. La Humana la ayudó a bañarse. *No mires, que esto no vale para mirar.* El rostro de la nieta vuelto hacia la pared, su cuerpo un soporte que acompañaba a ciegas los movimientos. La Abuela se lavaba con una mano, apoyando la otra en el hombro de la nieta. Llegó el momento en el que tenía que lavarse el culo. Ella lo llamaba así. Todo lo que estaba entre las piernas, para delante y para detrás, era culo. *No vayas a mirar, eh.* Mientras oía el clásico chuqui chuqui chuqui del lavado genital, la Abuela habló. La confesión fue una voz quebrada como de otro mundo más adentro del cuerpo. Baldosines rojos como único escenario de esa voz.

De tanta vida y tanta cosa yo creo que ya no tengo agujeros separados.

(Silencio, una gota que cae: plic. Cae otra gota: plic).

Tengo un solo agujero grande por el que sale todo junto.

La Humana imaginó el pozo insondable. Miró rápido, de reojo: trozos de carne ya gastada, pocos pelos ya. Le pareció de una pureza sorprendente, viajado, venido de muy lejos. Extraterrestre. La ayudó a salir de la ducha apartando la mirada. La Abuela era una mancha que se secaba el cuerpo con una toalla verde claro. Le pareció que le temblaba la boca. ¿Esa boca había *dicho* ese cuento nuevo?

¿Qué verano fue aquel? ¿Qué edad tenía? Da lo mismo. Ese recuerdo se untó por ese verano, por los siguientes, por los anteriores, como un fuagrás denso.

La Humana se sienta en la silla frente al psiquiatra de la seguridad social y siente un pozo en el pecho. Dado de sí. Tanta vida y tanta cosa. ¿Qué ha sucedido allí? Le gustaría decirle: *Yo sé lo que me pasa. Sólo necesito que usted me diga que estoy equivocada. Que lo apunte en un papel y lo firme así: A usted no le pasa lo que cree que le pasa.* Pero la Humana no puede hablar. Se alarmarían los habitantes del castillo quemado. Mentar al viento significa invocar de nuevo el fuego. Mencionar el incendio ya hace que otro fuego se aproxime. *Viven ahora los reyes escondidos bajo tierra.*

El psiquiatra se siente mago, con la simpatía y las maneras efectistas del prestidigitador de un show para turistas. Es rubio, grande, bronceado, como un bebé enorme. No parece que haya vivido ninguna gran pena que lo haga perceptivo a la pena de los demás. Pero sabrá recetar. Eso la consuela. Gruñen las tripas de la Humana con un hambre voraz de pastilla. Bajo la mesa, el psiquiatra se ha quitado los crocs —naranjas, con un adorno infantil en un lateral, ¿un cocodrilo con visera?— y restriega los pies el uno contra el otro.

Sin embargo, como si la Humana fuese un conejo blanco, consigue hacerla salir del sombrero agarrándola por el pellejo.

¿Por qué tanta ansiedad? ¿Qué te ha pasado en los últimos meses?

Tras la ventana de la consulta del psiquiatra, en un balcón, un gorrión de cabecita brillante toma una corteza de pan de molde que han dejado en un cuenco floreado.

Inclina la cabeza y, en un gesto nervioso, tira el pan edificio abajo. La Humana piensa que se le habrá caído. Pero, con terquedad, como queriendo demostrar algo, coge una segunda corteza, y después una tercera, y también las arroja al vacío. Y después juraría que la mira fijamente.

Le empiezan a temblar las manos.

¿El trabajo bien? ¿El amor bien? El mago repasa los temas del Zodiaco.

La Humana no puede hablar. El pájaro. Balbucea. No sabe. Se agarra la mano que más tiembla con la mano que menos tiembla, pero el tremor, en lugar de detenerse, se traspasa a los brazos, los hombros, la espalda. El psiquiatra la mira. Sismólogo intrigado. Después estudia, en la pantalla del ordenador, ese historial médico que es una madeja desastrosa: temblores, mastitis de repetición, ansiedad, hematomas espontáneos.

Estos hematomas. Señala la pantalla el mago, como si agitase el serrucho en el aire. La Humana está dentro de la caja, esperando ser partida en dos. *¿Cómo te los hiciste?*

Al psiquiatra le emociona el misterio, sentir que puede desentrañar un cerebro entrecerrando los ojos como un bisturí afilado. Está relleno de ansiedad resolutiva y la Humana es un nudo muy prieto que le encanta. Los ojos azules del doctor son dos clavitos que se le entierran a ella en el cerebro y leen su vibración. Sí, sí. Como ese medidor de humedad que un perito hundió una vez en la pared de un antiguo piso compartido: los pinchos se clavaban en la pared y arrojaban una cifra, una constatación: *Esta casa es como un botijo.* El mago psiquiatra no dictamina, pero pregunta. La Humana se mantiene anudada.

¿Es tu pareja?

La Humana se queda agazapada, muy quieta, intentando no hacer ningún gesto.

¿Dónde está ahora? ¿Vive contigo?

La Humana niega con la cabeza. Negar con la cabeza y llorar asustadísima no es hablar. La mancha parduzca del pájaro presta atención. Entonces el mago hace algo extraño. Se gira hacia la otra parte de la sala, oculta tras una cortina verde quirófano. La descorre de golpe. La Humana se sobresalta de una forma tan desproporcionada que incluso ella, justo después de asustarse, ya está avergonzada. Se descubre de pie, forcejeando con la puerta para intentar salir, pero sin ser capaz de abrirla. Las manos temblorosas no atinan a retener el metal frío. Y al otro lado de la cortina no hay nada: una camilla, un aparador transparente con cajas de medicamentos. Pero por un momento. Por un momento. El prestidigitador se acerca, satisfecho de su truco, y, tomándola suavemente de los hombros, la guía de nuevo hasta la silla. La Humana tiene las mandíbulas apretadas, sabe que sus pupilas están completamente abiertas, listas para captar cada movimiento amenazante. *A veces, cuando me miras, tienes los ojos casi negros.* Eso le dijo una vez el Predicador, agarrándole el rostro con las manos, mirándola fijo, antes de besarla. En las tardes de sol, cuando se oye el grito de un vecino en el patio interior, la Humana ve que el cogote de la Perra se eriza y sus ojos amarillos, casi del mismo color que los de la Humana, quedan tapados de negro. El miedo creciendo en un instante. La Perra también sabe pasar del coma al terror en un segundo. Es posible que ahora mismo, allí fuera, atada a los hierros de aparcar las bicis, también tenga las pupilas enormes, pensándose abandonada para siempre. El organismo abriéndose para buscar una nueva salvadora, para recibir a un perro sarnoso que intenta *lamer encaramársele multiplicarse.*

Me tengo que ir. Mi perra

Hace un gesto hacia fuera. Es la primera vez que dice *mi perra*. El mago sonríe bondadoso.

Tranquila. Estamos aquí para ayudarte.

Después del truco (al que ella ha reaccionado, lo reconoce, de forma preocupante, como una auténtica loca), parece un doctor normal, un médico que no la mira, tecleando cosas en su maquinita. *Chas chas chas. Chas. Chas.* Dice cosas que la Humana no escucha. Incluso el naranja de sus crocs es ahora un color carne desvaído, de zueco sanitario habitual. La impresora gruñe —y eso, con el susto aún fresco, también la solivianta un poco— y escupe dos hojas, que él le alarga. Al salir, la Humana recorre la sala repleta de viejos y un niño muy pequeño que ruge con tos adulta. Los mira con cierta paz recuperada. Va a por su dosis. A por eso ha venido. Dentro de una hora, pastilla bajo la lengua, lo afilado se acolchará. Mira el segundo papel, oculto por la receta. La oscuridad vuelve a comerse el color de sus ojos. Se detiene en seco y vuelve sobre sus pasos. Llama a la puerta del médico y abre con determinación. *Se ha equivocado.* En realidad no lo dice, lo dice su cara, su estupor ofendido. El siguiente paciente, un chaval con los codos nevados de psoriasis, la mira alterado. El psiquiatra carraspea, mira por encima de la montura de sus gafas azules. *Es algo abierto. Tú ve.* Su voz hace una inflexión casi comercial, regateadora. *Allí podrán seguir pautándote el tratamiento. Vamos viendo.* Y después añade una coletilla de folclore patrio, ineludible, ¡sangría y paella para todos!: *Es gratis.*

Calladas es como nos quieren, lee en una pintada. Letras negras, furiosas, sobre el gotelé amarillo de una pared de la calle. Le laten las tetas. Cada una es un ratón reaccionario, furioso dentro de su top deportivo ultrasujeción, que le dice *sí, mejor cállate*. Ella se prefiere callada, comiendo tortilla de cornflakes, comiendo yogur con mermelada y pipas peladas, hirviendo arroz y después hirviendo más arroz para derretirle nocilla por encima. Se quiere a salvo, rascándole días a lo que quede. Porque sólo se quiere cuando se olvida, y sólo callada y comiendo vuelve a cuando aún no lo había conocido.

Sentada en un banco del parque, con cinco miligramos de diazepam bajo la lengua y la Perra atada a un tobillo, piensa que es fácil: lo único que tiene que hacer es romper en trocitos muy pequeños ese segundo papel que acompañaba la receta, tirarlo al río. Tan sencillo como no ir.

Se compra unas zapatillas de velcro. Además de los cordones, también teme las hebillas. Prefiere evitar cualquier mecánica susceptible de convertirse en abismo.

TUS AMIGOS PELUDOS, dice en el cartel. Pasa frente a la clínica veterinaria medio encogida, intentando que no la vean, caminando con esa perra que no es suya. Recuerda el momento: *¿Quiere que le pongamos el microchip, señorita? ¿Qué nombre le apuntamos en la cartilla?* Dijo que quizá otro día; se inventó que la Perra estaba aún demasiado asustada como para clavarle un numerito identificador en el cuello. Y el nombre. Un nombre puesto a una perra es lo mismo que los cacareos cariñosos que se regalan las parejas al principio; esos apodos, trenzados por una pasión que no conoce de ridiculez, pasarán a ser más reales que los nombres de verdad, y más tarde discutirán, se gritarán cosas horribles llamándose el uno al otro *ratón chufli cosita*. Cosita hará morcillas con la sangre de Ratón.

No puede depositar en la perra más ternura de la que le permiten sus fuerzas. Le espanta ser como algunos paseadores del parque, apilando todas sus cartas vitales fallidas sobre el lomo de bichos que son pura perversión: tataranietos de la primera loba que fue a roer unos huesos tirados a la entrada de una cueva. Dentro se oían voces, olía bueno, así que la loba entró a por más. Y allí, siglos después, siguen sus nietos, atados a los huesos y al calor de la hoguera por una correa invisible. Con jerséis y gorritos. Tullidos para lo salvaje.

Incluso la cuerda visible le parece una aberración, pero, como con tantas otras cosas, se convence, apela a una lejana practicidad: perra atada con correa, velcro en las sandalias, un pie delante de otro, seguir porque sí. Intentar, en cuanto deje de sangrar, que la Perra no se *impregne*. Impregnar, del latín *impraegnare*, preñar, es hacer que penetren las partículas de un cuerpo en las de otro, fijándose por afinidades mecánicas o fisicoquímicas. También es empapar, mojar algo poroso hasta que no admita más líquido. Su última acepción es la de influir profundamente en las ideas de alguien.

A los perros los castran, los *privan de*. A las perras las esterilizan. Como cuando se desinfecta el material quirúrgico o las tetinas de los biberones: llevando los objetos a un estado de pulcritud que evite que las bacterias monten una fiesta. Hay que *limpiar* a la perra. Ella misma, cuando está cansada como ahora, se siente como un bisturí usado muchas veces sin limpiar, tirado al suelo y recogido del suelo, vuelto a toquetear. Normal que al final se ensuciase, que generase vida. En el habla de sus abuelos, cicatriz que les había dejado ese pueblo que temían visitar, cuando a algún alimento de la nevera le salía moho, se decía que «había criado».

A veces la suelta. La Perra camina delante de ella, sin alejarse demasiado. Si la Humana se detiene, la Perra también lo hace. Hasta hace unas semanas, aún no daba muestras de alegría al verla aparecer. No relacionaba su nueva suerte con la presencia de la Humana. La comida aparecía, el techo era un techo porque lo era, y lo mismo la blandura de la manta del suelo. Fortuna milagrosa. Ahora, muchos días después, parece haber asimilado la continuidad y teme un corte abrupto en esa línea de cobijo y alimento. Ha establecido una conexión entre la presencia de la Humana y la suerte.

En el semáforo, una niña diminuta tomada de la mano de su madre se agacha, rasca algo en el suelo, le habla a lo invisible con la voz impostada del juego: *¿tú eres mi amiga?* La Humana se pregunta si la ciudad sigue siendo su amiga. A los dieciocho años, cuando llegó a vivir allí desde la isla, se adaptó enseguida al ritmo de sus convulsiones. Cuando había conseguido bailarlas, contraerse y expandirse con ellas, se mudó al campo con él. Ahora ha vuelto a este refugio provisional, camina por él de puntillas. Está en la vida, pero no la ejerce. Siempre a punto de caer o huir, mirando todo el tiempo de reojo lo que sucede detrás de, debajo de, tras, con, contra la siguiente esquina, vigilando cualquier comentario en conversaciones de fiestas y bares, en las que siempre siempre siente que hay alguien a punto de mencionar al Predicador. Entonces paga y se va.

Siente el humo de su terreno carbonizado, las vigas del castillo a la vista, a punto de quebrarse. Han caído torreones y almenas, las vigas están derrumbadas sobre los salones que una vez acogieron grandes fiestas. Inmensas, colosales. Se recuerda a los diecinueve años, dragona joven y despreocupada, follando con un hombre en el teleférico para turistas, que mostraba la ciudad desde lo alto. Una locución hacía hablar a los diferentes monumentos: *Hola, soy el Palacio Real, ¿me ves? Tengo 3.418 habitaciones.* Casi no recuerda la cara del hombre, pero sí el después. Se colocó medio desnudo frente a ella, mostrándose. También lo verían los turistas del vagón colgante de atrás y de más adelante. *¿No notas nada raro?* Ella repasó el cuerpo en busca de cicatrices. Negó. Él le hizo una caricia, risa. Y después la revelación. *Sólo tengo un huevo.* Ella se acercó de nuevo, con una media sonrisa avergonzada, lo hizo sentarse. Se colocó a horcajadas sobre él, tranquila como un animal que lo sabe todo y, si no lo sabe, lo aprende en la cabina de un teleférico. O la mujer alta, de boca ancha y manos nudosas, que por primera vez le dijo *va a caber.* Fue metiéndole dedo a dedo. Latía al fondo un dolor, pero, por encima de él, la necesidad de más. Y la mano entró entera. La Humana no tenía un agujero que la vida pudiese arrasar, sino todo lo contrario: una crisálida abrazadora, pulposa y viva, que se estremecía en torno a la mano de la mujer de boca ancha.

La Humana vive medio encerrada, subterránea. Su mazmorra es esa planta baja que le alquilaron muy barata. Era de unos amigos que huyeron de la ciudad porque tuvieron un hijo, después otro, y les faltaba sitio y aire limpio. Se mudaron al campo precipitadamente, dejando algunos juguetes, un cambiador de pañales blanco con un dibujo de patos. La ventana por la que entra el único rayo de luz da a un patio interior con un jardín que debe toda su belleza al abandono. La maleza se come las flores. Pero la maleza tiene otras flores, preciosas. Hay una palmera y está la higuera, milagro absoluto en esa ciudad. Si saca el brazo por la ventana abierta, comprimiendo el cuerpo contra la reja —cada una de las tetas inmensas doliendo en un hueco entre hierro y hierro—, consigue alcanzar un higo. Lo muerde y, mientras el dulzor se le derrama por la lengua, se convence de que está en el lugar correcto para reconstruirse. *Así que fingen que viven entre brocados y telas.* Fantasea con una amiga a la que poder confesarse, igual que a los doce años fantaseó con el primer beso con lengua, saliva y calor. Se imagina que esa amiga soñada le hace las preguntas exactas, como una niña desconocida que se acerca a ti en un cumpleaños y señala lo que despierta su curiosidad:

¿Qué es eso que estás comiendo?
Un higo de mi higuera.
¿De qué vives?
No se lo digas a nadie, pero tengo 3.645 euros guardados en el falso techo del salón.
Pero se te acabarán. ¿No trabajas?
(Silencio).
¿Qué es lo que te duele?
(Acaricia los flecos del borde de su pantalón corto vaquero, en silencio, intentando que los brazos no rocen las tetas inmensas, doloridas).
¿Por qué tienes tan pocas cosas?
(Arranca un fleco del pantalón).
¿Qué te ha pasado?
(Repasa la uña por la tela rugosa, suena un ruido muy desagradable).
¿Sabes que llevas los cordones desatados?
(Se levanta y se va, chancleteando sus zapatos sin cordones. La sigue una perra negra. Nadie sabe de dónde ha salido, por qué ahora la lleva siempre con ella).

No puede tener una amiga. A las de antes, que siguen en la ciudad, las evade pronunciando el único mantra que permite rendirse en estos tiempos. *Estoy muy liada.* Aunque, en realidad, le gustaría poder decir otra cosa. *Ven, escúchame, pega la oreja a mi boca. Te lo voy a contar mientras te acerco un zapato y luego el otro zapato, y mientras tú anudas los cordones yo te cuento muy bajito lo que me ha pasado.* Imagina el pelo castaño de la del pitido en el pecho, su amiga de los veranos, que más tarde fue su amiga por teléfono, la primera que le envió una imagen por el móvil, un grafiti torpe en un muro de Las Aguas: Piti en letras azules enlazado al nombre de la Humana. La del pitido en el pecho, niña que aspiraba ventolín, convertida en una adolescente que allá donde fuera pedía cigarros —*¿tienes un piti?*—, fumaba, fumaba, le seguía pitando el pecho. Olor a vainilla, dulce comprensión, cordones atados. Pero después tendría que agarrar a Piti del brazo y lanzarla a los coches. Desaparecerla. Porque Piti *lo sabría*. Y, además, en algún momento señalaría el chorretón en la camisa, el pus saliendo de un pezón y desbordando el disco desmaquillante protector. El rostro un poco contraído por la aprensión. *Tía, ¿qué te pasa en las tetas?*

Por la calle ve de lejos a una de sus amigas. De las de antes de todo. Trabajó con ella en la última campaña, la de la bebida energética. Es ella, el pelo más largo y oscuro, pero ella. Una vez, estando de fiesta, sabiendo que era imposible ir a casa, dormir dos horas y volver a la agencia, decidieron caer rendidas bajo un árbol, en el parque frente a la oficina. La amiga antigua va caminando resuelta, rápida, feliz, mirando el móvil. Un júbilo loco, como una bofetada que la deja idiota, cruza las tripas de la Humana. Ni lo piensa. Grita su nombre. Antes de que la amiga se gire, la Humana ya se ha escondido entre dos coches. La Perra, con la correa tensa, queda a la vista, en la acera. Pero la amiga no conoce a la Perra, ni siquiera sabe que la Humana comparte ahora sus días con un animal. Para ella es sólo un bicho desconocido con bragas de cuero negro que asoma entre dos coches meneando el rabo.

Un verano, en la piscina de Las Aguas, Piti le preguntó quién era ella en la ciudad en la que vivía el resto del año con su madre. Les encantaba ese juego: averiguar cuál era la cara invernal, secreta, el personaje que habían construido en la ciudad, y que en el pueblo se derrumbaba y se reordenaba de forma diferente. *¿Tienes una mejor amiga?* Piti intentaba sentar las bases de su otro yo de ciudad. La Humana lo pensó un poco, repasó rostros. Uno de ellos se impuso sobre los demás, brilló con más fuerza. Era el rostro de alguien que fregaba los platos dos calles más allá. *Sí.* Dijo su nombre. Ninguna amiga, ni en la ciudad ni en el pueblo, le habría confesado algo tan grave, tan decisivo para su alma, como la historia del hoyo enorme entre las piernas. Esa confesión del agujero único siempre ganaría a cualquier secreto susurrado en una fiesta de pijamas. Piti no se extrañó por la coincidencia del nombre. En aquel entonces, nadie sabía cómo se llamaban las abuelas. Eran un batallón informe que arreglaba y alimentaba. Tener nombres propios las hacía personas únicas, podía provocar fragilidad en el muro, derrumbes, un agujero vertiginoso.

Antes, mientras sacaba a la Perra, ha visto a una anciana intentando recuperar una moneda que se le había caído. Estaba incrustada entre dos baldosines de la acera. Decía *ay mijita ay mijita* mientras rebañaba las junturas sucias de la ciudad para arrancar el dinero con una fuerza que la Humana ya no tiene. Para procurarse cierta calma, piensa en el dinero que oculta en el falso techo de la casa. Al mismo tiempo, si el viento le volase un billete, no lo perseguiría. Tiene pocas fuerzas. En las agencias de publicidad para las que trabajó aún se acuerdan de ella. A veces le proponen pequeños trabajos, incorporarse al equipo de una campaña que se les resiste, pero el día antes de empezar inventa excusas o desaparece, no responde a los mails, a las llamadas, a los mensajes. Si se le volasen todos los billetes, tampoco los perseguiría. Sin embargo, cada vez que se sube a una silla y levanta la plancha de pladur blanco para coger un poco, cuenta los billetes y calcula cuánto durarán esos cupones válidos por un poquito más de tiempo fingiendo que se puede seguir.

Ella, castillo que tuvo almenas, banderas. Ahora ni la regla le viene. Al principio pensó que era por estar tan flaca o por toda esa sangre que le salió de dentro allá, en el monte. *El ajo cría sangre.* Come ajos enteros porque así lo decía su mejor amiga, que murió hace cuatro años y dejó de hablar hace casi veinte. Que tenía arrugas, dientes de perla, una hondonada en la cabeza. Pero ahora, bien rellena de cientos de tortillas de queso y cornflakes, de bollicaos rellenos de chorizo —ay, aquel día, su Abuela con la mirada perdida, apareciendo con la bandeja de la merienda—, sigue sin sangrar. Piensa que su cuerpo, en este sentido, la protege. Si la regla no hubiera aparecido, allá por los diez años, como una tromba de agua que arrasa un cumpleaños infantil y acalla en un segundo el jolgorio y las canciones sobre barcos que no saben y cucarachas que no pueden, nada de todo esto hubiera sucedido.

Algunas noches parece que la Perra también huele y siente su miedo, gruñe a un rincón de la habitación en medio de la noche. La Humana le da palmaditas. *No hay nada ahí. No hay nada.* Se acerca a la oscuridad, su mano se interna en ella con miedo. La Perra mira con las orejas hacia atrás. *¿Lo ves? Nada. NADA.* Pero no es a la Perra a quien se lo dice.

Esta noche las ratas que viven en lo alto de la palmera del patio interior zapatean y gruñen. Pelean hasta que se oye un ruido sordo, como de filete contra la hierba: la rata vencida ha caído. Después se alza un ruido mecánico, traqueteo de cuerpos frotándose entre la hojarasca. Expulsada la rata más débil, las otras dos se aparean. Se enciende una luz. *¡Por favor, queremos dormir!* Esa es la frase que el vecino comienza a pronunciar, pero el tono se desorienta, cae en picado hasta quebrarse en la última palabra. Su propia consciencia, adormilada al inicio de la frase y más despierta después, le hace comprender: son animales, ¿no lo ves? No se les puede pedir paz ni descanso. Una leona no se agota de quejarse porque la tienen enjaulada sin follar. No entiende de horarios ni trabajos ni clases al día siguiente. Para la rata la vida es una línea infinita que un día se corta de forma abrupta, pero hasta entonces marcha como una locomotora diligente. Tras unos segundos, la luz se apaga y las ratas siguen follando. En el suelo, la Perra lanza un gruñido sostenido y grave. Al poco rato empieza a escucharse otro sonido, humano, gutural, rítmico. Dos voces que se alejan y se encuentran. En un piso del edificio de enfrente, alentada por el traqueteo animal, una pareja humana se aparea.

La caída en picado de la Abuela fue cuestión de dos días: los charcos pequeños se volvieron barrancos. La Humana tenía trece años y encontraba a la Abuela vagando por la casa, rascando mugre e imperfecciones con la uña. Intentaba borrar la pintura de un cuadro, como si cualquier trazo irregular no pudiese ser otra cosa que suciedad. Intentaba borrar cualquier perturbación. Por ejemplo, la falda vaquera de la Humana tirada en la cama, la ristra de botones delanteros desabotonada. Trece años. La noche anterior, borrachera, desorden adolescente, besos en el rincón oscuro en el callejón junto a la piscina, primera vez en ver aquello: ella misma sacó de la bragueta y observó sobrecogida el pedazo de carne rosa. Su sola mirada lo hizo convulsionar. Brotó el esperma blanco y tibio. Al día siguiente, la Abuela agarró la falda e intentó quitar con la uña la costra blanca, seca ya. Años quitando mugre pero instintos de bebé furioso, rascó, rascó con la uña coralina. *Abuela abuela para ya.* Pero la Abuela adelantó el labio, se puso casi bizca y alejó la falda para observar la suciedad rebelde. Ya no había espráis ni trucos quitamanchas de la *Pronto*, ya no había tintorería, porque hacía tiempo que la calle no existía para ella. La Abuela bebé se llevó la mancha a la boca. *¡Abuela, no!* Los ojos se le aguaron con el grito de horror de la Humana. Se sobresaltó. *Abuela, no no no no.* Le quitó la falda de un tirón, la abrazó. La abuela tembló, rogó:

Quiero ir a casa con mi madre.

Pero ya estaba en su casa. Y su madre, desdentada junto a la lumbre de una casa con suelo de tierra, existía nada más que en una foto. La Humana también tembló, pidió por dentro.

Quiero estar en casa con mi abuela.

Pero ya estaba en casa. Ya estaba con su abuela.

Un par de semanas después, estaba tumbada en el sofá del salón, desmadejada, las tetas —que el verano pasado eran grandes y ese verano empezaban a bordear lo gigantesco— bien apretadas en una camiseta interior blanca de la infancia, los muslos como manteca dura, bronceados, los ojos vacunos de la adolescencia posados en la tele, el pelo casi rubio, largo y sucio. Días antes, esperando en la cola para comprar en el camión ambulante que vendía alpargatas, tomates, melones, camisones, ñoras y monos de trabajo, rastrillos, alpiste y berzas en conserva, un señor de la quinta del Abuelo que se llamaba don Nazario, pero al que Piti y ella llamaban Dinosaurio, sorbió el aire que lo separaba de ella. *Cómprate un vestido, nena, para que se te airee la grietita.* La grieta, antaño bañada en luz azul de televisor durante la mordida de uñas, sin ninguna consciencia de existir, ahora era más consciente que nunca y latía bajo el chándal negro mientras los ojos aspiraban un beso que salía en la tele. El cuerpo centrifugando el beso. Cómo era posible estar allí, con sus abuelos, viendo una serie de médicos en el salón, y al mismo tiempo ser esa saliva de entre las lenguas de los actores, que ahora se apretaban contra un estante lleno de aspirinas, a punto de ser sorprendidos. Y de pronto la voz de la Abuela, como venida de otro mundo:

Miguel, ¿quién es esa mujer que hay ahí?
Miguel.

Una mano de la Abuela señalando a la Humana, la otra apretando el brazo del Abuelo: furia, indignación.

Miguel.
Miguel quién es esa mujer QUE LA QUIERO FUERA
DE MI CASA.

Enemiga súbita de la Abuela, la nieta devenida mancha hormonal abandonó la casa de los abuelos esa misma noche. La maleta hecha a trompicones. La Abuela no atendía a razones, clavaba sus uñas en el antebrazo del Abuelo, seguía diciendo furiosa *Miguel Miguel Miguel quién es*. Se llevaron a la Humana a casa de unos tíos segundos. Al menos un par de días, hasta que la Madre cambiase los turnos en el herbolario, pudiera comprarle un billete de vuelta y reorganizar un verano con clases de mecanografía y teatro para adolescentes. Le dieron de cenar sopa y unos sanjacobos tan crocantes que hacían daño en el paladar. Y una naranja, que la tía segunda le peló sin preguntarle. Se conocían poco, pero se notaba que en el pelar la naranja, hebra por hebra, iba un consuelo.

La Humana despierta en la oscuridad de su planta baja. Durante el sueño se ha puesto boca abajo, y el dolor la ha despertado como un trueno. Siente la humedad. Aparta el sujetador deportivo azul, encajándolo bajo las tetas. Cambia los discos desmaquillantes que usa para no manchar la camiseta de pus. Uno está pegado al pezón, la costra no cede. Es terca esa costra: al arrancar el algodón, quiere llevarse también la carne. Escozor y betadine. Coloca dos discos desmaquillantes limpios, sube con cuidado el top para que contenga esa masa dolorosa. Así es cada día: betadine en crema en cada pezón, colocar los discos de algodón, caminar por la calle fingiendo que no pasa nada, intentando que cada paso no sea una vibración dolorosa de la carne. La Humana se ve reflejada en el trozo de espejo que normalmente tiene tapado con una sábana, pero que se ha descubierto durante la noche. Ojeras como ubres. La Perra despierta y alza el hocico al olor del calostro. Humana capitolina, loba que intenta atrapar el sabor del pezón. Lame el aire que las separa. Todo lo quiere chupar. La mira profundo con sus ojos amarillos, intensa, sabia. *Quién es esa mujer dentro de un disfraz de perro, que la quiere fuera.*

Mete a la Perra en la cama, la arrastra entre las sábanas, acomoda su cuerpo junto a ella. La Perra pestañea y la mira sorprendida, pero los ojos se le vuelven a cerrar, ya sólo se ve lo blanco del ojo, y da miedo, pero esa facilidad del sueño animal es sobre todo calma, y la Perra no se va a ir a ningún sitio, se va a quedar allí con ella, y esa idea es terrorífica, pero también alivia, porque a la Humana le parece que observar el sueño de la Perra es la única forma de atravesar la noche, así que agarra al animal, lo gira completamente, hasta quedar las dos frente a frente. Le llega su olor a pan caliente y sucio. Ve una nebulosa mágica en la que nunca se había fijado: los bigotes forman un halo alrededor de su hocico —la alumbra con el móvil para verlo mejor— y cada uno es simétrico al del otro lado. Una esfera de bigotes perfecta y delicada que rodea el morro. Entonces la Perra vuelve en sí, despierta, asombrada de encontrar a la Humana tan cerca. *Abuela, no me puedo dormir porque estás en mi cama*, había dicho riendo esa noche en que la encontró hecha un ovillo a su lado, y la Abuela la llamaba Quina hasta que despertó y vio que ya no estaba en el pueblo y no era una niña, sino una vieja, y que la que estaba a su lado no era su hermana, sino su nieta, y no quiso explicarle por qué gritaba ni por qué había que esconderse. La Perra no entiende qué hace la Humana tan cerca de su cuerpo, pero no quiere que se acabe ese momento. El silencio y la mirada en mitad de la madrugada, en esta mazmorra del castillo, las sostienen mejor que la cama, así que la mira con los ojos amarillos muy abiertos, dando un lametón al aire de vez en cuando, saboreando la importancia del instante. Y la Humana, que tiene el diccionario de la ternura con las hojas arrancadas, que no sabe ya cómo se acerca una al calor del otro, la mira profundo a los ojos y le dice:

Si me dejase.
Si yo me dejase.
     Si me muriese.
         ¿Cuánto tardarías en empezar a comerme?

Un mail:

Si hablas mal de mí
Si hablas mal de mí
recibirás

Tres
El celo

Yo soy una perra en calor.
Toy buscando un perro pa quedarno pegao.
Ey, eres una perra en calor (ajá).
Tas buscando un perro pa quedarte pegá.
TOKISCHA Y J. BALVIN

El coño de la Perra ha cuadruplicado su tamaño. Es rosa, turgente, prometedor como un tulipán cerrado. Se ofrece en cazoleta, poniéndose casi horizontal, a toda aquella bestia que quiera *olerlo lamerlo ensartarlo*. La Humana lo fotografía con un vago interés documental. Lo defiende de los perros. No le ha dado tiempo de aprender a cuidar a la Perra y ya sabe cuidar del coño de la Perra. Sólo hay una forma: a patadas.

En un chat canino:

DOLORESBEAUTY: Ola buenas tardes yo tengo una perrita freispul minitoy no sabia k estaba en selo porque pensé que el selo era el sangrado y ya se le pasó y ahora en la mañana se salio sin darme cuenta derepente gritó y le dije a mi hijo k se fijara en trixie k asi se llama aber pork lloraba y k se mete una de mis hijas llorando desaforada me dise mami trixie esta pegada con un perro y k yo salgo con un vaso de agua tivia y k se lo echo y de tanto forsejeo se despegaron kiero saver si comokiera sale enbarazada o k le puedo dar para k no salga enbarazada gracias espero su respuesta.

CLÍNICA_LAS_GLICINIAS: El sangrado no es el celo. Cuando la hembra deje de sangrar comienza el celo y será receptiva a los perros, pudiendo quedar embarazada si se produce la cópula. La media de duración del celo fértil es de 9 días. Espero que esta información le sirva de ayuda saludos.

DOLORESBEAUTY: si pero yo kiero saver si como kiera sale enbarazada o k le puedo dar para k no salga enbarazada gracias espero su respuesta.

RAYO_VALLEKANO_33: Dejar a los perros disfrutarrrrr ombre ya por favorrrr.

La Perra se agarra a la pierna de la Humana y se *frota frota frota frota*. Martillo neumático, foca enloquecida. La Humana la aparta cada vez, desprendiendo las patas una a una como si fueran una pandilla de lombrices agarrada a una tripa. Siente una enfermedad venirle a la boca.

AITANA_MILULI: Mi beagle de 1 año 7 meses, se llama Lula ella lo hace, yo tb lo veía como inapropiado al ser hembra, y me saqué de onda porque pues pensé que solo los machos lo hacen pero al leer algunos articulos me di cuenta que no es así; amo a mi mascota así que la dejo hacerlo hasta que bota agua es muy normal y desestresante.

RAYO_VALLEKANO_33: Vaya guarrada nena eso es que eres como la chicholina te ponen los caballo los animales yo tengo uno aquí guardao dame tu wasap q te lo enseño jaja.

A pesar del calor, se pone unos pantalones de pana gris, ofrece toda la rugosidad posible al *frote frote frote*, entrega la pierna, aparta la vista. Mejor eso a que cualquier perro la preñe. Pero hay algo sucio, incómodo, en el contacto real, así que dobla un trapo de cocina, lo coloca sobre su pierna y lo fija rodeándola con precinto marrón. La Perra se *frota frota frota frota* sin un horizonte claro. No bota agua ni se desestresa. Se detiene, huele la pierna, vuelve a montarla. La Humana quiere tomarse tres diazepanes y que al despertar el celo haya terminado, pero no le queda ni una sola pastilla. Le chirría el organismo entero, cada célula es una niña que patalea en el suelo de un supermercado, en medio de un berrinche.

Rescata con furor yonqui el papel que le dio el psiquiatra. Red de Atención Integral de la Comunidad de Madrid. Programa Escucha. Intenta no tocar las letras, agarra el folio por los bordes, como si rozar fuese lo mismo que nombrar.

El centro de terapia es como el trabajo de clase de Tecnología de un niño. Un cubo gris, achaparrado, lleno de aristas innecesarias, con varias entradas y pasadizos, en medio de una barriada de ladrillo rojo, a tres cuartos de hora caminando de su casa.

Marque con una cruz (símbolo de cuadradito con una cruz marcada encima):
¿Denigraba él su aspecto físico?
¿Denigraba sus opiniones o ideas?
¿Durmió usted alguna vez en el suelo, ya fuera porque él se lo ordenaba o porque usted decidía hacerlo?

Se queda con la mano en vilo, como si le hubiesen plagiado la vida. Ella dormida en la alfombra roja de la casa en el campo. Le han dado lápiz y goma para que pueda retractarse, para que donde dijo *no nunca casi nunca raramente* borre y ponga *sí algunas veces siempre.* La goma está gastada de tanta mujer que no se atrevía a decir la verdad, *pero después sí pero después no pero después sí pero qué es la verdad qué es denigrar cuando es una misma la que no se siente digna de la cama o siente miedo de algo inconcreto y medio sonámbula se tiende en el suelo.* El lápiz flota sobre la hoja y traza una cruz invisible en el aire. *Si hablas mal de mí.*

La Vieja dice todo el tiempo, con una mezcla de orgullo y gesto de desdén, que la llamen así. *Yo aquí soy la más vieja, eso seguro, y os puedo contar lo más grande, lo más feo, lo peor.* Tiene el cuerpo consumido, las manos cruzadas por venas azules y verdes que sobresalen como cañerías. El pelo corto y gris, despeinado, grandes gafas rojas con cadenita. Los tendones del cuello bien a la vista y una fijación por los maridos aniquiladores (o, como dice ella, muy mala suerte). Es tan nerviosa, y exagera tanto cada aspaviento, que su organismo, todo lo que no es piel, parece querer salirse afuera en cada gesto. Sigue llevando las alianzas doradas, una con una piedra blanca engastada. La Humana las mira, espantada por esa insistencia de resguardar el pasado, cuando lo que casi todas desearían es un borrado de memoria. La voz cazallera, una risa que sale a borbotones con cualquier excusa, que se apaga de golpe para contar *mira, yo iba con la sangre cayéndome por la cara que me había dado él un zurriagazo con la tabla de cortar. Y la costilla rota que me quería ir jodiendo. Me paraba en cada gasolinera muerta de miedo y mi hija Tere me decía llorando: Mamá tienes que seguir, no podemos volver. No tenía ni quince años ahí mi niña. Angelico mío. A mí me ha pasado de lo más horroroso lo peor.* La psicóloga, demasiado joven y demasiado tímida para la energía furiosa del grupo de terapia, insiste en que ninguna experiencia es más o menos válida que otra, e intenta como sea acallar la crispación, la competición por el *y yo más, y yo peor.* Pero la Vieja tiene ese único capital que ha reunido a lo largo de la vida: cuando su primer marido, tras una discusión por unas cervezas que estaban tibias, la hizo meterse en el arcón congelador del sótano abrazando un pack de Mahou de 12 y la tuvo encerrada hasta que se desmayó, o la vez que, en una reunión familiar, le hizo un corte en la pierna con un cuchillo porque ella había dicho que él se echaba unas siestas muy largas, y eso, según él, era lo mismo que llamarlo inútil delante de sus hermanos y sus cuñadas. Bajo el dolor en la voz, la Humana percibe una sutil, muy sutil, vibración de orgullo: la víctima que supo ser estoica en la catástrofe, que mantuvo la boca cerrada mientras la sangre le corría por la pierna y todos seguían comiendo rabo de toro, ajenos a lo que sucedía debajo de la mesa. Por otra parte, casi todas las que están en ese círculo de sillas llevan un tiempo con un tenedor clavado en alguna parte del cuerpo, comiendo paella y sonriendo.

Todas están rendidas antes de hablar, hablando, después de hablar. La desesperación y la ira son lo único que insufla la energía necesaria para mantener la terapia en pie. La Humana se comporta como una buena alumna tímida que nunca participa. Redobla sus esfuerzos por parecer atenta, proactiva, humilde y todas esas cosas que hay que ser. Mira a las demás y sabe que esa hora y media no es suficiente. Los horrores que guardan quizá serían narrables en una borrachera de varios días, una fiesta en la oscuridad que permitiera retorcerse, vociferar, bailar, arrastrarse por el suelo, tragar tierra, escupirla, arrancarse el pelo. Sin turnos, sin tener que pedir la palabra, sin orden lógico, pudiendo convulsionar a gusto. Alguna vez ha pensado que esta clase de espanto también podría narrarse por escrito. Ha leído libros en los que se contaban cosas que parecían inexplicables, que a través de palabras y páginas hacían inteligibles las contradicciones más raras, las sensaciones más intrincadas. En cualquier caso, la Humana no sabe escribir. No se le ocurriría volver a intentarlo. Pero imagina que toma una frase de un libro y otra de otro, hasta fabricar un texto en el que ninguna frase fuese suya. Su obra sería sólo poner en orden los trozos escogidos, que arrojarían como resultado algo parecido a su historia. Así no estaría hablando. Serían otros los que hablarían por ella.

El cuarto secreto del cuento de *Barba Azul*, piensa la Humana mientras mira a todas las del corro, no es una habitación de mujeres degolladas por su marido, encerradas en una mazmorra con el suelo cuajado de sangre. El cuarto prohibido está abierto, es inmenso como el mundo, y las mujeres que lo pueblan son cualquier tipa que hace la compra con la mirada perdida, que sonríe en una conversación, siguiendo el hilo y perdiéndolo de pronto, no durmiendo, o consiguiendo dormir y soñando de nuevo con que él vive dentro del armario, siempre vivió ahí, juzgando todo lo que ella hacía; mujeres que cierran con dos vueltas de llave y lo ven a él en cada figura humana que se acerca al fondo de la calle; que van al médico y cuentan síntomas, pero nunca el punto central que irradia esos síntomas. Mujeres como la Vieja, que un día, después de una paliza, fue capaz de abandonar a su primer marido y en cada gasolinera se detenía y sentía el impulso de volver atrás, pero menos mal que tenía a su hija Tere sentada en el asiento del copiloto, *angelico no tenía ni quince años y me decía llorando: no mamá no des la vuelta que va ser peor.* A la altura de Guadalajara, la Vieja dio media vuelta, volvió a su calle, a su casa, subió, se dejó golpear de nuevo, y, durante un segundo, sintió que esa rendición era el puerto más seguro que podía arañar con su poca fuerza, incluso si para alcanzarlo había tenido que dejar abajo, encerrada dentro del coche, a su hija de catorce años golpeando los cristales, llorando, gritando *mamá mamá no por favor*, para que no pudiese impedirle subir.

La psicóloga quiere callar a la Vieja. Se le ve en la cara de tensa amabilidad. Junto a la Vieja está sentada una mujer de cuarenta y largos, con el pelo negro y largo, alisado con plancha, recogido en una coleta alta, y la cara dinámica de un rapaz observando a una presa. Un águila observando tantos objetivos que no se lanza sobre ninguno y se desorienta, se agota, dejándose caer en picado. En otra vida debió cazar ratones enormes, pero en esta le ha tocado ser presa, y desgasta esa fuerza antigua apretando una contra otra unas manos enormes, musculosas, con tendones a la vista. Lleva las uñas perfectas, una manicura con apliques de un nosequé que brilla. Saca un cigarro del bolso y se lo pone apagado en la boca grande, pintada de granate. Se quita y se pone el cigarro en la boca, incluso aspira y espira en un simulacro inconsciente y nervioso del fumar. Aprieta los músculos de la boca, el hueso de la mandíbula aparece y desaparece bajo su piel fina. La Vieja se desconcentra con el movimiento, se vuelve hacia ella. *Mecha que estoy hablando cojona.* Mecha pone la cara pícara de la mala alumna pillada en falta, pidiendo perdón. Guarda el cigarro. Se ríe, le brillan los ojos, negros y húmedos, entrecerrados. La Vieja relaja el gesto y le sonríe, se sonríen Mecha y la Vieja, la una a la otra como si esto hubiese sucedido muchas veces de la misma manera. Se odian y se entienden como parientes que repiten la misma coreografía, las mismas frases. Se nota que es un show habitual para recapitular delante de las más nuevas: la Humana y Wendy. Wendy es alta y altiva, las dos cosas. Tampoco habla. Sólo en un momento se le desenreda algo que le borra la máscara. Los ojos duros se vuelven tristes. La Vieja, que sigue hablando, dice que *para hacer eso que yo hice hay que quererse muy poquito.* Mecha, que ha vuelto a sacar el cigarro y casi lo mastica entre sus labios, vuelve a entrar al trapo. Porque Mecha se aburre. Si no tuviese ese cigarro al que sujetarse, saldría corriendo. Como la Perra frotándose, tiene los ojos vueltos a un deseo que no está allí en la sala de terapia. Habla con un espasmo de niña enrabietada. *Hija por lo menos uno tuyo está muerto y el otro a punto.* Y Wendy, con voz ronca y hastiada, y un acento cubano arrastrado por Miami durante cinco años y cuatro por Madrid, mira a Mecha muy fijo. *A veces un muerto jode lo mismo que un vivo.* Mecha avienta las aletas de la nariz, habla con el cigarro entre los dientes. *Un muerto no te va a venir a matar.* Wendy sonríe flojito, como si supiera algo que las demás ni idea, y clava los ojos *duros tristes hastiados* en Mecha. Mecha se quita el cigarro de la boca, se inclina hacia delante, mira a Wendy burlona, se le escapa una carcajada mientras responde. *Pues con la cantidad de cochinos que he matado yo si me vinieran todos a asesinar estaría esta sala apestando a mierda. Así que no sé cuántanos cómo va eso.* Y la Humana, que lleva tanto tiempo con las emociones dormidas o muertas, bebe esa mirada de Mecha a Wendy, mira las manos nudosas de Mecha ya casi doblando el cigarro mientras le clava la mirada a Wendy, y siente una electricidad leve. Reconoce la sensación de celos como un ciego reciente palparía la cara de su hijo, deteniéndose en cada cicatriz querida.

La Humana lo temería más muerto. Al menos ahora el Predicador tiene un cuerpo físico que hace posible ubicarlo. Que le hace posible, en realidad, no sólo ubicar su cuerpo, sino muchos otros cuerpos que se parecen al suyo: hombres que caminan por la calle y que en escorzo, de reojo, son él. Y cuyas visiones la llevan a, por ejemplo, echar a andar, dejando la compra en la cinta, justo cuando está a punto de pagar en el supermercado, porque le ha parecido verlo en una de las cajas del fondo. A hacer recorridos imposibles en el paseo con la Perra, prohibirse zonas concretas, dar media vuelta, porque de pronto está segura, segurísima, de que esa figura borrosa que fuma en la esquina es él. Pero, si el cuerpo del Predicador ya no existiese, no habría siquiera puertas ni llaves ni cambios de recorrido que la salvaran: el alma de él podría colarse fácilmente en la casa, envolverla, entrarle por la nariz como un gas tóxico, pegársele aún más a las tetas. Su fantasma podría estar juzgándola, riéndose de ella. Ella daría cada paso sintiéndose ridícula. Pero sabe que si abriese la boca y contase esto sólo lo estaría haciendo para discutir con Mecha, esa mujer que parece encontrar una diversión especial en el desacuerdo y el choque. Y el deseo de captar la mirada de alguien, como los celos que se le han levantado hace un momento, es arqueología que no quiere desempolvar con ningún pincelito.

Tras la hora y media de escucha y silencio, vuelve a territorio seguro con la receta de ansiolíticos como un tesoro en el bolsillo, buscando una farmacia abierta. Dos chicas adolescentes caminan frente a ella. *Tía no te rayes.* Hablan de cuerpos, de cuerpos desnudos, de si es necesario ver al otro en pelotas para follar por primera vez. *¿Tú crees que se puede follar sin ver la polla? Me raya verla tía.* La más alta responde con la voz entrecortada de risa. *Si todo va como tiene que ir no la vas a ver mucho porque la vas a tener escondida tú dentro.* Se parten en dos, pero a la bajita se le tuerce la risa enseguida. Ahoga un puchero. Se quita las lágrimas con cuidado de no estropearse el ojo de gatito delineado en negro y azul. *¿Me va a doler mucho?* La otra la hace detenerse, la agarra de los hombros, obligándola a que la mire. *Mira tía no te tienes que rayar. Porque al final ¿qué es la polla?* La otra la mira sin comprender, la alta grita de pronto. *¡Un palo con peluca! Jiaaaaaa.* Las risas se elevan, alcanzan a la Humana, le retumban dentro como si fuesen su risa de hace muchos años.

La primera que vio la Humana era como un olivo en medio de una rotonda, y así se lo contó por teléfono a Piti, y así se rieron las dos, *jiaaaaaaaa,* por teléfono, la Humana en la isla, Piti en Las Aguas 3. Fue el segundo verano sin salir de la isla, sin ver a los abuelos. La Madre hacía turnos completos en el herbolario y no llegaba hasta entrada la tarde. La Humana pasaba el día sola en casa con el perro. Por las tardes daban largos paseos, intentaba cruzar miradas con los chicos de la plaza. *¿Es tuyo? ¿Cómo se llama?* Bienvenido era un perro amarillo de orejas picudas, hijo de un dogo y una chucha diminuta. Había heredado algo del tamaño de su padre y nada de la inteligencia de su madre. Todos los animales de su familia se habían llamado así, Bienvenido, Bienvenida, empezando por un perrillo chico que su abuelo había conocido y cuidado haciendo el servicio militar. Se los encontraban siempre en la calle o se los daba un vecino que ya no podía, un cachorro de la camada de la tía de, y eran siempre bienvenidos. En las fotos viejas, el Abuelo y la Abuela con la Madre y la tía Silvia aún niñas, siempre asomaba una cabecita negra, un revoltillo en el regazo. Bienvenido. Una periquita en el hombro. Bienvenida. *Abuela, ¿y estas ovejas? ¿Tenían nombre?* La única foto de infancia del Abuelo: un chiquillo todo nariz y orejas, mirada anciana, rodeado de un rebaño. *Qué iban a tener nombre. Si no eran de él, que las cuidaba por un plato de caparrones.* La Humana le exigió a la madre tener mascotas dignas de recibir el nombre familiar. Fue Bienvenido un hámster tuerto que vivió un año y Bienvenidas fueron dos tortugas. *Mi niña tus tortugas se cocieron en su salsa*, le dijo el veterinario cuando apareció llorosa, con la pecera, que había olvidado al sol, agarrada con fuerza. Al cumplir los siete años, llegó Bienvenido el perro.

Mamá no quiero ir a baloncesto. Me duele. La Madre en el sofá, la boca pastosa de una siesta demasiado larga. *¿Dónde?* La Humana sintió una oleada de sangre que iba directa al dolor. *Aquí y aquí.* No dijo tetas, porque tetas se llamaba a las ubres colgantes, transportadas como artículos de regalo o carga pesada y mortal. Y ella tenía sólo nueve años, estaba protegida de esa carne. *Pues no vayas a baloncesto. ¿Me traes un vaso de caldo?* En esa época hacía ayunos. *Los ayunos te arreglan la vida entera*, decía.

Le salieron las mismas tetas que se adivinaban en ese único retrato de su Abuela, a los catorce años, saliendo de misa con el resto de criadas. En aquella foto ya llevaba dos años fuera de Milagros, sirviendo en casa de unos señores. *Vaya mostrador tenía tu abuela.* El dedo de la Madre sobre la foto. La Madre, tetas chicas y firmes sin sujetador, las clavículas marcadas en las que la Humana enganchaba sus deditos, como la periquita Bienvenida. Había un consuelo en las tetas de la foto, gemelas de la inmensidad que empezaba a revelarse en las suyas. Pensó que las arrastraría como un mueble muy barroco que se hereda y no te cabe en el piso. Hubo un primer gran golpe contra ese aparador —miradas, gritos en la calle, espalda encorvada, *quién es esa mujer que la quiero fuera de mi casa*— pero al poco tiempo se le reveló como lo que era: un regalo.

Le había contado el secreto a Piti el último verano en Las Aguas 3. *Es como que me puede gustar quien yo quiera.* No era exactamente eso, pero cómo explicar La Fuerza. Estaba en su cuerpo, existía en ella sin necesidad de nadie.

Mamá, siento La Fuerza. Jamás lo dijo, pero lo pensó. ¿Había que ir al médico por aquel secreto? Enrique, su profesor preferido del instituto, le daba cigarros. Fumaban juntos en la trasera de las canchas. Enrique leía de un vistazo sus fuerzas internas, la furia adolescente que no sabía dónde poner y que entonces colocaba en todos sitios. Él le contaba cosas, ella se reía. *¿Sabes los poltergeists? Esto de que se mueven los muebles solos se abren y se cierran las puertas la gente siente que la empujan o la disparan por los aires. La gente piensa que son fantasmas o el demonio pero nada que ver.* Enrique leía filosofía, psiquiatría, parapsicología, la revista *Muy Interesante*, la *Más Allá*. Le había mostrado ilustraciones de Marie-Angélique Memmie, la primera niña feral, que vivió sola en los bosques durante diez años. *¿Por qué me enseñas esto? ¿Te crees que soy así?* Todo su desdén adolescente saliendo a relucir en una ofensa tonta. Enrique se reía, se encogía de hombros. *Chica como tienes ese carácter.* Ella le cogía el cigarro y se lo estrujaba contra la pared. Enrique le contaba que estaba demostrado que los poltergeists se producían con más frecuencia en casas en las que habitaban niñas, chicas adolescentes. *La psique de una adolescente es alto voltaje tiene una fuerza que ni te imaginas. ¿Tú crees que ese cabreo que llevas siempre encima esas ganas de matar y patearlo todo no podrían levantar una mesa por los aires sin tocarla sin pensarlo siquiera?* Lo decía con sorna, vacilándole, pero sabiendo que aquello llegaba a alguna parte dentro de ella. Después hacía que se ponía solemne, citaba: *¿Qué necesidad hay del demonio cuando basta la persona?* Y la señalaba. La Humana se reía y sentía un miedo gustoso. Antes de volver a clase de Biología hacía una parada en el baño para invocar La Fuerza. Incluso allí, con ese olor a meados y voces reconocibles al fondo, era fácil. Pensaba en cualquier persona, se lo ponía difícil a sí misma. La mujer que vendía bocadillos en el puesto ambulante por fuera del instituto. Esa señora irrespirable, podrida de vivir, que los trataba con desprecio. Levantaba la camiseta, el top. Sus pezones, uno en cada junta de azulejo, apoyados apenas. La Fuerza siempre estaba ahí, lista para visitarla.

A veces incluso conseguía convocar a La Fuerza en medio del pasillo del instituto, rodeada de gente, como un poltergeist que se ha ido alimentado durante horas para después vomitar los muebles por los aires. El roce de sus pezones con la camiseta al ritmo de una respiración rápida y profunda era suficiente. Disimulaba los espasmos, congelaba el rostro. Después se recobraba y el mundo seguía allí, completamente ajeno a su placer.

La de la Abuela fue una muerte progresiva. El cerebro borrándose poco a poco durante más de quince años. Cuando también el cuerpo se apagó, hacía ya tiempo que la Humana vivía en Madrid. La vida en la ciudad la retenía en su coreografía imparable. Tardó unos meses en ir a ver su tumba. La llevó hasta Milagros la mujer de las manos nudosas en su Seat Panda blanco, aunque hacía tiempo que no estaban juntas. El pueblo ya casi vacío del todo, el cementerio lleno. En una esquina del nicho se veía una mancha ya seca, derramada, brillante sobre el granito. El encargado del cementerio les dijo que era grasa. *Grasa del cuerpo. A veces pasa eso, que se vierte.* La Humana untó el dedo en la grasa, que ya no manchaba, pero daba igual. Se lo pasó por los labios. Después, en el caminito de cipreses, con un montón de nichos desde los que la miraban sus primeros y terceros y cuartos apellidos, se sacó una, después la otra.

Agachó la cabeza y las llevó por turnos a su boca. Besó sus tetas benditas con el bálsamo de la Abuela.

Cuando perdió la virginidad, la Humana desapareció de casa dos días, absorbida por ese nuevo juego en compañía. Ni siquiera había salido con la intención de ir de fiesta, con la raya del ojo mal hecha y los labios pegajosos de gloss. El gloss, potingue fundamental para el beso, señalización luminosa de la cueva a la que había que aproximarse para conocer todo lo demás. Se untaban la boca en sabor melón, piña, cacao del Nilo, con purpurina, sin purpurina, con efecto veinticuatro horas (aunque nadie podía aún pasar veinticuatro horas fuera de casa, y casi todas sus amigas sabían que parte del brillo lo disfrutaría únicamente la familia en la comida del domingo). *Se me comió todo el gloss*, frase ganadora. Se la decían unas a otras cuando volvían de algún portal arrastrando de la mano a algún muchacho escocido de tanto roce. Una vez llegó la policía a una fiesta en un aparcamiento. Buscaban porros, pastillas. Revisaron a un chico que volvía de lo oscuro del parking con la Humana. Habían estado besándose *frota frota frota* durante horas. Virginidades que descascaraban, que exfoliaban, queriendo limar hasta llegar al centro del cuerpo. Días después seguía doliendo. *¡Documentación! ¡Ábrete la cremallera! Mírale dentro de los calzoncillos que ahí guardan de todo.* Y ya para siempre guardada en la memoria, lista para la risa, la cara del policía atónito, su mueca de asco con las manos pringadas de semen.

Podría haber sido un rapto: chica de catorce años y medio desaparecida en el barrio de San Gabriel. Vestía pantalón viejo de chándal de color negro, sudadera gris y zapatillas negras. Iba con un perro amarillo. Por lo visto, fugas como la suya eran habituales, casi diarias. Nadie está más deseoso de olvidar quién es que una adolescente. *Poquito podemos hacer por ahora, señora.* La Madre insultó al policía, colgó el teléfono. Nunca el descontrol había sido tan extremo. Hubo aproximaciones: salía a pasear al perro después de comer, a dar una vuelta inocente con un chico que le gustaba y no llegaba hasta las tres de la mañana. *Es que era muy tímido y yo también soy muy tímida y no se atrevía a besarme y me gusta mucho.* Esos combinados de estupidez y sinceridad aturdían a la Madre. La Humana dejaba caer lágrimas de diva absurda. Apagaba y encendía aquella fuente interna. La usaba para afianzar la fe en cualquier disparate, como el cura de una parroquia pequeña accionando una palanca para que la Virgen llore sangre.

El objetivo era llegar a Costa del Silencio, en el sur de la isla. Un apartamento vacío. Los padres que lo habían comprado no iban ya. La Humana, tres chicos de la plaza, Bienvenido, todos montados en un coche prestado. A los pies, vino, cocacola y hielos, además de una botella de licor de mora. El perro iba sentado en su regazo, tenso, clavándole las garras negras, sacando la cabeza por la ventanilla. Al principio no había querido subir al coche. *Estate tranquilo Bienve.* Le dio un beso en la cabeza. Pero era casi una amenaza *no me falles que esto es muy importante.* Bienve, como un hijo que ve a su madre borracha y no la reconoce, intentó alejarse, tensando la correa, mirando con angustia en dirección a casa. Lo subieron en brazos entre todos.

La urbanización había sido un monstruo turístico en los setenta y después se había apagado. No había suministro eléctrico, ni agua ni recogida de basuras. Fuera, una carretera flanqueada por fincas de plataneras. Las flores de la manilla de plátanos, moradas, abiertas como un cuerpo que espera. El cartel a la entrada del complejo turístico mostraba escenas descoloridas de playa y golf. El dibujo de un sol, con cara humana y gafas que lo protegían de sí mismo, sonreía invitador. Bloques de apartamentos turísticos hechos ruina violando la ley de costas, una pizarra medio borrada que anunciaba en inglés un partido entre el Sheffield y el Manchester United que se había disputado hacía años.

Sólo vieron a una pareja de guiris ancianos. *Son belgas. Casi todos los subnormales que compraron aquí son belgas,* dijo el chico. Los belgas caminaban muy despacio, cargando packs de cartones de leche como para atrincherarse en un búnker. El viento arrastraba una lata herrumbrosa. ¿Cuánto tiempo llevaría esa lata clinclanclinclan-clín, paseando por el complejo turístico, sin que nada la detuviera?

El de los padres con apartamento tenía diecinueve años. Vendía drogas, pero no con el apalancamiento habitual de los que pasaban pastillas en el polígono, escarbando un agujero en el que hacerse un ovillo para siempre. Él conseguía dinero para otra cosa, algo que nadie sabía, pero que se intuía en su mirada de educado desinterés hacia todo lo que le rodeaba. Se veía que pensaba sin parar en esas ambiciones futuras, que el ahora era sólo un intermedio ineludible. Lograr su deseo, traerlo al momento presente, era un triunfo. En el salón del apartamento, mientras los demás esnifaban cloretilo, la Humana lo besó. *Espera un momento que voy al baño.* Se miró en el espejo. Las líneas que la conformaban, temblorosas por el alcohol, ya se empezaban a difuminar. Dijo en voz alta el nombre de la Madre, del Abuelo. Le sonaron ajenos, casi desconocidos. Después pronunció el de la Abuela. La imaginó como probablemente estaría en ese momento: en bata, la mirada fija, atrapada en el circuito de los tres pensamientos brumosos que permaneciesen en su cerebro. Esa prueba toxicológica era crucial. La hacía muchas veces, en las fiestas, para saber si se encontraba cerca del punto de no retorno. Era importante pronunciar los apellidos; aumentaba la distancia. Cuando la emoción ante los seres queridos era difusa, casi inexistente, y asomaba en cambio un leve vértigo, lo había logrado. Empezaba a no ser ella misma. *¿Quién es esa mujer Miguel? ¿Quién es?* Y la nieta de nadie volvía a la fiesta con una fuerza colosal, porque los que la querían ya no existían y entonces sólo se podía dañar a sí misma. Su cuerpo no tenía más lugar que aquel.

Esa noche, aquella chica que ya no era nadie encerró a Bienvenido en la despensa del apartamento. Se había puesto imposible, con el lomo encrespado y los dientes a punto, gruñéndole al chico. Lo habían atado a la pata de la mesa, pero la volcó de un tirón, arrastrando todos los vasos y un cenicero repleto de colillas. Desde la primera regla de la Humana, se enfurecía cada vez que algunas personas se le acercaban demasiado. Su instinto traspasaba cerebros: la hacía pasar terribles vergüenzas intentando atacar incluso a personas a las que ella deseaba en el más absoluto secreto. Después, agradecido de estar al fin a solas con ella, sin rivales alrededor, bajaba la cabeza, enterraba el morro entre las piernas de la Humana y suspiraba fuerte. Habían sido, hace no tantos años, hermanos, amigos de verdad, aplastados en dulce montón en el sofá del salón viendo sus películas favoritas, en las que, para ser favoritas, siempre debía haber una niña y un perro. Aquella noche, Bienvenido, sin comprender, ladraba entre latas de piña en almíbar y saquitos de leche en polvo Lita (el rostro de enfermera dulce en cada paquete como apaciguando al perro). La Humana recuerda sus ojos lastimeros, el horror al saber que iba a ser encerrado. También la disculpa que formuló en su mente para protegerse. Él también, hacía no tantos años, la había confinado a un cuarto pequeño y confuso. La Humana tenía diez años, dos tetas secretas que asomaban y un cuaderno en el que iba apuntando en dos columnas el abismo de edad que empezaba a separarla de Bienvenido. Un año humano equivalía a siete años caninos. El desgarro de su alma al ver cómo se alejaban se hizo definitivo cuando un día, en plena calle, Bienvenido se enganchó a una perra. Meneaba las caderas con la blandura y la determinación de un muelle. El dueño de la perra, un señor agrio, no mudó el gesto mientras esperaban, cada uno en un extremo de la placeta de la ermita, a que aquel sortilegio se desactivara. Con la sangre helada, la Humana intentaba no mirar. Meses después, el dueño de la perra se encontró a la madre en la charcutería y le dijo que su Bibi había parido dieciséis cachorros y se los había comido. Nunca supieron si era cierto. Años después, en el apartamento de Costa del Silencio, la Humana cerró la puerta de la despensa por una venganza que surgía, inevitable, por el ritmo imparable al que avanzaban los números. Porque, aunque nadie apuntase ya las equivalencias de edad en aquel cuadernito, Bienvenido empezaba a ser un anciano, y ella una hembra a punto de ser enganchada en la plaza.

Esa noche, la mañana y la tarde siguientes, mientras la lata seguía paseando clinclanclinclan-clán por la urbanización abandonada, se abrió una gigantesca brecha espaciotemporal de la que la Humana sólo recuerda sentirse dulcemente raptada. Lo que descubrió en aquel momento fue un lecho blando en el que poner los ojos en blanco: abandonarse de una forma animal, el otro como pasatiempo definitivo. Esa noche, la mañana y la tarde siguientes, mientras su madre llamaba a la policía, la Humana descubrió un poder narcotizante. Era distinto a La Fuerza. Al hacer el amor con otra persona, el cuerpo, aturdido por los roces y las caricias, la carne enredándose, sentía, sentía mucho, pero era algo que marchaba por un camino distinto al de aquella magia que vivía sola. Sin embargo, le encantaba observar las necesidades de otros seres, provocar estímulos con una frecuencia concreta. Esa coreografía, divertimento sin fin, era lo que la alejaba definitivamente de sí misma, de su cuerpo, de su Madre bebiendo ocho vasos de caldo al día. Nadando en ese narcótico podía descansar de sí misma.

A partir de entonces, hizo lo posible por mantenerse siempre en tránsito entre un cuerpo y otro. La Madre se aprendía los nombres de cada novio, cada novia, les ofrecía un té, pipas de calabaza tostadas. Más tarde dejó de esforzarse. *¿Este es otro nuevo o el de antes?* Los llamaba Bienvenida, Bienvenido, como un periquito que se te posa en el hombro pero enseguida echa a volar o lo sueltas en el bosque.

A los pocos meses de la huida al sur de la isla, Bienvenido murió. Durante un tiempo planeó por la cabeza de la Humana la idea de que su muerte había sido un paso de testigo, la pata del perro en su mano: la sexualidad animal había ido abandonando su cuerpo para tomar el de la Humana. Una vez completado el trasvase, el último portador del virus se había apagado.

Le gustaría asistir a la terapia de grupo y poder contar todo esto, soltar todo lo que circunda y fue germen de lo que tiene prohibido mencionar. Hablar hablar hablar, pero sin rozar el centro siquiera. También la chica del bigote, en el tumulto de aquella rave, quería que hablase hablase hablase. Estaba hambrienta de saber para poder esparcir la información. Porque la desgracia de una puede ser el relleno perfecto al pan demasiado seco de otra, y la vida de muchos suele ser nada más que eso: un pan sin gracia. Sin la salsa del hablar de los otros, muchas amistades se deshidratarían. Y en cada ronda, el cuento se salpimenta, es cada vez más sabroso.

Días después de encontrar a la Perra, tuvo delante la prueba de que su salsa se había diseminado alegremente, convirtiéndose en veneno. Era otra fiesta, más pequeña que la rave, en una antigua fábrica de cinturones y bolsos de un barrio del sur de la ciudad, a media hora andando de su casa. El olor a piel curtida aún flotando en el aire, después de más de veinte años. La Perra vagó por la fiesta lamiendo cerveza derramada por el suelo hasta que se cansó y se echó a dormir en un sofá desvencijado. Un tipo gritó de lejos: *Tú*. Señalaba a la Humana. Bigote fino, ropa fluorescente, la mandíbula apretada por drogas distintas a la suya. Lo conocía. Lo conocía porque todo el mundo lo conocía. Pinchaba en fiestas, organizaba raves inmensas. Mantenía el equilibrio justo de irreverencia para montar fiestas en un sótano y que, al mismo tiempo, le pagaran por amenizar saraos del ayuntamiento. *Tú. Tú eres una mentirosa.* Le rechinaban los dientes. La Humana sintió que los huesos se le vaciaban por dentro. Reptó aterrorizada bajo el dedo señalador y el rechinar de dientes. *Tú vas contando que.* Salió corriendo. Llegó a casa rendida, cerró la puerta con llave. De muy lejos, traspasando muros, le llegó un ladrido ofendido. Vuelco al corazón. La Perra. Salió de casa, abrió la puerta del portal, y allí estaba, esperando en la calle. No se había dado cuenta de que la había olvidado ni de que el animal la había seguido, caminando varios pasos por detrás, durante toda la vuelta a casa. La Perra se tendió a su lado en el sofá, lamió sus manos temblorosas. Después de eso, la Humana ya no volvió a ninguna fiesta, a ningún lugar donde alguien pudiese conocerla, señalarla y decirle *tú vas contando que.* El mdma quedó al fondo de una riñonera que no volvería a ponerse. Esa medicina cuyos efectos secundarios eran lengua suelta, pensar que el mundo era mejor de lo que era, dedos señaladores, peligro.

Escorpio (23 de octubre-21 de noviembre)
En la mitología romana, Venus era la diosa del amor y el sexo. Sin embargo, la ciencia moderna nos dice que el planeta Venus está cubierto de nubes de ácido sulfúrico, tiene una temperatura superficial de 867 grados Fahrenheit y brotan de él 85.000 volcanes. ¿Por qué las dos Venus no están sincronizadas? El ocultista Sherwood Silver dice que la diosa Venus es a menudo una influencia perturbadora en el mundo, que nos desvía de los asuntos serios de la vida. Todos sabemos que nuestra afinidad por el amor, el deseo y la belleza pueden distraernos de convertirnos en emprendedores tecnológicos multimillonarios. Pero, al mismo tiempo, ¿qué sería de nosotros sin el amor y el sexo? ¿Y tú, Escorpio? ¿Qué piensas de todo esto? ¿Crees que el erotismo embellecerá o perturbará tu próxima semana?

Cuando salen a pasear, las esperan en la puerta del edificio dos labradores enormes, casi idénticos, aguardando con la impaciencia del que ha pedido cita hace tiempo. Al abrir la puerta, se lanzan sobre la Perra. La Humana la arrastra de nuevo dentro del portal, patea por el hueco de la puerta hasta que consigue apartarlos y cerrar. Los perros gemelos se enzarzan en una misión hormonal, desesperados por tirar la puerta abajo. Tras la mole de furia y pelo vislumbra, a lo lejos, a un perro joven del vecindario, un bodeguero andaluz enteramente blanco, salvo por la cabeza negra, como un pequeño terrorista encapuchado. Asoma en la esquina. Su dueño lo arrastra a tirones de correa. Da un primer tirón, luego un segundo, más violento, hasta que finalmente desaparece. La Perra zapatea, gime, se vuelve a la Humana como diciéndole *¿mamá puedo por fa por fa? Rasca rasca rasca* por dentro la puerta del edificio, queriendo entregarse a sus rubios. La Humana la clausura de nuevo en casa. La Perra se agacha, la mira a los ojos y hace un pis diminuto, denso como una gelatina de culpa.

En las excursiones de clase, Enrique les señalaba lo que nadie miraba. Pasaban más tiempo en el camino al museo que en el museo. Señores dormidos. Un perro meando. *¿Alguien sabe por qué lo hacen? ¿Mear en sitios concretos oler lo que otros mean?* Rebullir adolescente, incómodo. Nadie quiere ser el primero en decir lo que todos saben. Gisela levanta la mano. *Para marcar territorio.* Enrique niega con la cabeza. *No. Los perros no marcan. Lo que hacen es dejarse mensajes. Escriben con su pis.* Un perrillo negro meó cerca, olió lo que había escrito, pareció satisfecho. Treinta adolescentes mirándolo como si fuese un cuadro, una maqueta, un grabado. Siguieron caminando hacia el museo. *Profe esto no entra para examen, ¿no?*

Qué mensajes dejarán los perros a la Perra.

Ola guapa keaces kieres foiar?
Ola nena me justas me justas vienes?
Me gusta tusangre tuolor.
Eres magnífica.
Eso que haces es una mierda puedes dar mucho más de ti.
Eres la novia más gorda que he tenido.
No quieres follar, ¿eh? ¿Y entonces para qué estamos juntos?
Me das asco.
¿Es que no sabes pensar?
Si hablas mal de mí.
Si hablas mal de mí.
Si hablas mal de mí.

Saca a la Perra a las cinco de la mañana, cuando los perros duermen o vagan por las casas dormidas *salón cocina baño salón de nuevo*, chasquido de sus uñas contra el parqué, husmeando inquietos, buscando lo salvaje sin encontrar nada. El río corre oscuro. Sólo refulge algo de espuma blanca, grazna un pato a lo lejos. Tumbada bajo un árbol, con la indolencia de una fiesta que empieza a ser resaca, una chica rubia disfrazada de animadora se besa con un tipo largo disfrazado de esqueleto y otra chica que va de oso rosa. A veces por turnos, a veces todos juntos. La Humana ve sus lenguas. La Perra se aleja un poco, olisqueando el suelo. Corren hacia ella dos perros, uno marrón y otro gris, con collares luminosos idénticos. Le huelen el coño. La Perra contorsiona su cuerpo negro para olfatear también su propio aroma. Quiere vivir la experiencia del deseo de sí misma. La Humana pone su poca tranquilidad en la protección de las bragas obscenas, que le calza una vez que ha cagado y meado. Al principio, los hocicos de los dos perros están pegados, humedad con humedad, pero entre el pelo gris y crespo de uno de ellos asoman los dientes. El marrón lanza un gruñido bajo. Se enzarzan, torbellino gris y marrón en la hierba. Habiendo perdido ya la noción de por quién se baten en duelo, arrollan a la Perra. La animadora se besa ahora con el oso rosa, y el esqueleto mira al río y fuma. La Humana no sabe cómo abordar la pelea que centrifuga a su perra. Interna una mano en el remolino, agarra a la Perra por el collar, tira de ella. Ahora se besan los tres. Una mano se interna bajo el tableado de la falda. Intenta atar a la Perra, pero se retuerce, intenta zafarse, culebrea en el suelo como poseída. La Humana se desespera.

Joder, joder, ¡¡¡¿cuándo se va a acabar esto del celo?!!!

La chica rubia, tumbada en el suelo, tuerce la mirada, abandonando por un momento su remolino humano para mirar a la Humana. Sonríe pícara. Arquea el cuerpo y exclama, en un maullido de gozo y desesperación.

Sí, por favor, ¿¿¿CUÁNDO???

Amanece en la ciudad, poco a poco, como un dolor de cabeza. La Humana escucha los suspiros animales, de cuerpo enjaulado en sí mismo, y se le parte el alma. No quiere encerrar a la Perra en una despensa. Le crispa los nervios ser la guardiana perpetua de su instinto. Quizá dejándola correr en un lugar sin perros cerca. Se pone las zapatillas de velcro, embute a la Perra en las bragas recogesangre, modo de cinturón de castidad. La idea es ir en metro hasta el parque de la Casa de Campo, que es lo más cercano a un bosque que tienen cerca, y dejarla ser lo que es durante un rato.

Se ve reflejada en los cristales del metro que entra traqueteando en la estación. Hay tanta falta de todo en su cerebro y en su cuerpo que parece que es la Perra, brillante y joven, con sus bragas de cuero, la que la hubiese adoptado a ella. En los vagones, los restos medio arrancados de unos adhesivos publicitarios: la última campaña que ideó. *Bay: Vive lo que vivas.* La impresión de las burbujas del refresco, del tamaño de su cabeza, pasa frente a ella. Le extraña, le extraña mucho haber inventado eso. Haberse inventado *algo*. Los eslóganes que aún sigue viendo por la calle, en fachadas de bancos y marquesinas. En la radio atronadora de una tienda, su propia voz de locutora entregada al ridículo con total convicción: *Seguros ópticos Perlora: No gafes tus gafas*. La perra, tranquila hasta ese momento, de pronto quiere dejar el andén, salir del metro. La arrastra hacia atrás con el pánico pintado en los ojos dorados. Enseña los dientes a algo que sólo ella ve. Por el rabillo del ojo, la Humana vislumbra un movimiento inesperado, una mancha que cae al andén. El vagón gruñe, frena con un gañido neumático. Se eleva un rumor creciente que se sofoca antes de llegar a grito. Se abre la puerta en uno de los extremos del tren y sale el conductor con la cara gris, sudor, las manos en la cabeza. *Era muy joven, muy joven*. La Humana da dos pasos atrás. Da todos los pasos atrás. Corre por la calle, llega a casa. La Perra detrás, las dos huyendo de algo. Cree haber visto a la chica justo antes de. *Era muy joven, muy joven*. Iba maquillada. ¿Sonreía? No está segura. El cerebro construye sobre una mancha. La Humana siente que ha sido un error, que esa ráfaga de impulso iba dedicada a ella. *He visto tu muerte*. Cierra por dentro con dos vueltas de llave. Se tiende en la cama, la Perra se enrosca a su lado. Con el pelo del lomo encrespado, temblando aún: la única psiquiatra que comprende su miedo sin necesidad de escucharlo en palabras, que entiende el peligro y le enseña los dientes.

Un mail:

Si hablas mal de mí,
recibirás la inquietud, la enfermedad y la desgracia.
Tú y todos a los que amas.
De ti depende.
Amén.

Cuatro
El grupo

> *Rasca el cuero*
> *Con las garras largas*
> *Restriega contra el piso*
> *La parte delantera de su pecho*
> *No tiene terapeuta*
> *Solo su cuerpo*
> María Paz Guerrero,
> *Dios también es perra*

El verano aún no ha escalado hasta la mitad, pero algunos pájaros mueren de calor en pleno vuelo y caen sobre la acera. La Perra los sortea sin olerlos siquiera. Mira hacia otro lado. Huye de cualquier señal que le recuerde a la miseria. Se aburguesa, se estira; cada croqueta de pienso que cruje la vuelve más altanera. Menea su coño rosa, que ya empieza a deshincharse. Se siente guapa y merecedora de todos los cuidados que recibe. La Humana también sortea los pájaros, pero los ojos viajan solos, sin permiso, hasta tropezar con un polluelo muerto, calvo e hinchado, que ha caído del nido. Calor leve en el pezón izquierdo. Sabe de eso: las lactantes oyen llorar a un bebé, o incluso a un cachorro de cualquier mamífero, y se les derrama la leche. El pus que le brota a ella sólo podría alimentar a un pollo muerto como ese.

Dos usuarias en un chat canino:

CarlyHernandez: El veterinarios nos dijo que lo que os conte el otro día de que mi perrita tenia pezones

hinchados que se trataba de un embarazo psicológico. Sus recomendaciones fueron no darle ningún trato especial.
FUNKANDDOGS: Estaros atentos al falso parto para evitar que adopte algún objeto o a vosotros mismos y cuando tenga el año de edad esterilizarla.
CARLYHERNANDEZ: Todo esto es nuevo para nosotros ya que de las perras que hemos tenido y tenemos ninguna había tenido un embarazo psicológico. Los foreros que habéis pasado por esto: Como llevasteis el falso parto y todo lo relacionado? La esterilización evitara que vuelva a tener psicos pero es buena idea? Vuelven a ser las mismas después de todo esto? Un saludo :)
FUNKANDDOGS: Hombre las mismas las mismas no. Nadie vuelve a ser la misma nunca después de nada.

La Perra mea en la calle: piernas traseras flexionadas, culo al ras, coño tocando el suelo, mirada implorante de caramelo. Se les acerca una señora. Pesan años de enfado en su frente. *Si tu perro caga lo recoges.* La Humana le responde que siempre recoge la mierda de la Perra. Pero —y esto lo dice casi divirtiéndose— le indica que la Perra no ha cagado, sino que ha meado. La señora está tan enfadada por algo que le pasó ayer, o hace dos años, o en la plaza del pueblo cuando era niña, que ni siquiera mira la prueba incontestable: no hay ni rastro de mierda en el césped. Le apetece de verdad llegar a las manos verbales. *¿Te crees que soy tonta? No estaba levantando la pata que lo he visto.* A la Humana se le escapa una risa. *Pero esto no es un perro. Es una perra.* Le parece inaudito que esa señora, con todos sus años vividos, haya estado siempre demasiado enfadada como para darse cuenta de que las hembras no responden al icono del animal que ensucia la calle: pata levantada, arco amarillo brotando. Que las perras mean con las piernas traseras flexionadas, culo al ras, coño tocando el suelo, ojos de caramelo brillante. *Pero señora es que las perras mean así.* Así. Como el discurso de la Humana se desatornilla enseguida, como tartamudea y cualquier fuerza que le brota se carcome en un momento, no sabe describir la postura y, de forma casi refleja, la esboza con su cuerpo humano: flexiona las piernas, acerca el chumino al suelo y mira a la señora con sus ojos de caramelo furioso. El corazón le late fuerte. Por una vez siente que ha ganado una discusión. Hacía tanto tiempo que no tenía la razón en algo.

Acude a Cielo Medina y sus vídeos de youtube —yoga para las lumbares, yoga para trabajar las raíces, yoga frente a un ataque de pánico— igual que hace cuatro meses acudió a un terapeuta que trataba el trauma a través del trabajo con los hemisferios cerebrales, igual que hace tres fue a una acupuntora que le dijo que los problemas en los pechos estaban relacionados con conflictos con el hogar y el territorio, igual que fue a una tarotista que la trató con el paternalismo burlón de una madrina a su ahijada que tiene mal de amores. De la misma forma que se presenta todas las semanas al trueque de la terapia de grupo: ir y sentarse en corro a cambio de ansiolíticos. Figuran ya unas ocho equis obedientes al lado de sus casillas de asistencia.

Dinosaurio llegaba de cazar con varios conejos colgados del cinto. No había manera de desterrar el contacto crudo con la tierra de esos señores que de niños habían comido rata y gato para sobrevivir, que después habían salido del pueblo casi descalzos, habían medrado en la ciudad comiendo una sardina al día, hasta lograr, al cabo de los años, una montaña de pesetas capaz de comprar una pequeña casa de veraneo con un ventilador de techo en cada habitación y ventanas por las que entrase el olor del mismo río en el que cazaban ratas de niños. El conejo lo cocinarían en una olla a presión Magefesa y lo servirían en la terraza, bajo un toldo mecánico que funcionaba con un botón, pero los señores seguirían escapándose cada semana a cazar animales que ya se creían a salvo del hambre de la gente. A uno de los conejos se le movieron primero las patas, después el cuerpo entero. Dinosaurio lo desató del cinturón, lo colocó en el suelo. El conejo avanzó con un andar sin goznes, atropellado, hasta que se detuvo para siempre en la entrada de la piscina. La Humana y Piti lo miraban mudas de aprensión. Dinosaurio, con el cigarro apagado en una esquina de la boca y la cara roja de satisfacción y vino, les sonrió. *Muerto está, pero le dura la electricidad.* Eso le pasa a la Humana. Aún le dura la electricidad para llegar un poco más allá, pero no mucho.

Cangrejos de río. Negros en el agua, rojos al cocerlos. La Abuela y la Humana esperaban al Abuelo oteando desde la terraza. El Abuelo bajó del coche, pelo blanco despeinado, sonriente y confundido, como un niño pillado en una travesura. Había ido al supermercado, y a la vuelta, de camino, se había entretenido en el río. Se metió en el agua por el recuerdo de un hambre que en realidad ya nunca tendría. Andaba por allí la policía. Prisas, el miedo antiguo de cuando robaba leña por los montes con un burrito flaco. *Nada, echando un vistazo ya me estaba yendo señor agente.* La Humana niña miraba atónita el agua chorreando por el pantalón, los bolsillos vivos. Los cangrejos asomaban, intentando atrapar el aire.

En uno de sus tutoriales de yoga, Cielo, en mallas malvas, trenza larguísima, explica que terminó dedicándose al yoga porque siendo bailarina de ballet sufrió una lesión. Se cuida mucho de usar un lenguaje positivo, dándole la vuelta a la experiencia para convertirla en fortuna y brillante destino. Pero bajo sus gestos late un veneno que la Humana comprende. Esa sustancia no entiende de yogas. *Inspiración. Espiración.* La rodilla de Cielo perdiendo su último gramo de hueso articular en medio de *La consagración de la primavera* es hermana gemela de sus tetas supurando. Juntas de la mano por el caminito de la renuncia. *Inspiración.*

Mira a Cielo a los ojos, sigue sus indicaciones posturales y de respiración, a veces la saluda al empezar los vídeos, como la Abuela ofreciéndole un café al presentador del telediario, haciéndoselo beber, derramando café con leche por la pantalla, secando con una servilleta la pechera del presentador, pegoteo marrón mojando los botones de la tele, endureciéndose. *Espiración*. El abuelo suspirando. *No, la primera y la segunda ya no se pueden poner.* Abuelo abrumado ante el espectáculo estridente y obligado de las cadenas más nuevas. *Mamachicho me.* Apagaba la televisión antes de que la Abuela. *Miguel, ¿qué hacen esas mujeres aquí?* Dejaron de ver la tele. *Inspiración.* La Humana traga y escupe aire al ritmo de Cielo, intentando drenar una parte del veneno, desatascar los botones de los canales antiguos, sacarse los dolores con un bastoncillo de los oídos empapado en alcohol, que su primera y su segunda cadena vuelvan a funcionar. *Espiración*.

En el centro de terapia se ha estropeado el aire acondicionado. El técnico, un señor pequeño, con la piel rosada, como si le faltase la capa protectora del acabado final, enreda en el termostato del pasillo central. Una bocanada de aire vibrante inunda por un segundo el hall del edificio. Una chica que espera con su madre en el pasillo se sobresalta. Es un cuerpo perfectamente entrenado para agarrotarse ante la menor amenaza. Terror de élite. Camiseta de licra azul, dos mechones partiendo los ojos. La Humana la ha visto más veces. Va a la terapia de las adolescentes, en la otra sala. Niñas con un primer amor que les ha quemado todos los castillos. Pierden diez kilos, pierden quince. Un día, sus madres las ven al entrar a la ducha y se espantan ante los órganos casi expuestos pidiendo socorro. Las niñas se vuelven un susurro, todo las sobresalta. También se enfurecen por cualquier cosa; sólo quieren que las dejen llorar tranquilas. El novio esperando a la puerta de casa, del instituto, en el coche donde ya se las ha follado varias veces sin casi moverse. El cuerpo como muerto. *¿Por qué no estás mojada? Antes te tocaba un pelo y ya estabas empapada.* El labio superior del novio replegándose, las aletas de la nariz inflamadas, como un animal a punto de atacar. La boca y las piernas se disciplinan para abrirse. El cuerpo es listo también para lo malo, aprende a lograr el desmayo voluntario para dejarse hacer. *Antes te gustaba.* Después se corren dentro para castigarlas por su falta de predisposición. O para intentar apresarlas con una buena desgracia compartida. Todo es buen compost para ese amor. Se les va la vida en lágrimas, reconciliaciones, pastillas del día después. A veces ellos también lloran y les vuelven a hacer el amor murmurando disculpas y ternezas. *El mío también lloraba*, dijo Wendy en una reunión, con un cansancio extremo, con desdén. *El mío.* Ese pronombre, cuerdita irrompible.

Vibra la licra azul de la camiseta de la chica. Un corazón latiendo sin pausa, como un zumbido. La Humana pasa a su lado conteniendo el aliento. *No respires, que se te puede pegar cualquier cosa*, le decía la Abuela cuando pasaban al lado de alguien que escupía. *No comas de lo que nos ponga la Valvanera, que a saber.* Las hermanas de la Abuela y sus intrincados ritos fraternales. En algunas visitas servían leche cortada en el café de la Abuela. Ella se percataba, ponía cara de estar indispuesta. *Ay hermana creo que al final no voy a tomar café.* Las otras dos se ponían alerta. *¿Cómo no hermana?* Tensión. *Lo tomo pero sólo si vosotras vais a tomar.* Se medían las fuerzas unas a otras, hacían balance de si merecía la pena desgraciarse por desgraciar a la otra. Sí. Tres mujeres en un pueblo vacío tomando leche cortada en silencio. Al día siguiente, la Abuela vomitando no podría pensar más que en ellas. *Miguel, llama a mis hermanas, pobres, a saber cómo lo están pasando ellas que la Quina es delicada de estómago.* Eso también era el amor.

La Humana se sienta en el corro. Las demás pensarán que es tonta, ahí callada. La verdad es que su silencio, además de la presión del *si hablas mal de mí, recibirás*, tiene algo de distinción, de sangre azul. No lo reconocería ni a palos, pero la Humana piensa que no es como esas mujeres en círculo. Claro que no. Lo que ella ha vivido es otra cosa. Aprieta los muslos, tensa las piernas, paladeando el dolor de sus morados brotados de la nada.

Mecha llega con la mano llena de tiritas. *¿Y eso de la mano, Mecha?* Se ríe Mecha. Habla alto Mecha. Mecha, Mecha. La Humana mira los ojos alargados hacia las sienes. A mayor angustia, más larga es la raya negra, que a veces se acerca al nacimiento del pelo. *Pues que he metido la mano en el bolso y me he clavado el llavero ese del gato de los cojones.* Eso les dice. En las primeras sesiones de la Humana, una terapeuta del centro, la más joven y llena de vida, todo su punkismo traducido en un entusiasmo aún sin opacar, le regaló a cada una un puño de autodefensa que además era llavero. *Es un gatito, ¿lo veis? No me digáis que no es monísimo. Los hace una colega de mi colectivo.* El horror bañado en azúcar. Los dedos dentro de los ojos del gato, las orejas afiladas del minino enterradas en la carne de quién. Cómo va a atacar a alguien una mujer que no sabe abrocharse los cordones de los zapatos, otra que no es capaz de escapar en coche del que la zurra cada día, otra que ama genuinamente al que casi la mata, que teme y sigue actuando según las amenazas de un hombre ahogado hace tres años en Baracoa, otra que. Las terapeutas tratan a Mecha con la precaución de quien maneja una navajita que se abre sola y te atraviesa la palma de la mano. Las mujeres del grupo, en cambio, saben que no miente. Lo de la mano no se lo ha hecho él. Cuando vuelve de estar con el Briones, Mecha es toda furia y cabeza alta. Su mirada chilla *sois vosotras las que estáis cometiendo un error yo sí que sé.* Cuando reaparece tras varias sesiones ausente, la Vieja se burla. *Hombre si está aquí la retornada.* Pero le da un trozo de bizcocho que le ha guardado. Mecha desenvuelve el papel de plata, se lo come con hambre de niña agotada, agradeciendo con un brillo oscuro en los ojos. Es una yonqui soberbia, que sólo a ratos tiene la esperanza de ser algo diferente. Y todas saben la fuerza que imprime el miedo, la aceleración de los fluidos. La Humana también cocina a empujones, poniéndolo todo perdido. Friega con estruendo. La Vieja conduce dejando un humo casi sólido: marchas cortas, motor revolucionado, alguna que otra vez con el freno de mano puesto. Cuando entra en la sala huele a goma quemada. Todas saben que es perfectamente posible buscar cualquier cosa con un ímpetu que clave en la mano las orejitas de un llavero con cara de gato. Todo acto en la vida es escabullirse de algo con prisa. Mecha pone gesto de fastidio. Desprecia en secreto a las terapeutas del centro. Sabe que no la creen y que ninguna de ellas sabe tanto de su propia vida como ella misma. Una de las terapeutas dijo una vez, a cuento de no sé qué, *no te puedo discutir lo que sientes porque yo no he vivido nada parecido.* Había confort, calor de hogar, en esa afirmación. Fue como si se entregase en sacrificio a esos ocho pares de ojos, cuchillos pinchando su carnecita boba. Mecha maldiciendo entre dientes con un cigarro sin encender entre los labios. Todo exorcista, para poder serlo, debe haber tenido al demonio dentro al menos durante un segundo.

Todas, en general, podrían desgraciarse en cualquier momento, ya sea a manos del otro o de sí mismas. Flota ese peligro que, al suceder, demuele una esquina del esfuerzo que hacen las terapeutas para construir una salvación compacta. Si alguien se esfuma, y todas sienten la derrota cuando sucede, es que ha vuelto con su pareja. Esto es confidencial, dañino para el grupo, y las terapeutas se guardan mucho de dejar caer cualquier tipo de información al respecto. Les dicen *está enferma*, les dicen *tiene mucho lío en el trabajo.* Pero, a pesar de que está vetado —*una relación extraterapéutica podría perjudicar el curso normal de las terapias*, ponía en el papel que firmaron—, es inevitable que entre algunas se haya tejido una red y un conocimiento de las demás que se expande más allá de los muros del centro. ¿Porque cómo podría relacionarse una perra llena de temblores y sobresaltos con animales normales que corren al sol? Es natural que fuera de la terapia algunas junten sus hocicos temblorosos, se olisqueen, se den tristes lametones de consuelo, corran en círculos y hacia atrás, como ese perrito que la Humana vio una vez en la playa. El dueño le dijo *no sé siempre ha sido así*. La Madre le señaló la penuria de aquello que a ella le parecía tierno, de lo más maravilloso. *¿Pero no viste que ese perro estaba malo del cerebro?* En los túneles subterráneos del grupo de terapia hay grupos de wasap, parejas de amigas, cafés, discretos regalos. A veces los bizcochos de la Vieja tienen trozos de cáscara de nuez. Marisa se hace sangre en la encía. Un error o un tropiezo, en animales vapuleados, genera una cascada insoportable de inseguridades y vergüenzas. Algunas noches la Humana busca música que no le haga daño. Pasodobles. Un bolero. «Solamente una vez», de Los Panchos, la música inofensiva con la que bailaba sobre los pies del Abuelo. La tiene que quitar. Los Panchos lanzaban un mensaje cifrado, secreto, que sin embargo estaba tan a la vista. *Solamente una vez en la vida se entrega el alma.* Te la hurtan y jamás te es devuelta, piensa la Humana mientras ve a Marisa pidiendo perdón por haberse hecho sangre con la cáscara de nuez, mientras la escucha pedir perdón por haber pedido perdón.

La psicóloga mira a la Humana expectante, sonríe amable, le da su tiempo, sin saber que el momento no va a llegar nunca. La Humana es una mula terca que camina el terreno con obediencia, pero sin ararlo. La maldición es un vaso grande, lleno de algo untuoso. Si la Humana toma aire para comenzar a decir algo, el vaso empieza a inclinarse. Siente que el líquido negro puede verterse. Entonces rectifica, se disculpa por respirar como si hubiese estado a punto de empezar a hablar, niega con la cabeza. El líquido del vaso se reacomoda. Casi puede sentir, en el recolocarse de ese mercurio denso, el susurro. La mano apretando su brazo. *Amén.*

El verano de antes de los veinticinco, la Humana intentó sacarse el carnet de conducir. No lo consiguió, pero intentarlo la tenía ocupada en hacer algo aparte de rebozarse con la mujer de las manos nudosas, buscarla en todos lados con las ganas perpetuas de desaparecer. Se había planificado las clases de conducir a las ocho de la mañana. A la mujer de las manos nudosas la dejó dormida, las manos y la boca oliendo a su carne y su sal. Las escaleras del edificio eran antiguas, de madera, limadas por un siglo de pasos, enceradas. Ese día cayó deslizándose y encajó el brazo entre los barrotes para detener la caída. En la calle, conteniendo las lágrimas, llamó a un taxi. Piel hecha virutas, carne rosada a la vista, sangre. La contuvo con el borde de la camiseta. Tenía que llegar a su barrio a tiempo para la clase de conducir o perdería los cuarenta euros. El taxista la miró: sangre y palidez bajo ropa puesta a toda prisa. *¿Se encuentra bien?* Luego, viendo su juventud y sus lágrimas, la tuteó. *¿Qué te ha pasado?* Ceño fruncido en el retrovisor. *No es nada me he caído por las escaleras.* El taxista, en silencio durante el primer tramo, detuvo de pronto el coche. *¿Te llevo a la policía?* Fue imposible convencerlo. La depositó frente a la comisaría, intentando salvarla de un hombre que no existía. Perdió los cuarenta euros de la clase. Y, sin embargo, hace meses, en la rave, lanzándose en *confesión triple salto mortal* al bigote mullido de aquella chica. *Hermana, yo no te creo.* Eh, pero te creyó un taxista, hace años, cuando aún no te había pasado nada. ¿Te acuerdas?

Marisa, que se esfuma y vuelve, cuenta cómo un día, el año pasado, salió huyendo de casa de su novio. *Me decía que yo tenía mal sabor. Que cuando. Que cuando me hacía sexo oral.* Tose, se ruboriza. Todas la han entendido. Llora. *Decía que yo le daba asco.* No la dejaba comer carne, queso, café con leche. Cuando ya la había hecho sentir diminuta, fea y asquerosa de todas las formas posibles, hasta el punto de que realmente era, llorando en el sofá del salón de él, diminuta, fea y asquerosa, la dejó. ¿Por qué? Por ser fea y asquerosa, por haberse dejado hacer diminuta. No tuvo fuerzas para salir de la casa hasta que él la echó a empujones, y entonces daba igual si tenía fuerzas, porque *que te vayas ya o llamo a la policía.* Mecha amaga un cagarse en todo. La Vieja le chista. Marisa se vio de pronto llorando en el centro de la ciudad, con una marabunta de gente cruzando las calles. La rodeaban mujeres, como un ejército entusiasta. Niños, algún hombre. Muecas, gritos, caras pintadas. Un carnaval aterrador para sus nervios deshechos. Sólo caminaba sin querer mirar a los lados, intentando salir y coger un bus, el metro, una nave fulgurante que la depositase en un basurero. Se sentía aún más fea y diminuta por no entender la situación, la energía desbocada de la turbamulta. Sólo dentro del vagón de metro apareció nítido en el recuerdo de hacía unos minutos —una niña en brazos de su madre, ambas con camisetas moradas, un cartel que decía NI UNA MENOS agitándose frente a ellas— y se dio cuenta. Se sintió doblemente estúpida. A las dos semanas, el novio le escribió. Estaba en su portal. Lo dejó subir.

Marisa llega siempre recién duchada, el pelo mojado, casi goteando. *Yo el problema de sudar lo empecé a tener estando con él antes no tenía nada.* Se frota la piel hasta descamársela, lleva varias mudas de camiseta en el bolso. Se cambia cada vez que va al baño. Mecha mueve nerviosa el cigarro apagado entre dos dedos, el pitillo es un remolino blanco que se ve y no se ve entre sus manos. También la maldad. Susurra. *¿Esta se ha bañado o la han bañado?* La Vieja la manda callar. Las arrugas de su frente, cuando riñe a alguien, se disponen en triángulo invertido, como si tuviera el grabado de un ginecólogo de Pompeya tallado en la cara: un pequeño útero, unos ovarios diminutos. La Humana imagina a Marisa duchada por el novio, zarandeándola bajo el chorro. Frotándola fuerte para que no huela al sudor que le brota sólo cuando está con él, el caldo que expulsa cuando él le dice *te voy a quitar este vino de delante porque te lo vas a acabar tomando que no tienes voluntad.* Y ella dice que sí, que es verdad, porque es cierto que no tiene voluntad de perderlo de vista y dejar de sudar de una vez.

Una vez fue a la terapia una chica que no volvió jamás. Decía *yo no sé si este es el sitio al que tengo que venir en realidad.* Le temblaban las manos, las escondía debajo de los muslos. Aitana, un poco mayor que la Humana. Era arqueóloga, investigadora, la mejor. Así lo dijo. Mecha puso los ojos en blanco, suspiró. *Toda la mañana limando callos y ahora nos viene esta con que es la mejor amos anda no me jodas.* Pero parecía cierto. La mejor había vivido ese desgaste de río sobre piedra, de gota sobre hueso. Llevaba meses liada con un compañero de departamento. Al principio había ido bien, *yo estaba muy enamorada*, pero después él empezó a cuestionar los artículos de ella, haciéndola dudar hasta de cosas que eran el tema central de su tesis. Y en ese estado, el cerebro como un vencejo desorientado, perdió una pieza arqueológica muy importante en una prospección. *Lo hice mal. Tenía que haber tenido más cuidado. No tengo cuidado y en eso tiene razón eso es verdad.* En terapia, el presente del indicativo refiriéndose a un ex puede dar a entender dos posibilidades: una, que no se ha dejado a esa pareja o que se está mintiendo; o dos, la más habitual, que el ex existe en un lugar aún más presente que el presente, alojado en la mente, apuntador de cada frase dicha. *En eso tiene razón.* El exnovio, invencible, susurrando el texto desde un pliegue del cerebro.

La noche en la que perdió el cacho de cráneo, Aitana lo buscó por todas partes, revolvió las zonas de clasificación, acusó a los compañeros de habérselo robado, bebió,

bebió vino de mesa en el comedor, dijo cosas que no recuerda. Hablaba de ese cacho de hueso, que existía, pero nadie más que ella había visto. Nadie la creía. La arrastraron como pudieron hasta el dormitorio y allí la dejaron acostada, satisfechos. ¿Quién no disfrutaría de apagar la luz y dejar metida en la cama, murmurando disparates con los pantalones meados, a *la mejor*?

Después de eso nunca volvió a la terapia. Mecha la sigue nombrando de vez en cuando. *No ha vuelto la mejor, ¿no? Igual es que no quería perder las vacaciones esas que tenía compradas con el novio.* Iban a China a ver el ejército de terracota. Ocho mil soldados de la dinastía nosequé mirándola severos: *¿Cómo pudiste perderlo?*

Algunas noches, tras la terapia, a la Humana la abruma el pasado de antes del Predicador. Hace repaso de sus damnificados, de todas sus faltas. Escribe mails de penitente: *Lo siento si te hice daño. Quiero que sepas que.* Recuerda con especial dolor a aquel novio de los veintidós años al que consiguió convencer de que no se decía nadé, sino naduve. Cuando derribó todos los muros de descrédito que él había construido, cuando lo tuvo comiendo de la mano de la mentira, soltó una carcajada. *¿Cómo se va a decir naduve?* Esa broma, en la noche de fantasmas, se le antoja atroz.

De la *Enciclopedia del animal doméstico* publicada junto a la revista *Todo Hogar* durante los años sesenta y setenta:

> *Los domadores de animales salvajes conocen como «romper el alma» el proceso de sumisión de los animales por el cual se logra que una foca aplauda o un elefante indique, dando golpecitos con una pata, el resultado de una suma. Pero ahora estamos aquí para algo similar, mucho más sencillo: intentando que nuestro perro sea feliz, debemos imponerle unos límites. ¿Pero dónde está la frontera*

entre el castigo útil y el sufrimiento de nuestra querida mascota?

Siempre seremos la especie invasora de alguien y alguien será siempre nuestra especie invasora. Somos nada más que eslabones de una cadena trófica. Simplemente, piensa la Humana, esta vez era su turno de ser descuartizada y engullida. Les ha tocado a todas ellas, expuestas en círculo como un zoo de curiosidades.

En los momentos de desaliento —*dos semanas después le pedí por favor que volviéramos*—, cuando alguna cuenta lo que todas han hecho alguna vez —*y él vino a mi casa y yo le pedí perdón por quejarme tanto y decidimos volver a intentarlo*—, la Humana siente durante un segundo el impulso de llamar a la Perra. Mira el móvil de forma refleja, esperando ver un mensaje de ella. El sinsentido dura dos segundos. Pero es que la Perra es ahora su única amiga, hermana, novia. Se muerde una uña, aleja la mente de la siguiente historia de terror. Piensa en los dos diazepanes que se ha dejado a sí misma como premio sobre la cómoda, en el lugar exacto donde estaría la tele en un salón normal. Su ocio es esa suspensión de la vida. Daría sus zapatillas de velcro, a la propia *amiga hermana novia Perra*, e incluso las pastillas, por una tabula rasa con el miedo. Volver a la desnudez y el pecho plano, viendo la tele en el salón de Las Aguas 3. Rebobinar hasta el momento exacto en el que nació su primer terror inconfesable. Los abuelos dormidos. Barra libre de televisión, algo que habría sido imposible con la Madre. Un documental sobre Maria Callas en Canal Plus. Sensacionalismo, recreaciones aberrantes, alguna mentira: la verdad absoluta para una niña con el cuerpo abierto en canal a los cuentos. Callas quería ser como Audrey Hepburn, esa misma finura angelical, absolutamente imposible de cincelar en su fisonomía potente y peluda. Dietas, ayunos, etcétera. Hubo un momento en el que, como buena mujer de cualquier tiempo, se entregó al exterminio. Contaba el documental que Callas comió huevos de tenia, los huevos eclosionaron, empezó a correr por sus tripas una pequeña tenia cada vez más grande, robándole la comida, dejándola cadavérica. Le fallaban las fuerzas, se desmayaba, pero maravilla: muñecas finas como Audrey, pómulos de porcelana al fin, al fin. Un día, tomando un baño en el hotel Plaza, Maria Callas vio cómo la tenia salía de su cuerpo y nadaba por la bañera. Abrió las piernas, cerró los ojos. Dejó que el parásito volviese a entrar.

Vuelve a escuchar, porque le toca a Mecha, y cuando Mecha habla la atención de la Humana viaja hacia ella, aunque no quiera, como los ojos al polluelo muerto. Mecha tiene algo tatuado en el pecho. Pero sólo se ve la parte de arriba, unos picos que asoman de la pechera de la camiseta. Todos los cursos, talleres de inglés, campamentos que la Humana ha hecho en la vida se han sostenido por razones hormonales. Bachillerato en ciencias sociales y observar fijamente una nuca, intentar olerla al ir a entregar el examen de Economía. En este caso, con Mecha, es una sensación nueva, despojada de cualquier atisbo de La Fuerza, que ya no existe. Una piedad magnética. Mira su boca color vino, que dice *no duermo, no consigo*. Como el aire acondicionado sigue sin funcionar, el técnico ha metido en la sala dos ventiladores de pie. Ha entrado callado, reptando por debajo de las voces. Mecha vive en casa de su prima Carmen, que la ha acogido en Madrid, que le ha dado trabajo en su local recién abierto de estética. Media jornada haciendo pedicuras para Mecha, que sólo sabe de arrastrar animales en el matadero del pueblo de abajo del suyo. Las clientas se quejan de su falta de maña. Carmen le ha puesto a su prima una cama nido en el cuarto de sus hijos, que son pequeños, pero nunca han temido a la oscuridad como la teme Mecha. Hace cuatro años, Briones la dejó tres días encerrada a oscuras en el garaje. Bajó los fusibles, para después cerrar la puerta de acceso a la casa. Se fue a Caños de Meca él solo, a la boda de los amigos. El vestido salmón de Mecha dejado sobre la cama, dentro de su funda de plástico, la maleta hecha. *Para que estés en la boda puteando mejor te quedas tranquila en casa.* El ventilador, detrás de Mecha, le encabrita la coleta larga y alisada a conciencia. Bailan mechones largos arriba y abajo, efecto especial diosa con tres costillas rotas, dos hermanos y una madre que miran para otro lado y una prima harta de intentar salvarla. Llora como siempre: sin cubrirse con las manos, sin arrugar la cara, como si respirase. Mira al frente, estoica, con su melena de Medusa. Cuando oculta la cabeza entre las manos, cediendo el turno a la siguiente, queda fuera del influjo del ventilador y la coleta se desploma.

Mecha abre y cierra las piernas, el cuerpo entero, con el abandono de una diva en la bañera. A veces prefiere la intensidad a la vida. Huye de la terapia para volver al pueblo con el Briones. Pero entonces su cuerpo le ruega que se salve. Abandona el pueblo en mitad de la noche para volver a la ciudad y a la terapia. Deja que la tenia salga. Cuando su cuerpo da signos de restablecerse, vuelve a abrir las piernas, casi agarra ella misma a la tenia medio muerta, le hace el boca a boca y se la introduce para que la siga devorando por dentro. Puede saberse cuándo va a desaparecer. Se carga de vida como un muñequito de cuerda. Se echa capas y capas de un rímel que le hace pesar los párpados. Se le ve en la cara que necesita gastar la energía en algo. Empieza a hablar de su pueblo como una señora que presume de apartamento en la playa. *La Pesquera Negra, bajo la sierra de la Pesquera, ¿sabéis?* Tiene genio en el habla, las eses aspiradas. *¿Pero eso no es por Castilla?*, pregunta Marisa, que tiene los ojos rojos de llorar, pero levanta la voz con algo de alegría agazapada, recordando quizá algún fin de semana comiendo patatas revolconas, el novio apartando la panceta *para que no te sepa mal el coño.* Mecha asiente. *Es Salamanca, pero casi por Extremadura ya.* Ha matado verracos con sus propias manos desde los veinte años. *Tenéis que probar los jamones de mi pueblo.* Y rebobina, se le aclaran los ojos, empieza a contar su vida, que es casi igual de larga que su noviazgo, que empezó cuando era una niña y ya dura más de treinta años, no hay forma de matarlo. De pronto todas son muchachas de internado reunidas en la cama de una de ellas, escuchando curiosas. *¿Briones es el apellido?* La interrumpen, piden información concreta. *Pues porque cuando éramos chavales se parecía a uno de los Backstreet que se llamaba Brian. Y así se fue quedando. Hasta su madre lo llama así.* La psicóloga corta con una pregunta que nadie escucha del todo porque todas quieren cuentos, cuentos que las saquen del cuerpo. Ninguna terapeuta del centro lo dice, pero la Humana ve el aviso en sus ojos, las imagina hablándolo entre ellas en el cuartito del café: *no las dejes romantizar que no se enreden.* Quieren agarrarlas una a una y esquilarlas, quitarles la lana vieja bajo la que anidan viborillas y gérmenes asesinos. Es su trabajo. Pero, cuando parece que ya casi están, una huye a medio rapar, las otras la alcanzan y le husmean entre el pelo, se les pegan las alimañas. Las psicólogas se desesperan, redistribuyen los turnos de palabra, piensan en llegar a casa, una serie, pizza carbonara con un poco de rúcula por encima, que queda muy bien.

A los once años era la única de su clase a la que le había venido. Podía pasar el recreo entero cambiándose la compresa, despegándola poco a poco de la braga para que ninguna de las otras —limpias, sin pelos ni tetas, sin La Fuerza llamando a la puerta— oyese el rasss delator. Un reptil deshaciéndose de su piel muy sigilosamente. No podía resistir, de vez en cuando, asomarse a las papeleras de los bares y los centros comerciales, ver ese revoltillo de algodón y sangre, sentirse acompañada. Ahora querría poner un muro entre ella y este revoltillo de mujeres desgraciadas. Le jode reconocerse en las historias, abrazar su nueva condición, una cábala hecha por el psiquiatra a través de la suma de factores de su historial. Pero lo cierto es que está con ellas en el mismo cubo de basura sanguinolento. Hace una semana, cuando el aire acondicionado se atascó por primera vez, soltando un aliento demasiado helado en sus cogotes, todas siguieron hablando y temblando, cada una en su sillita. Ni siquiera se daban cuenta de que tenían frío hasta que la coordinadora del centro lo dijo. Tampoco la Humana. Llevaban media hora a doce grados, aguantando como han aguantado tantas cosas: sin darse cuenta siquiera de que las estaban soportando.

La Humana encuentra una tranquilidad inmensa en resistirse a hablar, en la rebeldía ante lo que le parece una nueva domesticación. Las normas del centro la presionan para que acepte su nueva condición, y lo que ella hace es dejar caer su peso muerto, haciendo fuerza hacia el otro lado. Los rituales terapéuticos y el orden, casi escolares, la ponen nerviosa. Protege su secreto, su historia, como si estuviese siendo la empleada del año, leal a un jefe que la ha violado en el almacén. No sólo calla, sino que podría ser que además esa empleada, en la fiesta de Navidad, cantase el himno de la empresa más alto que ninguna para taparlo todo. Impregnar, del latín *impraegnare*, preñar, es hacer que penetren las partículas de un cuerpo en las de otro, fijándose por afinidades mecánicas o fisicoquímicas. También es empapar, mojar algo poroso hasta que no admita más líquido. Su última acepción es la de influir profundamente en las ideas de alguien. No es tan fácil retorcerse y dejar escurrir el líquido en el que ha estado dos años sumergida.

Quizá era hora de que la domesticaran y la engulleran, es lo que correspondía en ese momento según su posición dentro del bosque y la cadena trófica. A Piti no convenía despertarla cuando estaba sonámbula. Quizá sea igual de malo interrumpir la domesticación de un animal. El bicho queda a medio camino, dolorido, sin saber hacia dónde tirar. Se le atascan los conductos del cerebro, del cuerpo. El proceso no se puede revertir. Hay que llevarlo a término o acabar con su sufrimiento. *¿No le duele?*, preguntó Piti. El conejo muerto, pero caminando hacia la entrada de la piscina. Dinosaurio se rio. *Ese ya ni siente ni padece. Yo con eso meto cuidao. No les dejo que sufran. Si veo que se quedan a medias, pum, los remato.*

Piensa en la sangre de la Madre, del tipo de los cazadores, en la Madre, entregada toda entera a la dieta de la nueva nutricionista, desayunando sardinas y un vaso de agua, comiendo costillas de cerdo, cenando verduras antiguas y terrosas. *Cagué rojo vaya susto pero es que había cenado remolacha.* (Y un emoji de un corazón fucsia, la carita que ríe, pero con una gota en la frente, que indica ridículo autoconsciente, benevolencia ante el propio error). ¿Será esta alteración en el cuerpo de la Humana, el sobresalto ante cualquier ruido, una respuesta de su sangre cazadora del bosque, acostumbrada a la alerta? ¿O, al contrario, el temblor perpetuo del animal perseguido? *Mamá, ¿qué tipo de sangre tengo yo?* La Madre no le responde hasta dos días después, porque estaba por ahí con amigas. *Hemos dormido en la playa con el saco encima de la arena con el cielo precioso las estrellas no veas. Que es eso de la sangre? Estas bien?*

¿Y qué pasa si una bestia disfruta de la domesticación, si no sabe vivir de otra manera? Mecha se revuelve contra la caricia verbal de la psicóloga, que viene a decirle que este mundo, el de la calma, es mejor. Bate las pestañas, titubea, mira fijo a la terapeuta. *Mira yo a veces estoy mejor allí con él que aquí. Igual mi sitio está en mi pueblo con él y ya está.* Las demás amagan un gesto de horror, porque saben que para salvarse tienen que enseñar a su alma a asustarse ante ese tipo de afirmaciones, convencerse bien convencidas de cuál es el camino correcto. Son un coro de nueve parcas que tienen que avisar a las otras de que no caigan, que tuerzan el destino. Nunca antes había visto la Humana a unas parcas que se hundiesen por su propio pie en el fango contra el que previene su cántico. Mecha saca un cigarro, lo enciende, *Mecha por favor ya sabes que aquí no se.* Lo apaga inmediatamente.

Impregnar, del latín *impraegnare*, preñar, es hacer que penetren las partículas de un cuerpo en las de otro, fijándose por afinidades mecánicas o fisicoquímicas. También es empapar, mojar algo poroso hasta que no admita más líquido. Mecha sólo admite empaparse de un líquido concreto. Su vida sólo tiene sentido con ese veneno.

Es que mira yo sólo puedo con él. Eso. En la cama. Yo sólo siento con él.

Lo suelta cuando la sesión está casi terminando, quizá para no tener que vivir demasiados minutos de bochorno. Pero el tono es chulesco, casi de ofensa anticipada ante la respuesta general que adivina. El murmullo se corta, todas callan. Marisa se mira a los pies. Wendy lo ha escuchado perfectamente, pero fija la vista en la pared de enfrente, triste triste. Mecha se enciende un cigarro, nadie se lo prohíbe. Recoge sus cosas con una tranquilidad desconocida y sale de la sala fumando.

¿Quién prendió fuego al castillo? La Abuela se encogía de hombros. *Hija yo sólo sé lo que dice el cuento.* La Humana repasaba los versos, regocijada en el terror. *No quieren tentar al Malo, a aquel que en lo oscuro acecha.* El enemigo era eso, una sombra inconcreta. Mientras los habitantes del castillo se pasaban unos a otros cubos de agua que sólo conseguirían avivar las llamas, sabían que no había nada que hacer. Porque claro que se puede apagar un fuego, claro que se puede tratar la violencia acumulada en el cuerpo, aplacar el terror, hacer que suelden unas costillas, pero es muy difícil extraer un maleficio.

A la salida del grupo de terapia, la histeria, el cotorreo solapado. Algunas huyen como cuervos asustados, pero otras permanecen. Lo que han vivido es tan infinito que se enreda en espirales oscuras y rebrota, como la viruta cuando se hace un agujero muy grande en una tabla de madera. La terapia sigue unos protocolos tan rígidos de turno de palabra y tiempo por persona que hace que todas salgan de allí insatisfechas, ardiendo. Normalmente, la Humana se va a casa lo antes posible. Ella también siente ese golpeteo, el deseo de intentar, al menos, contar una parte de. Escapa para poder seguir en silencio. Pero hoy la Humana es la Perra acudiendo al olor de un hueso. Mecha. Mecha y su maleficio puesto sobre la mesa. *Yo sólo puedo con él.* La Humana las ve a través de la cristalera del bar. Casa Lastre raciones tapas café cervesería escrito en un papel grande, pegado sobre el cartel del antiguo negocio, escrito en letras rojas que se transparentan: chamarilería. La Vieja, Wendy y Mecha frente a tres jarras de cerveza. Enredadas en la charla, casi ni miran a la Humana. Pero, cuando se acerca a la mesa, la Vieja, sin dejar de hablar, le aparta un poco una silla, da unos golpes en el plástico blanco, enérgica, indicándole que se siente. Hablan, discuten como en terapia no podrían hacerlo, estableciendo escalas de desgracia, sentándose cada una, con orgullo de Virgen dolorosa, en los escalones más embarrados. Al menos ganar en algo. Al menos ganar en fango. La Humana quiere, necesita, preguntar, saber. En la historia de Mecha, en esa cajita en la que Briones guarda la piedra preciosa única intransferible del placer de Mecha, refulge un miedo que la paraliza, pero la llama. Mecha se gira hacia la Humana rápido, dejando a medias lo que estaba contando.

¿Y entonces tú qué eres? ¿Una infiltrada, muda o qué?

A la Humana se le viene toda la sangre a la cara. Pero es un ataque que no precisa respuesta. Mecha necesita seguir

hablando, desanudar todos los hilos, recrearse en lo que ya
ha empezado a contar.

En las reconciliaciones yo he tenido unos orgasmos que
nunca en mi vida, ¿sabes?
Es que me da hasta rabia mi cuerpo.

Sacude la coleta negra. Como la Perra, que después de
mear da coces por turnos con las patas de atrás, protegiendo el mensaje recién escrito. A la Vieja le arde la cara por el
alcohol y los pudores de otra generación. Pero es despiadada
con su vida, y eso le resta casi toda la vergüenza. El rostro
endurecido. *Yo jamás ni con uno ni con el otro ni nada. Na-*
danadanada. Wendy le agarra la mano a Mecha, se la palmea suspirando, le regala su mirada más sólida.

En *West Side Story*, Maria se acuesta con Tony por
primera vez justo cuando él le confiesa que ha matado a
su hermano. Más tarde, Maria habla con Anita y hace un
alegato a favor del amor sobre todas las cosas. Esa película llena de actores con la cara pintada de marrón para
hacer de puertorriqueños nos contaba que la violencia,
que un asesinato, aunque fuese el de tu propio hermano
(o precisamente por eso), era un afrodisiaco que insuflaba
los vapores perfectos para perder la virginidad con tu novio, aunque este fuese precisamente el que acabase de matar a tu hermano (o precisamente por eso). *En las reconci-*
liaciones yo.

En la mesa de al lado, un grupo de tres matrimonios
de unos sesenta años, quizá algo menos. Una de las parejas maneja la conversación, como un dúo cómico del
odio, pretendiendo hacer reír mientras caminan sobre
una corriente de lava. El marido señala a la mujer y dice
riéndose *yo la quería antes cuando no la conocía mucho.*
Ella se gira a la camarera. *Chata, ¿me puedes traer dos cer-*
vezas y un martillo? Todos se parten de risa. También la
Vieja, Wendy y Mecha. También la Humana.

Wendy habla poco, pero su escucha suple el silencio, que no es atemorizado ni orgulloso como el de la Humana. Es puro cansancio, una tristeza inmensa revistiendo los ojos duros. Suspira, inserta refranes resignados tras cada narración terrible de las otras. *Peores nalgas tiene el sapo y se acurruca.* Tiene que vivir como sea, a pesar de la tristeza. En terapia es una planta gris, pero cuando sus hijas van a buscarla a la salida del centro se pinta los labios justo antes de salir. Se recompone —¿finge?— para ellas.

No puedo beber más, que con las pastillas estas que tomo me quedo aquí dormida en el bar, dice Mecha, y se pide una cocacola. La camarera quiere saber si zero o normal. El chorro de energía de Mecha se quiebra, sonríe débilmente. *La que tú quieras.* La camarera la mira exasperada. Es joven, no entiende. *¿Zero o normal?* Parece que Mecha va a responder, pero no. Se encoge de hombros. *¿Zero o normal?* Se queda suspendida en un limbo, sonríe educada, la voz se tambalea. Ha podido pintarse la raya del ojo con precisión absoluta, decir que sólo puede correrse con el hombre que ha estado a punto de matarla varias veces, pero no es capaz de decidir qué cocacola quiere tomar. La camarera bufa y pone los ojos en blanco. Mecha, sentada a la mesa del bar, muta: es la mujer que teme la oscuridad. Le tiembla la mano mientras bebe de un vaso al que ya no le queda nada dentro. Le traen una cocacola zero. La mira agotada, con los nervios deshechos. Por primera vez parece que aparenta los cincuenta años que casi tiene.

En la tele del bar, la presentadora de telediario se equivoca, titubea, pero retoma con la fuerza habitual. La Vieja señala y sentencia, con su voz rasposa: *A esa la han hecho algo.* Como la niña que, tras la pesadilla, señala el lugar en el que hasta hace un rato había un monstruo. *Abuela te lo juro, era el hombre ese de Milagros que dicen que se transformaba en gato el que me contaste.* La Vieja sabe leer en los huecos. *A esa la han hecho algo.* La Humana también ha jugado al juego de la Vieja, repite muchas veces por la calle el ritual de infancia, cuando le empezaban a crecer las tetas y la Madre le ponía hielo. *Esta sí, esta no esta quizá.* Repasaba el cuerpo, la cara, el fondo de los ojos de cada niña o adolescente que le pasaba por el lado. *Esta sí tiene la regla esta no.* Le reconfortaba ver tetas más grandes que las suyas. Ahora hace lo mismo: *a esta sí a esta no a esta quizá le han hecho algo.* Intenta leer en la postura de cada mujer, en el temblor casi imperceptible de sus manos, quién ha follado obligada, cuál ha sido progresivamente desgastada por unas palabras dejadas caer como una gota persistente. De vez en cuando, en alguna mujer, una señal traspasa cualquier armadura ocultadora. Las frases sin terminar, como si un pensamiento iniciado con energía se marchitase a medida que es pronunciado. *¿Zero o normal? ¿Zero o normal?* El tartamudeo leve de quien sabe que hay un tipo que está lejos, o cerca, pero en realidad sentado en una silla en su cerebro, diciéndole *para qué te pides una zero si luego te vas a poner como una cerda a comer.* Pero, sobre cualquiera de los signos, es algo en los ojos, un botón escondido al fondo de las pupilas, sensible hasta límites insospechados, que, si se pulsa, puede provocar un desmoronamiento en cuestión de segundos. *A esa la han hecho algo.*

La Vieja, además de rayos equis para adivinar las formas del sufrimiento, tiene napolexda, que, con ese nombre de heroína francesa con bicornio y pistola láser, es de los ansiolíticos más fuertes que hay en el mercado. *Mi médica ya sabe de todo lo mío me da lo que le pido menuda soy yo.* Uno en la mano de cada una, como si comulgaran juntas. Mecha y la Humana se la tragan al momento. Wendy la guarda como un regalo para después. La Vieja alza la mano con una pastilla de napolexda, la acerca a la tele, como ofreciéndosela a la presentadora, y todas se ríen. La Vieja la primera. Es una carcajada profunda, bronca, que acaba en tos. La Humana empieza a sentir el mareo gustoso del alcohol, esa vida de mentira, la vejiga llena de un mensaje tibio y dulce.

Después de mear —el chorro de pis canta *así se está bien así se puede vivir*— y cambiarse los discos desmaquillantes de los pezones, se mira en el espejo del baño con la placidez de hace tiempo. Se entretiene en su cara y sus ojos, se toca el pelo como si fuese otra. Napolexda, Napolexda. Cuando comienza su efecto, es imposible pronunciar su nombre. *Napolegda.* No hay fuerza para una equis. Repasa en su cabeza: Madre, Abuelo, Abuela. Lejos, lejos. Piensa en la Perra. Cerca. La Perra, la Perra. Olor a pan y snack de queso tibio. El pelo brillante, el pellejo suave de la tripa, el aliento salado. Se siente feliz de que la espere en casa, como una cautiva encantadora. La imagen de Mecha entra en el espejo tambaleándose, con la sonrisa estúpida de la que ha abandonado el cuerpo. Miran su propio reflejo. Se sonríen. No hay acto más cómplice que el de drogarse de lo mismo. Son adolescentes que se acaban de conocer en la cola de la discoteca. *Tía llevo un fregón...* Risa floja. Cabeza contra cabeza, sin dejar de mirarse las pupilas inmensas. Mecha se pinta los labios sin abandonar el calor de las cabezas juntas. *Te podrías hacer unos reflejos en el pelo tú. Te darían un poco de vida.* La Humana siente el cuchillito: Mecha, toda planchas y manicuras, la ve fea. *Y te lucirían más esos ojos verdes que tienes.* La Humana brilla como una feria. Ahora Mecha le habla a su propio reflejo. *Vaya putón.* Se ríe, se corrige el carmín salido. La lengua es un trapo de recoger pastillas y alcohol. Ahora Mecha habla para sus propias tripas. *Como me folla él no me va a follar nadie más en mi puta vida.* Furiosa, furiosa y más triste que Wendy. La mirada afilada y negra parece un tajo hecho a la altura de los ojos. *Yo te digo una cosa criatura.* Ahora Mecha mira el dispensador de jabón, aunque habla para la Humana. *Nunca nadie te va a.* Y, como si esas palabras fuesen el último azúcar que le quedaba en el cuerpo, se cae. La Humana siente cómo le estalla la furia al tiempo que la sujeta como puede, intentando reanimarla. Se le escurre el cuerpo, y no quiere tumbarla en ese suelo sucio. La lleva hasta la esquina de un empellón. Le agarra la cara linda, de miss de pueblo que ha dormido mal, y aprieta un poco más de la cuenta. Sus labios se fruncen por la presión de los dedos. La Humana mira el agujero oscuro. En esa oscuridad, piensa, está la tráquea que él le apretó hasta dejarla sin aire, está todo su organismo, las contusiones de las costillas. *Mecha Mecha.* Es la primera vez que dice su nombre. Pero Mecha no se despierta. Duerme, e incluso suelta un ronquido fino, como los de la Perra al sol. De pronto pega un respingo, intenta apartarla en sueños poniendo la mano abierta sobre su cara. Tiene miedo. *Mecha Mecha, soy yo.* El cuerpo se desploma de nuevo. Los ojos entreabiertos muestran sólo lo blanco. La Humana sostiene. *No te duermas otra vez no.* La Humana recuerda cómo es en las películas: Shirley MacLaine medio muerta y Jack Lemon y el médico intentando revivirla. Para traer a alguien de nuevo a este lado, hay que hacerle preguntas sobre su vida. *Mecha escúchame. Mecha. ¿Cómo se llamaba tu pueblo?* Aunque lo sabe perfectamente. Mecha yergue la cabeza, pero vuelve a caer. Y *Mecha escúchame escúchame no te duermas. ¿Cómo se llamaban los cerdos? ¿Les poníais nombre a los cerdos?* La pastilla, en lugar de apagar los nervios de la Humana, le suspende el miedo, le regala certezas de un futuro posible. Tan cerca de Mecha, siente que es la persona de antes, cuando podía agarrar lo que quisiera y tenerlo. Mecha ronca. La Humana se lo susurra, amenazadora, como una orden dicha en hipnosis. *Escúchame. Mecha. Escúchame. A ti te van a follar bien.* Pero el bien le sale quebrado, un BIEN escrito en unas letras de plástico que alguien derrite con un mechero. La pupila negra vuelve a los ojos en blanco. Mecha abre un poco los ojos, las pestañas cansadas de cargar rímel. Sonríe. *Pero si hablas.*

En la guardería le encomendaban un huevo con una carita pintada para que lo cuidase. Tenía que llevarlo a casa, devolverlo al día siguiente al colegio. Sentía que, si dejaba de mirarlo, se le rompería. Ahora mira su huevo a punto de quebrarse cuando Wendy y ella lo montan en un taxi, cuando intentan que balbucee su dirección. Mecha lanza un quejido. El taxista dice *no me irá a vomitar*. La Vieja responde con un tono de ofensa casi aristocrático. *No está borracha es por las pastillas*, como si hubiese una dignidad inmensa en ser una mujer que contiene el sufrimiento descorchando ansiolíticos. Y de pronto a la Humana le parece que sí, que la hay. La Vieja las rodea con el brazo mientras ven el taxi que se va. *La semana que viene veréis cómo dice que se lo pasó genial.* Le sonríe tranquila, como si eso pasase todos los días. *Pero a ti te ha sentado bien a que sí.*

De vuelta en casa, flotante y llena de fuerza por esa borrachera narcótica que le apaga el sistema nervioso, abraza a la Perra. Le pone un nombre. Napolexda. Nombre de calma inmensa y tibia. A la mañana siguiente no se acordará. Deja que le chupe los sobacos, empapados en sudor frío. También deja que, mientras cena huevos fritos con galletas, la Perra suba dos patas a la mesa y coma los restos de su plato. Intenta que pocas cosas se interpongan entre su voluntad y el objeto de su voluntad. No quiere castrar ninguno de sus movimientos. Nunca estará segura de si la Perra la ama. Sabe que precisa de su cuidado y su compañía. Tampoco diría que es egoísta. Es reconcentrada, alegre, salta sobre ella cuando llega a casa, se entristece cuando se va, pero no la mira con la mansedumbre esclava de Bienvenido. Cada vez que la desobedece, que cruza una calle sin permiso, que intenta fornicar con un perro loco por ella, la Humana se cabrea y la llama desagradecida, pero también siente un agradecimiento silencioso por haberse encontrado con una perra que cada vez se cree más fuerte y más lista, que no siempre le hace caso, que mantiene con ella un pulso firme. Tras una riña, recobra enseguida su paso alegre de pequeño poni. No se amedrenta. No se *impregna*. Es imposible romperle el alma.

Por la mañana, en el parque, con la napolexda aún flotando en su sangre, decide soltarla un momento, sólo un momento, porque quererla es desatarla, aunque mucha gente le dice que quererla es precisamente atarla. Y más con el celo aún sin evaporar del todo. Pero, cuando quiere volver a ponerle la correa, la Perra no obedece. Tiene un vigor y una rebeldía desconocidos. Es una niña vestida de domingo con un traje que odia, a esa niña le han agujereado las orejas con dolor, en contra de su voluntad y, con las orejas aún escociendo, decide tirarse el chocolate encima, salir corriendo de Parrilladas La Perla del Bierzo, perderse en el bosque, ser salvaje. La Humana le silba, la Perra gira la cabeza para mirarla y después continúa su camino, internándose entre los arbustos junto al río. La Humana no quiere ser la dueña histérica que no quiere ser. Ni siquiera quiere ser dueña. Sí una acompañante, una camarada de aventuras, como las niñas de las películas y sus perros. Así que espera. Pero la Perra no aparece.

Lo que piensa mientras la busca:
Prender agarrar semilla esperma.
Lo que le viene mientras se araña la cara con las ramas:
Si hablas mal de mí.
Si hablas mal de mí.
Tú y todos a los que amas.

Se ve a sí misma sentada en el bar, la noche anterior. ¿Qué dijo? ¿Dijo algo? No dijo nada. La maldición es un vaso grande, lleno de algo untuoso, del que no llegó a derramar ni una sola gota. *Amén.*

Lo que sabe cuando no la encuentra:
Que la Perra es casi lo único que tiene.
Lo que la golpea por dentro en cuanto aparece:
Te odio, te odio, te odio.

La agarra del pellejo del cuello, sin tirar, pero con la firmeza del miedo muy viva, y le dice *no se te ocurra, no se te ocurra otra vez nunca ocurra no no no vayas a ya nunca ya.* Le corren ácidas las lágrimas por la garganta. Y la Perra chilla *como un niño una rueda patinando la hija de una sirena enferma y una puerta mal engrasada.* Una moto enorme y roja se detiene a un lado de la calle, le grita. Una voz de mujer emerge del casco. *¡Eso no se hace!* No, no, no, agita con furia su mano enguantada. El casco, el mono de cuero, la imposibilidad de ver sus rasgos la vuelven terrorífica. La Humana la mira aturdida. La motorista deja la moto a un lado de la calle, se baja, avanza hacia ellas sin quitarse el casco, con un caminar chulesco de brazos bamboleantes. *No se pega a los perros, ¿me entiendes? Joder hostia puta maltratadora. ¡¡¡No se pega a los perros!!!* Las palabras se desplazan y golpean a la Humana con tal fuerza que suelta el pescuezo de la Perra, que queda a su lado, con la cabeza aún gacha, mientras la tipa se da media vuelta y vuelve a montarse en la moto, se aleja, desaparece. La Perra lame la mano que la ha agarrado del pescuezo. Van juntas a comprar pan de molde, jamón y queso, como una niña de cuento y su perra.

Y, a pesar de todo eso, la va a seguir soltando.

Le llega un wasap de un número desconocido. El primer impulso es dejar caer el teléfono en la acera, escapar de su propio aparato receptor de amenazas. Pero ve la foto de perfil diminuta: coleta alta, pestañas largas.

ola guapa soy Mecha
solo habia uno con nombre
era un cerdo semental apartado de las cerdas
que lo llamaban
urjencia
el urjencias
creo
está bien escrito?

Cinco
Daniel

El terror agranda el objeto; como hace el amor.
WILLIAM CARLOS WILLIAMS

Los vapores del celo se extinguen. Alivio. La suelta en el parque. Ahora la Perra puede tener la naturalidad de los animales a los que nadie mira. Le gusta observarla de lejos, como si fuese libre. Pero también siente un poso de tristeza inesperado que raspa. Ocuparse de defenderla de los otros perros y de su propio ímpetu ha sido una tarea. Apartar calores a patadas, correr y empujar en contra de la naturaleza. Algo que hacer aparte de esperar y soportar el cuerpo.

Tumbadas en la cama, los miembros enredados, piel humana lampiña contra pelo negro: la temperatura de dos especies formando una sola tibieza. La Humana oye las tripas de la Perra, sus propias tripas, engranajes funcionando. Los de la Perra van en una dirección clara. *Pero no te duermas con este asunto. Después de un celo viene otro. Opérala cuanto antes.* El veterinario amenazando con la condición repetitiva del cuerpo, la inevitabilidad. *Atención, después de un tren puede venir otro. Y detrás de una pelota, un niño.* La Humana presiona su cuerpo atascado contra ese organismo peludo entregado a la rueda imparable de los ciclos. ¿Será capaz su fisiología, que se guarda toda la sangre y hace brotar heridas misteriosas, aprender del cuerpo de la Perra y ordenarse un poco? Como cuando a los veintipocos, compartiendo piso, por pura cercanía, ovulaba al mis-

122

mo tiempo que sus amigas. Lloraban juntas por las mismas películas, se peleaban por la limpieza de la cocina, por bajar la basura, por lo que fuese, hasta que sangraban todas al mismo tiempo. Mantas eléctricas, Espidifen en sobres, que las hacía toser nubes de anís.

La Humana suspira. Y después, como estrechando el lazo de una sociedad secreta, también la Perra suspira.

Toma las napolexdas que le da la Vieja, con dos días de pausa entre pastilla y pastilla. Si no aguanta, se pone un diazepam bajo la lengua. No quiere engancharse como Mecha, como la propia Vieja. Los dos días de espera son una peregrinación dolorosa de pies desnudos sobre la nieve, pero casi merecen la pena como previa a la gran fiesta del acolchamiento. Mira las pastillas blancas, botones perfectos desperdigados por el cajón de su mesa de noche, y sabe que son un seguro de soportabilidad del mundo. Se siente rica. Flotar, el mayor tesoro. Mete hojas de col en la nevera —*¡pincha aquí y descubre diez remedios caseros contra la mastitis!*—, se hace un bikini helado que se le pega a la piel y quema. Sueña con que ese dolor es el último, el del jarabe malísimo que finalmente cura.

La Perra ama la rutina, marcha a buen trote por su nueva vida. A la Humana le parece imposible que eso pueda ser una buena vida, pero el conformismo feliz de la Perra alicata el suyo. ¿Por qué no habría de estar bien esa existencia de anciana que pasea, que compra pienso de oferta, gastando ahorros guardados en un falso techo, dopándose con las napolexdas de la Vieja?

En el parque, un chico con una perra en brazos. Es una fox terrier muy viva, con cejas en visera rizada. La deja en el suelo, pero, en cuanto la Perra se acerca, vuelve a cogerla en brazos, la aparta. Mira a la Humana alarmado. *¿Es macho?* La Humana va hacia él. Normalmente no habla con los dueños de los perros, huye de los grupos de cháchara junto al río, todos pavoneándose sin escucharse. *A la mía le encanta la fruta. Le parto la pera en trocitos. Por Navidad le hago macedonia.* Le da miedo acercarse a esa gente porque percibe el latido desesperado de una población con agujeros vitales profundos, fácilmente rellenables por criaturas silenciosas. Dices que Trupi es tu salvación porque un husky no rebate, no contesta. Un perro no te grita que va a tirar al gato por la ventana y que le da igual si tú vas detrás. Un golden retriever no te dice que hablas inglés muy lento y que prefiere que te calles la boca cuando estén sus amigos californianos delante. Un gato persa no te aprieta el brazo cuando pones en duda su poder. Un setter jamás te obligaría a follar con él. Una cobaya no te la metería en mitad de la noche a pesar de haberle dicho que no querías. Un caniche jamás te preñaría. Ninguno de ellos podría lanzarte una maldición. Es posible que, si su vida y su alimentación no dependiesen de los humanos, estos animales los destrozasen a dentelladas. Pero están supeditados al ciclo de la comida en el plato, el calor del regazo, la caricia. A la Humana le parece el claudicar definitivo: como fuimos incapaces de relacionarnos entre nosotros, nos entregamos a unas bestias que han dejado de ser bestias, proyectamos nuestra vida en ellos. Una señora en la zona del pipicán dice *me aburro, Chispa. Échate una carrerita anda.* Y Chispita camina desganada, trota un poco, volviendo a por su galleta, primer premio por entretener. Ahora este chico, con su perra de ojos juntos y tejadillo de rizos, olisqueando a la Perra desde las alturas, le dice: *Ah que es hembra.* La Humana está al lado, haciéndose cargo de la molestia que pueda causar su animal, casi siendo dueña. Ahora le toca a ella preguntar. *¿Está en celo?* El chico, todo tatuajes finamente trazados, camiseta petada, pelo brillante y cadena, olor a Axe hormonando el parque, niega con la cabeza, besa los rizos de su perra. *No no. Si está esterilizada antes del primer celo. Pero no me gusta que le huelan su cerecita.* Pose-

124

sión virginal eterna, bebé intocado. *Su cerecita.* A la fox terrier se la ve feliz, apalancada en su trono de brazos tatua-
dos. *¿La tuya cómo se llama? Es mona.* Lo dice con reparo.
La Perra, indómita, áspera en las formas, con sus andares de
gacela a punto de romper alguna cosa, no parece una ricura
a la que proteger. *No es mía.*

No quiere que sea nunca suya. *La tuya cómo*, esa cuerdita infernal. No es capaz de reunir los elementos exactos
—interés, necesidad, ternura, inventiva, capacidad de abstracción, ganas de proyectar— para ponerle un nombre.
Está demasiado cansada para jugar a ese *Grand Prix* de la
mascota. Pero, aunque no lo quiere reconocer, empieza a
ser una de los que *proyectan utilizan metamorfosean.* No
pone lazos ni presume de que *a la mía le encanta el brócoli*,
pero cada noche tapa su miedo con el calor compartido.
Prefiere estar con ella a hablar con personas. Interpreta su
mudez como aceptación. Antes de dormir besa la planicie
de la cabeza negra, aspira el olor a pan duro. Hasta hace
una semana aún *le protegía la cerecita.*

Hoy sí toca napolexda. La traga con cosquilleo. El
efecto la aplana, la eleva. Si toma dos, su cuerpo ya no es
cuerpo, sino otra cosa: un hilo muy fino suspendido entre
montañas nevadas.

Cuando el sistema nervioso cede a la caricia de las pastillas, llegan las ideas de antes, cuando era feroz y ganaba
dinero sintetizando emociones. Compone claims, jingles
sobre cualquier cosa, brotan las rimas y los ritmos sin necesidad de tirar. Acaricia las pastillas, las agita en su mano
como una maraca. *No hay nada más puro que blancas pastillas / nada más seguro contra pesadillas / Por eso el futuro, que
parecía astillas / por eso el futuro parece natillas.* Lo apunta
en un postit, como si fuese un trabajo resuelto que mostrarle a un jefe. La Perra le lame la mano, apoya la cabeza
en su regazo. La Humana abraza la hibernación de la napolexda, suspende el cuerpo y la mente para sobrevivir. Se

le ocurre otro eslogan. Lo dice en alto, intenta el soniquete dinámico de cuando locutaba pilotos de anuncios.

NAPOLEXDA: Como tú eras.

Le ha cambiado la voz. Durante los años en los que trabajó como falsa autónoma en varias agencias también locutaba pilotos de programas, audioguías y cuñas de radio. A veces le escribían hombres desconocidos y le contaban cosas sobre sí misma. *Tienes una voz bonita, pero deberías fumar menos y hacer más deporte.* Ella fumaba sólo en fiestas, nadaba dos veces por semana en el gimnasio de al lado de la agencia. Era esa voz de contralto la que hacía que la llamasen. *Banco de voces. M049B Mujer 30-45 voz adulta grave.* Ahora tiene un timbre nuevo, como de niña llamada a la pizarra. Las frases más sencillas, dichas en voz alta, son lecciones que el miedo ha extraviado.

La primera es blanda, casi se deshace entre sus dedos, protegidos por el fino plástico de la bolsa. Está en medio de la acera. No humea, pero seguro que humeó hace un rato. La segunda es dura, fría, se eleva como un castillo de juguete, como una mano de mierda que hiciese un corte de mangas. Mientras la recoge, la Humana siente en la boca del estómago el borboteo de una risa. Extrañamente ligera, feliz, recogiendo cacas de otros perros, abandonadas por desidia o despiste. La Perra la mira curiosa, sin comprender, casi reconviniéndola. La Humana no sabe por qué hace lo que hace. Puesta de napolexda es como la de antes, como dos de las de antes: sonríe a los dueños de los perros, aunque no se detiene a hablar con ellos. Pasa fulgurante, al trote ligero de la Perra, que siempre quiere oler algo que hay más adelante, que se gira y la mira, mueve el rabo, segura de que la sigue, avanza, se gira, la mira.
Y sin querer (la mano en la bolsa, el corazón expandido por esa buena acción drogada: limpiar el barrio de

126

mierdas de perro, hacer algo, ALGO) el cerebro descascarillado cae en un líquido que no se sabe si es fango, bálsamo o qué, pero está dulce. Se hunde en la gelatina del recuerdo para ver el rostro pálido, el pelo casi blanco, los ojos grises, transparentes, de Daniel. Le gustaría contárselo a esa Piti que ya es más amiga imaginaria que real. Le parece verla a los doce: los vaqueros cortados con tijeras, el pelo a mechones irregulares, fumando.

¿Dónde lo conociste?
En un after en casa de una del trabajo.
¿Te gustó?
Al principio nada.
¿De qué hablasteis?

El chico rubio y ella rondaban los treinta años, pero hicieron repaso de sus juventudes, como si hubieran vivido muchísimo. Un secreto. Lo pidió ella. *Un secreto.* El chico rubio le dijo: *Una vez fui a una fiesta en un colegio mayor y cagué en una cabina de teléfonos que había en la primera planta. Iba cieguísimo, no lo recuerdo casi.* La Humana se quedó sin aire. *Comía muy mal en esa época.* La Humana siguió sin aire, buscando qué respirar en aquella nube de tabaco, en aquella casualidad densa, imposible. Sí, ella recordaba aquellas fiestas colosales de su colegio mayor. Quinientas personas haciendo temblar un edificio. Tanta gente apiñada enmarañándose, vomitando por la fachada, besándose en los ascensores. Había un ciego. Alto, inmenso, los ojos cerrados y hundidos. Era de Alcoy y estaba opositando. Los demás lo habían disfrazado de mujer, lo llevaban borracho y feliz de una sala a otra con su larga peluca roja. La Humana nunca había hablado con él. Esa noche se acercó. Estaban junto a una columna, en un rincón entre dos tramos de un pasillo por el que no pasaba nadie. Él le habló de los temarios en braille acumulándose en su escritorio. Ella, amparada por el confesionario de

127

oscuridad y alcohol, lo besó con lengua, dientes, fuerza, y se fue. Pensó que aquello añadiría una nota de emoción a los días de estudio. Lo dejó aturdido, sin saber quién lo había besado.

A la mañana siguiente, un ejército de resaca recogía los restos de la fiesta. Se hacían sorteos para ver a quién le caía la tremenda desgracia. Una vez le tocó a la Humana. Limpió los restos de ese poltergeist adolescente, y cuando creía que ya habían terminado, alguien chilló *qué puto asco*. Alguien había cagado el suelo de la cabina de la planta de abajo. El teléfono desde el que llamaba a la Madre para escucharla hablar de dieta alcalina, pH ácido, espirulina disuelta en *mamá me tengo que ir a estudiar te quiero adiós*. Nadie se atrevía a entrar a limpiar la mierda, y ella, que siempre se sentía un poco sucia, pensó que era la que debía hacerlo. Su mano con dos bolsas, las arcadas, el serrín. *Yo recogí esa mierda.* Un brillo en los ojos casi transparentes del chico rubio escuchando su historia. Ambos maravillados por la casualidad. *Sí.* Ella calculando el año exacto. Él confirmando. *Sí.* La Humana sentía el vuelco en el pecho de cuando los hechos de la vida, aleatoria y absurda, se reorganizaban y cobraban sentido. El barniz protector del cuento escuchado desde la cama, con la Abuela de rodillas haciéndolo brotar. La circularidad de las cosas. El destino. En la cara del chico rubio, una sonrisa de estupor. La ropa arrugada, el pelo blanco de tan rubio, verde de tan blanco, extraterrestre. ¿Quién era ese ser vestido con ropa que no parecía suya, que le pedía su número sin haberle preguntado el nombre, que lo apuntaba en un teléfono diminuto de los de antes, sin internet? Alrededor, creativos publicitarios tomaban ketamina mientras hablaban de cómo esquejar una monstera.

Antes de irse. No por ligar. No fue por ligar. Antes de irse, cuando hacía rato que ya no hablaba con el chico rubio, se acercó a él con el abrigo puesto y la bufanda enrollada. Asomó la boca entre la lana roja. *Tengo lentejas en casa por si te quieres pasar uno de estos días. Para que comas bien y eso. No te vayas a descomponer de nuevo.* Por darle un punto y final al cuento de la mierda en la cabina. Al día siguiente, un mensaje, la voz bajo el balcón, el desconcierto de ella mientras él subía la escalera. Se comió tres platos de lentejas, uno detrás de otro. Después le dijo *dame tu nombre*. No dime. *Dame.* La palma de la mano abierta hacia ella. La Humana estaba aturdida, fascinada por la capacidad de alguien de saltarse las normas de educación, vaciar una olla de lentejas sin dejar de alabarlas con sonidos guturales. Ese baile entre la timidez y lo desfachatado. Pero escribió su nombre en un papel y se lo dio. Al cerrar la puerta de casa, le dio tiempo a respirar dos segundos antes de que por la ventana abierta de la cocina entrara, a toda velocidad, un vencejo gris, enloquecido, que chocó contra todas las paredes antes de volver a encontrar la salida. Anunciador, revelador, todas esas cosas. Bellísimo. Como en los cuentos.

La mejilla de Daniel encajaba perfectamente en la cuenca de su ojo izquierdo, el uno el molde del otro. Dormían así. A la Humana no le importaba la presión contra el ojo. Le parecía bien ver borroso hasta el mediodía del día siguiente. Durante las primeras horas de la mañana quedaba en el cachete sensible de Daniel una leve impresión del ojo de la Humana, párpado y pestañas. Daniel se levantaba temprano para entregarse a labores siempre distintas, lo suficientemente absurdas, nunca remuneradas, siempre divertidísimas. Sustituir a un amigo en un taller infantil de hacer vampiros de trapo. Ir a la última oficina abierta de Caja Rural Numancia, a una hora y media en tren de cercanías, para intentar sacar el último dinero que le quedaba en la cartilla que le había abierto su abuelo en la comunión. Acompañar a una amiga a buscar un lavabo en un chatarrero, instalarlo. Lo invitaban a comer, a cervezas, y él sentía que el día ya estaba echado. Llegaba a casa de la Humana medio desmayado. Se tiraba sobre la cama. *Estoy tan cansado que no me siento ni humano. Me siento un pijama con sacos de arroz dentro.* La Humana nunca había hecho el amor a carcajadas.

Antes de irse a terapia, la Humana le dice a la Perra *enseguida vengo*, deja que le chupe el cuello, la frente, un trozo de oreja. Va a cerrar la puerta y la mira por la última rendija. La ve siendo la que es cuando está sola: merodea su pijama, hecho un gurruño en el sofá, da vueltas y vueltas sobre sí misma, olisquea, rasca con la pata, gira un poco más y se tumba al fin, con un gruñido de placer, en el camisón sucio de pus y betadine.

En el bus, en la parada siguiente a la suya, suben una mujer y una niña. No tendrá más de seis años, y es toda pequeñez bien construida, orejas como caracolas en miniatura. Dice que tiene tres novios. Habla con uno y con otro en su móvil de mentira de plástico, rosa por fuera. La Humana percibe la excitación en su voz. La voz diminuta despide enfadada a un novio imaginario y llama a otro novio imaginario, y todos son un desastre sin remedio. *Eso no me lo vuelves a hacer tú a mí como que yo me llamo Tania.* Lo dice con un brillo que apesta a reality sorbido como un batido de fresa. La niña está todo el rato a punto de dejar a los novios, pero al final no los deja. Cierra su teléfono malva por dentro, la tapita —*clap*— es una estrella, lo guarda en su bolsito, suspira. *Me tienen la cabeza loca me dan ataque de nervios pero es que estoy muy enamorada.* Su madre ya se la sabe de memoria, sonríe flojito sin mirarla, absorta en su propio teléfono, en su propio ataque de nervios. La Humana lo ve todo a través de un velo. Lo único nítido es Daniel, su recuerdo. Recuesta la cabeza contra la ventanilla.

La piel de Daniel: rosada, casi herida por el aire. Los ojos: de una transparencia que hacía que de perfil las pupilas casi desaparecieran, como si faltase un trozo de ojo. En el muslo, mal tatuado, con su propio pulso torpe pero seguro, el mismo querubín que había pintado en la capilla de su antiguo colegio. Durante catorce años, fijó la mirada en ese ángel rollizo para no escuchar la misa. CEIP San Daniel. Así se llamaba el colegio y así lo llamaban a él sus compañeros. Daniel, Dani, Sandaniel, Sanda. Un hombre de treinta años con andar de muchacho que observa el mundo con hambre y no va obligado a ningún sitio. A sus colegas de la infancia, de un barrio al sur de Madrid, no los veía ya. Llevaban vidas muy distintas y no tenían ni idea de qué hacía Daniel con la suya. Tampoco la Humana supo explicárselo a la Madre. A los del barrio les daba miedo y envidia ese misterio: a veces lo trataban como a un descerebrado, otras como a un niño dios que sabe de verdad cómo pasarlo bien. *Hombre, mira quién está aquí. San Daniel se ha dignado a venir a vernos.* Daniel se enfurecía ante esa vida de urbanización y conformismo. *San Daniel se ha indignado al venir a vernos.* Disfrutaba rasgando la realidad de sus antiguos compañeros de fulbito, permitiéndoles ver sólo un poco de su vida, que les hirviera la sangre como le hervía a él de pequeño, atrapado en ese carril del que era imposible salirse. Vacaciones en Torredembarra, donde el barrio se mudaba en bloque, casi respetando su posición en el mapa en el que vivía el resto del año. Les encantaba. La única forma de salirse de la vía era descarrilar. A Daniel le gustaba tener su propia vida en las manos, sentir que podía dejarla caer si quería. De hecho, malograrse era una fantasía recurrente. Una noche, volviendo al piso de la Humana, vieron a un borracho, rotísimo junto a una botella vacía. Balbuceaba su boca sucia y dormida, hablando en un idioma de ningún sitio. No parecía haber espectros del pasado en su lenguaje, nada reconocible. Daniel se detuvo a mirarlo casi con admiración, sin burla alguna. Estar tirado en un portal y hablar una lengua propia inventada por el alcohol le parecía una buena manera, quizá la única, de ser el primero y libre, de no pertenecer a ningún barrio.

Le interesaban los mendigos, los borrachos, los locos. Ni miraba a los perros, a los niños, incapaces de seguir su ritmo. Adoraba a los brujos.

Con el pómulo encajado en la cuenca de su ojo, el aliento calentando el cuello de la Humana, Daniel hablaba en sueños.

Si fuera varios, te daría uno.

La Humana se reía. Intentaba dormirse, pero se le atravesaba otra carcajada. Lo despertaba muerta de una risa que, prolongada durante tanto tiempo, casi dejaba de ser agradable. Las tres. Las cuatro. La risa rompiendo de nuevo. *¿Por qué me haces esto? Me has jodido la vida. Ahora me voy a reír para siempre.* Lo besaba. Y él, despierto de nuevo, la observaba entusiasmado, dispuesto a seguir haciéndola reír, hablando, follando. Al día siguiente no tenía absolutamente ningún sitio a donde ir, y eso era una fuerza que ganaba a todas las fuerzas.
Una noche, durmiéndose, la consciencia ya perdida, le prometió un souvenir del otro lado:

Voy a dormirme. Voy a ver si te traigo algo.

¿Qué te pasa que vas tan contenta tú? En el centro de terapia, la Vieja hurga en los ojos de la Humana. Las demás se saludan, van agarrando las sillas que hay amontonadas y forman el corro. *Ah, que te has tomado eso.* La Vieja le guiña un ojo, se ríe, le revuelve el pelo, como una tía alcohólica que le ha mojado el chupete en coñac al niño. Aprieta entre las manos un bizcocho envuelto en papel albal. Mecha no está. La terapia empieza y Mecha no aparece. Wendy mira hacia la puerta. La Humana ni siquiera vive en el presente o el pasado de las últimas semanas —Mecha, sus manos y su cabeza desmayados con-

tra ella, sus mensajes esporádicos, siempre por la noche, sus fotos de chicas con los reflejos rubios que ella cree que le quedarían bien a la Humana—, sino en un pasado mucho más lejano que sucedió en un bordillo de la calle. Eran tan jóvenes Daniel y la Humana, sentados en la acera bebiendo cerveza, velando los restos de una sandía que habían querido llevar a una fiesta, pero que por el camino se les cayó de las manos —qué bello fue verla precipitarse cuesta abajo, chocar contra un bolardo, continuar la trayectoria desviada, alcanzar una velocidad que no parecía posible, impactar finalmente contra una pared que la dispersó en mil trozos rojos—. *No vamos a ir a la fiesta. Cómo vamos a dejar sola a la sandía. Dime un secreto.*

Le contó que cuando tenía doce años y la Madre había hecho la dieta del sirope de arce —quince días tomando sólo agua con limón, sirope y pimienta de cayena para calentar el cuerpo— ella entraba a hurtadillas en la cocina y se servía cucharadas de aquella miel tostada. La Madre creía que era ella misma la que se estaba tragando esa cantidad de sirope, se castigaba por su falta de control, se iba debilitando por el hambre, mientras a la Humana, a escondidas, le estallaban las papilas de dulzor. *¡Estoy creciendo!*, le gritó cuando la descubrió. *Ya no tienes que crecer más.* La Madre, toda clavículas, mirando con reprobación las tetas obscenas que se habían saltado una generación y brotaban, como animales díscolos, en la siguiente. *Ese es mi secreto. A mi madre le dan vergüenza mis tetas.* Daniel hundió la cara entre sus pechos, aspiró, reverenciándolas.

En la sexta cita, Daniel apareció al fondo de la calle caminando con una cuchara llena de sirope en la mano, la mirada atenta para que no se derramara ni una gota. Lo interceptó una nube de turistas italianos que avanzaba por la calle como una oruga bullanguera. La atravesó y salió ileso, la cuchara recta, el sirope caminando hacia la boca de la Humana. *Estás creciendo.*

Cuéntame tú uno.

Esto era en la cama, antes, después. Follar se había transformado en una forma de estar. Daniel se dio la vuelta, se abrió las nalgas. En el coxis, justo en el nacimiento interno de la raja del culo, una cicatriz brillante, morada. Los restos de algo que estuvo ahí y ya no estaba. Lo habían detectado cuando nació: una fístula en la zona de la rabadilla. A los catorce años, un bulto, una molestia: la fístula rellena del crecimiento natural de las cosas. Se la extirparon contra su voluntad. La cola vestigial había crecido hacia dentro en forma de quiste. Era un resto animal que en algunas personas aún luchaba por sobreponerse a lo humano. No le dejaron verlo. Su padre le había dicho que era sólo pelo enquistado, pura infección. Pero Daniel a veces soñaba con esa cola blanca y larga golpeando contra el suelo al ritmo de su día. Sonrió al ver que ese cuento la había bañado de arriba abajo. La Humana lamió la cicatriz como quien besa una rótula de santa Teresa.

El mundo empezó a ser una mantequilla sin sal que se le deshacía entre los dedos. En el momento de conocer a Daniel, la Humana ya había tenido un reguero discontinuo de novias, novios, amantes ocasionales. *Ah, que va a venir. ¿Bienvenida o Bienvenido? Pues haceos un bocadillo o lo que encuentres por ahí.* Por ahí no había nada porque la Madre estaba haciendo la dieta ortomolecular, la dieta del ajo, la dieta del intentar curarse algo que era incurable: tener un cuerpo. Un poco de pan integral duro en una bolsa de tela colgaba del picaporte de la puerta. Había en el amor una languidez que, aunque gustosa al principio, a la Humana no le parecía sostenible durante mucho tiempo. Al final estropeaba las cosas sin querer. A veces queriendo. Cuando empezó con Daniel no es que lo dejase todo, no es que dejase a sus amigos, es que todo lo que no fuese habitar lo que estaba viviendo era eso: una pasta sosa que se deshacía en las manos. Antes había sobrevivido gracias a esa mantequilla, untada en el pan duro de la cocina. Pero con Daniel a su lado pasaba fugaz por el mundo, montada en una lancha de motor, saludando desde lejos a los que se quedaban en la orilla. Podría haberse alimentado de sirope de arce, de ajo, de nada.

Te toca a ti otra vez.

Se lo contó con la cara hundida entre las manos, y las manos enterradas en la almohada, sin mirarlo, dejando un hueco para la boca, para el secreto brotando. Once años, verano con los abuelos. Pasaba las tardes en la habitación, absorta en La Fuerza recién descubierta. Sonó el teléfono. La Abuela hablaba fuera con una vecina, se oían sus voces amortiguadas, el tintineo de las cucharillas. Lo cogió. La voz destemplada de la Quina. Lloraba. Decía que se mataba, que se mataba, que se iba a encerrar en la cuadra hasta morirse. Se quedó paralizada. *Me has dejao aquí sola, hermana.* Más tristeza que reproche en un llanto que seguía y seguía hilando palabras incomprensibles, *hermana gato hermana sola,* hasta que poco a poco se volvió leve y las palabras se espaciaron hasta el silencio total. La Humana colgó. En todo momento, mientras escuchaba los desvaríos de la Quina al otro lado del aparato, no había dejado de pensar, con la desesperación de una niña a la que han apartado de su juego, en La Fuerza esperándola en su habitación. La Abuela ni siquiera había oído el teléfono. A los dos días, llamó la policía. La Abuela lloró en la cocina sin dejar de empanar filetes. Se hizo una batida, se buscó a la Quina por toda la ribera, porque en Milagros la gente se mataba tirándose al río. La encontraron viva, escondida en un pajar al otro lado del pueblo. La internaron en el sanatorio durante unos meses. La Abuela lloró a ratos durante todo el verano, tendiendo la ropa, quitando las migas de la mesa, haciéndole a la nieta un bocadillo con arroz dentro.

La terapia transcurre por los callejones sin salida de siempre. *Entonces él me.* Aunque se los saquen de la vida no se los pueden sacar de adentro. *Y me dijo.* Cuando el llanto interrumpe el relato, nadie sabe cuánto hay que esperar. Se escucha en silencio el gimoteo, se espera por si acaso la que llora es capaz de parar y retomar la historia. Alguien tose. Un minuto larguísimo. La terapeuta dice *la siguiente, y ya sigues luego cuando se te pase, Alicia.* Dos empiezan a hablar al mismo tiempo, se pisan, se detienen. *Perdón, habla tú. No, por favor, habla tú, que estabas contando primero.* La puerta se abre. Mecha. La Humana no se sorprende. La napolexda ni siquiera la había dejado preocuparse. Mecha lleva una camiseta negra, sin mangas, de canalé. El cuello alto ciñendo el cuello blanco, una cremallera plateada cerrando el conjunto. Los ojos de haber llorado, las manos de no haberse tomado ninguna pastilla. Se sienta y la Vieja le pasa el trozo de bizcocho. Mecha abre el papel albal con disimulo, parece que va a sacar un pedazo que echarse a la boca, pero lo que sale es una pastilla, una napolexda escondida entre la miga, como una lima que desgasta los barrotes. La Humana sonríe. Es esa drogadicta contenta porque en un rato estará junto a su amiga en el lecho mullido que regala la pastilla. Deja de escuchar a quien habla. Que siga la fiesta del recuerdo, del estar en otro lado que no sea allí.

Una mañana de domingo despertó. Daniel salió del baño, se acercó a la cama. La ropa revuelta y los ojos llenos de sueño. La Humana le sonrió desde la cama. Pero él tenía la vista fija en nada, no la miraba. *¿Qué pasa?* Él no respondió. Se acercó a la cama, distraído, como si no la viera y buscase otra cosa. En silencio, comenzó a estirar la sábana, el fino edredón de encima, la manta. Aplanaba la ropa de cama con su mano enorme y rosada, llena de cicatrices del niño inquieto que había sido. Que era. Tiraba de las esquinas con empeño, igualando la caída de la tela por los lados de la cama. Doblaba el embozo como si ella no estuviera. Hizo la cama con ella dentro, envolviéndola como una ofrenda o una niña sacrificada a un dios poderoso. La Humana sintió un mazazo de amor que, sin embargo, se parecía más al vértigo. ¿Qué hacer con aquel ser? Se incorporó de golpe, rompiendo la cama hecha, lo tumbó casi con violencia, se puso a horcajadas sobre él. Cómo podía. Cómo podía saber él. Daniel fingió un susto. *¿Estabas aquí?* Después la miró a los ojos. *Te quiero muchísimo.* Para inmediatamente después sobresaltarse, mirar alrededor con terror: *¿Quién ha dicho eso?* Risas.

Casi asustada, temblorosa, salió de la cama, se apoyó de pie en la pared de enfrente. Respiró hondo. Daniel la miraba. La Humana cerró los ojos e invocó La Fuerza. No sabía si iba a ser capaz. La Fuerza era un secreto solitario. Nunca había sucedido para un público. Su respiración se fue agitando. Se concentraba, como siempre, en los pezones, en el cable invisible que los unía a un deseo que parecía venir de otra esfera. La imagen apareció antes de buscarla. Era la cola que él habría tenido si no se la hubiesen arrancado, un rabo largo de pelo blanco golpeando sus pezones una, dos, tres veces. Abrió los ojos y miró a Daniel, sentado en la cama. Pensaba que no funcionaría. Pero pasó. El cuerpo cediendo en oleadas, dejándose ir hasta que ya ni siquiera estaba en la realidad. Bañada en ese placer extraño, enviado desde no se sabe dónde.

De La Fuerza se regresaba poco a poco. Daniel se había levantado y estaba muy cerca, mirándola con los ojos brillantes. La besó en la frente, en los labios. La abrazó con liturgia, como dándole paso a la nave.

Siempre había querido que vinieran a llevársela los extraterrestres. Había visto en un programa de la tele unas imágenes de los años setenta en las que salía un señor labriego enloquecido ya de por vida por una vivencia única. Estaba en el huerto cuando se le habían aparecido. *Yo ob-*

servé por esos ocarlitos que hay ahí lo que venían a ser unas estalladas de luz. Repetía el relato que nadie en el pueblo creía. *El aparato que yo vi era como dos platos abrocaos, uno asima de otro, iba dando unas lamparasas como si lo mismo fuera un coche de ambulansia.* La Humana se imaginaba con ellos en la nave, sentados todos alrededor de una mesa enorme. Los rostros iluminados por las *lamparasas.* Pero estaba sola en casa con la Madre y Bienvenido, comiendo pipas de calabaza tostadas en la sartén. Tardes de domingo en el balcón, viendo pasar a la gente, grandes familias, bullicio de hermanos. Gente que comía pipas de verdad, de girasol, y escupía las cáscaras a la calle. La Madre les gritaba enfurecida. *A que eso no lo haces en tu casa.* La Humana se moría de vergüenza. ¿No podía la Madre dejar ser a los que eran felices? La felicidad ensucia y hace llagas en la boca, mamá. Felicidad también es estropearse el cuerpo. Vivir es ir estropeándose. Pero no decía nada, sólo lo pensaba. *Ojalá me lleven.* Una familia numerosa de extraterrestres que comiera pizza congelada. Sí, por favor. Bienvenido olía el suelo, se comía las cáscaras.

Estar con Daniel era como ir siempre un poco abducida. Apartarse del grupo, perderse en el dulzor ebrio de repasar los rostros familiares —la Madre, el Abuelo, la Abuela, sus amigos, sus compañeros de la agencia, su jefe— y sentirlos bien lejos. Como perder la virginidad mil veces, desaparecer todo el tiempo. Daniel no tenía una trayectoria que se pudiese seguir con el dedo. Había empezado varias carreras y no había terminado ninguna, había viajado por varios países, durmiendo en cualquier sitio, evadiendo peligros de milagro. Vivía con lo mínimo, y era capaz de hacer con desenfado y provecho casi cualquier trabajo que se le pusiera por delante. Una vez le pagaron por transportar, de Madrid a Stuttgart, una pieza de joyería carísima para el concierto de una artista de la que no le dijeron el nombre. Tampoco la joya la pudo ver. Ni siquiera le mostraron una foto. Llevó la caja apretada contra el cuerpo, en una bolsa de esas pegadas al cuerpo que se usan para transportar dinero en los viajes, con una esquina de la caja clavada contra el pecho, sin saber qué era ni cómo. Del último resto de ese dinero vivía cuando ella lo conoció.

Aquí hace un alto en el camino. En altas dosis, la napolexda puede podar un bosque oscuro y dejarlo convertido en césped tierno a orillas de un pantano de sirope de arce. Mecha, sentada casi frente a ella en el círculo de sillas, cierra los ojos a ratos, como si también estuviese tanteando con el pie el borde de su pantano, asegurándose de que la superficie es lo suficientemente sólida como para cruzar.

Daniel formulaba como por despiste las frases brillantes que ella, en su trabajo, tardaba días en lograr. Durante muchos años, desde que entró a trabajar en la primera agencia, a la Humana le había gustado crear eslóganes pasados de vueltas, ideas ante las que el equipo, de primeras, negase con la cabeza. Retorcía las campañas hasta caer en la autoparodia. Le parecía que esa publicidad autoconsciente, ridícula, volvía los productos más verdaderos. ¿Qué mayor honestidad que reírse de uno mismo? Después de dos premios, su jefe venció el pavor inicial y la escuchaba. No intentaba asentar sus disparates.

En el anuncio de jerséis de lana noruega se veía a una niña pelirroja acompañada por su padre, que iba siempre distraído mirando el móvil, entablando conversaciones con mujeres de la mesa de al lado, podrido de aburrimiento de los planes clásicos de padre divorciado: hamburguesería, parque de atracciones. Mientras, la hija comía sola su happy meal, poniéndose perdida de kétchup, o giraba feliz primero y luego llorosa en la noria, intentando captar la atención del padre, que siempre miraba hacia otro sitio. Después aparecía la mujer, ya adulta, vistiendo un jersey de lana noruega, haciendo esos mismos planes sola y sonriente, aunque seguida dos pasos por detrás por un señor, un pastor escandinavo adorable, de barba blanca y ojos azules, apuesto a la manera de un dios vikingo ya viejo, vestido con una pelliza de piel de cabra, que la tomaba de la mano al subir a la noria y la saludaba desde abajo, que comía hamburguesas con ella y le limpiaba paternalmente un poco de mostaza de la barbilla. Al final del anuncio, se les veía en un campo noruego. Él la abrazaba por detrás. La voz en off era dulce, cálida, reparadora. *Tom Skäl, la lana que acompaña.*

Recuerda cuánto costó encontrar a un señor escandinavo que convenciese. La directora de casting se desesperaba ante los videobooks de maduros rubios con pectorales que estallaban la camisa. *Tiene que parecer un ser mágico no un playboy.* Finalmente lo consiguieron directamente a través de una agencia de actores y modelos noruega. Empezó el rodaje. Un día la actriz, una chica rubia que había accedido a teñirse de pelirroja, se mareó durante una toma. Cuando la Humana fue a socorrerla al baño rompió a llorar. *Creo que estoy embarazada pero no se lo digas a nadie.* ¿A quién se lo iba a decir? La gente sólo quería terminar de grabar lo de la noria y largarse. La actriz buscaba una respuesta en los ojos de la Humana. Estaban las dos en una edad en la que el embarazo podía dejar de considerarse una desgracia y empezar a convertirse en un plan, algo con lo que llenar esa vida que aún no comprendían. En la fiesta de fin de rodaje, el actor noruego y la actriz se besaban en una esquina. *Al final nada era un retraso nada más*, le dijo la chica a la Humana cuando coincidieron en la barra. Sonreía, pletórica. Podía verse la liberación haciendo vibrar las costillas de su pecho, la regla viniéndole como una ducha caliente que retira todo el mal. Había sido una falsa alarma y ya estaba como nueva, metiéndose en el siguiente lío.

Intentaron arreglarlo en montaje, escogiendo los momentos menos bochornosos, acortando al máximo los planos, pero no hubo manera de salvar el anuncio. *Es que lo ves y se siente que han follado.* Lo dijo el director, lo dijo todo el mundo. La gente se rio del anuncio. *Tom Skäl, la lana que acompaña.* La Humana se lo oyó decir a un grupo de adolescentes que comían chaskis y fumaban porros en una plaza. Uno intentaba abrazar por detrás a su amiga, haciendo el amago de magrearle las tetas, mientras la chica huía corriendo, muerta de risa.

Se quedó, como un acúfeno que vibra en el oído sólo cuando piensas en él, el temor a hacer más anuncios ridículos. En la agencia se movía entre la abulia y la máquina de café. Cuando conoció a Daniel, empezó a aprovechar las pausas de la comida para dormir en el sofá de la sala de edición, en el sótano. Se le iba la noche en reír, secretos, follar, secretos. *No duermo. No me deja.* Se lo dijo a una amiga. Iban en el bus. *Pues qué suerte, hija.* Se giraron. Era una chica desconocida, sentada en el asiento de atrás. Le guiñó el ojo antes de bajarse. *Disfrútalo.* La Humana sonrió. Después apoyó la cabeza en el hombro de su amiga. Cuando estaba con él la energía volvía; pero, en cuanto se quedaba sola, el cansancio le chupaba la fuerza de los huesos.

No nos podemos ver todos los días. Estoy agotada. Daniel le dijo que la vida era ahora, que todo era ahora. La Humana intentó rebatirle. *Pero es que en el trabajo.* Él cayó de pronto al suelo. Su cuerpo fulminado sobre la acera. La Humana pegó un grito, se arrodilló sin comprender. Alzó la vista buscando ayuda. Al otro lado de la calle había un niño. Pálido, entre asombrado y paralizado de terror, con su pistola de juguete apuntando aún hacia él. Daniel abrió un ojo, abrió el otro. Se rio. *Pues deja el trabajo y vámonos.*

Días después, con la complacencia del que está acostumbrado a la magia, le mostraría lo imposible: el tiro de la pistola sin balas había dejado una marca violeta en el centro de su pecho. No tenía sentido, pero ahí estaba. Lo acompañó a tatuarse un punto sobre esa herida fantasma. Cuentos, cuentos, eso quería la Humana. Creer.

En el bar Lastre, tras la terapia, Mecha mordisquea el bizcocho mojado en descafeinado de máquina con sacarina. La pastilla le ha borrado el dolor de la cara tensa. Sin dejar de comer, se abre la cremallera del top para mostrar un trozo de cuello, como una adolescente agotada. Tiene un chupetón, huellas moradas. *Nada, una fiesta con mi prima. Una barbacoa de una de su trabajo. Digo: a ver si me olvido del puto mierdas ese, a ver, vamos a probar. Un pedazo de bigardo de casi dos metros. Unos dedos como longanizas. Digo: a ver si me quita lo malo, a ver si con este noto yo algo.* Siempre esa mezcla brillante de brutalidad y ligereza. Se le desbordan los ojos. *Y no. No. No. Nada. Como muerta. ¿Qué coño voy a hacer? Estoy bien jodida ya pa siempre.* La Vieja le acaricia el pelo, la Humana le acaricia el pelo y le mira la boca.

Un día le enseñó a Daniel sus anuncios, riéndose un poco de sí misma. Ese trabajo sobre el que él preguntaba sin demasiada curiosidad le permitía tener todo lo que los rodeaba cada noche: un piso diminuto alquilado en la calle de un barrio en el que empezaban a convertir ferreterías en bares con carteles falsamente envejecidos que, en un intento de autenticidad, conservaban el nombre de la antigua ferretería. Un balcón pequeño, mucha luz, mucho ruido. Comida en la nevera. Dinero en la cuenta, ahora que a él se le había terminado. La idea de ser buena en algo.

Daniel miró con seriedad las campañas colgadas en la web de la agencia. A ella se le agitaba algo dentro.

Es una grandísima mierda.

La Humana pensó que era broma. Nadie decía la verdad de esa forma. Pero quizá nadie decía nunca la verdad. Las palabras de Daniel rascaban hasta descubrir una herida donde antes no había nada: hacía no tanto, a ella le había gustado su trabajo. Aún había algunas frases en lonas y marquesinas que la hacían sentir una punzada de orgullo, la sensación de haber conseguido burlar los mandatos de la adultez y ganar dinero con rimas y cuentos.

Tú puedes dar mucho más. Tú puedes hacer cosas increíbles. Pensar otras cosas. Tendrías que escribir un libro.

Un novio como un manual de autoayuda que, cuando predice de lo que eres capaz, te llena de temor a no ser eso que él cree que eres. La conmovió la confianza en sus ojos. Quiso ser digna de ese amor. Pero sin dormir era difícil ser digna de cualquier cosa.

Su jefe, en un intento de disiparle los nubarrones de la campaña de Tom Skäl, le ofreció ocuparse del lanzamiento de Bay, una bebida energética o relajante, según la versión —full o chill— que tomaras. A la Humana se le mezclaban el full, el chill, el cansancio, un desencanto nuevo por todo el tiempo perdido haciendo *grandísima mierda* en agencias y productoras. Pero nunca había trabajado tan rápido. La fiereza que le nacía en la boca del estómago se convirtió en prisa. La que pensó que sería una frase insolente, escupida desde la nueva furia, encantó al cliente. *Bay: Vive lo que vivas.* Distintas personas, en estados distintos —necesitadas de full o de chill—, se hundían en una bahía cósmica, azul o rosada, y sus cuerpos reaccionaban con calma —un nadar submarino lento y armonioso, el cuerpo abandonado al azul— o frenesí —las convulsiones bailongas haciendo vibrar el lago rosado, dos cuerpos juntándose en su emoción disparada—. El mismo día en el que se aprobó la campaña, la Humana dejó el trabajo. *Vive lo que vivas,* le dijo al jefe desde la puerta antes de irse. Por primera vez, se había creído su propio anuncio. *Vive lo que vivas.* Sin mundos protectores, sin concesiones al trabajo convencional que la había protegido hasta entonces.

Mecha, hundida en napolexda, bebe de la cerveza de la Vieja sin darse cuenta. La Vieja le quita el vaso abriéndole los deditos como a un bebé, le besa la mano como a un bebé, se la pone sobre la mesa y se la acaricia como a un bebé. *Hay que ver lo guapa que eres y lo mal que estás.* Wendy bebe en silencio. La Humana sigue deslizándose por el recuerdo.

Bay: Vive lo que vivas. Hablaron de lazos flexibles, de no cerrarse. La Humana accedió. Sí. Entusiasmo y temblores. Compartir al extraterrestre. Quizá ese hartazgo final en las relaciones del pasado se debiese a tener que verter la masa de su deseo en un solo molde estanco. Bienvenida, Bienvenido, Bienvenido, Bienvenida, todos juntos en la nave espacial. Una gran bienvenida. Relación abierta, desparramar la masa. *Sí.* Temblaba mientras lo decía, pero *sí.* *Vive lo que vivas.* Antes de irse a vivir al campo, a la casa barata que habían alquilado en un valle del sur de España al que no llegaba la carretera, un cortijo de vigas carcomidas en el que, alejados de los mandatos estúpidos de la ciudad, harían al fin lo verdaderamente importante, celebraron una fiesta en el piso de la Humana. Mezcla de amigos, enloquecimiento. Una chica de pelo corto, amiga de ninguno de los dos, insistía en que le cabían doce uvas en el culo. Brillaban los tejados de la ciudad con el naranja furioso del atardecer. Quiso desparramar la masa. *Vamos todos a la calle.* En una plaza, mientras bailaban al son de un altavoz azul, grueso como un muslo, que retumbaba y caminaba hasta casi caerse del murete, de pronto dos chicas. *Vive lo que.* La Humana las besó a las dos, o primero a una y después a la otra, o la besaron ellas. Los ojos de las chicas brillando, sus risas de amigas que de pronto *fíjate tú*, el milagro de tres personas queriendo hacer lo mismo en el mismo momento de la misma forma. Las lenguas acompasadas, ya un cierto amor sin conocerse. Y Daniel. Lo vio por el rabillo del ojo, observándolas. De pronto un rayo, desaparición del extraterrestre. La Humana interrumpió el beso y salió corriendo tras él. Daniel caminaba calle abajo con paso firme. Lo alcanzó, lo hizo girar. El rostro hermoso de un niño enfadado que no quería ni mirarla a los ojos. Nada de todo aquello estaba bien, pero lo empujó contra la reja de una tienda. Trueno metálico. Lo besó, le dijo que lo quería. Iba a ser mejor olvidar las antiguas propuestas y amarse como en las películas. Sí, sí, que no se preocupara. *Me das miedo.* Claro, ella también se había dado miedo alguna vez. Sus besos con las chicas, que hace un rato le habían parecido carne riquísima que se entrelaza, se le representaban ahora con la brutalidad de tres animales intentando alimentarse unos de otros sin conseguirlo. Bienvenido, Bienvenida, tanta gente pasando por sus brazos, esas manos suyas sabiendo señalar *te deseo a ti y a ti,* y abriendo las puertas, eran en realidad garras ansiosas. Le dio a Daniel un beso dulce, de novia fiel cerrando las compuertas del peligro. *My kink is true love,* había leído en internet. Sí, sí, exactamente. No había nada que encendiese más La Fuerza que esos besos dados en el tintineo de la reja de la tienda cerrada.

Vive lo que. El día antes de irse, la Humana desmontó la casa entera. Hacía varias semanas que Daniel había dejado su habitación en el piso compartido, que por otra parte llevaba meses sin pisar. Las cosas de él, apenas una maleta y tres cajas, ocupaban un rincón de la casa de la Humana. La hacían sentir aparatosa, apegada a lo vano, un poco estúpida, con su cúmulo de pertenencias. *Vive lo que vivas.* Llenó de recuerdos varias bolsas de basura: ropa que le gustaba pero no era práctica, libros que le encantaban pero ya había leído, cosas que le habían regalado personas a las que quería. Las bajó a la basura. Desperdigó los objetos sobre los contenedores: un museo de sus últimos doce años. Desde el balcón, como una diyéi que observa las emociones de su público desde las alturas, iba viendo cómo reaccionaba la gente ante su pasado. Los objetos iban desapareciendo.

Vive lo. Salían al día siguiente por la mañana. Hizo una tortilla de patatas y esperó, esperó, pero Daniel no llegaba. Un mensaje. *Estoy con una amiga. Voy en una hora.* Llegó ya al amanecer. El pelo revuelto, la ropa más arrugada que la primera vez que lo vio. Ella lo supo enseguida, porque no había ocultación ninguna. Si el quiste de la rabadilla hubiese sido cola vestigial en lugar de quiste, y no se lo hubieran extirpado, Daniel habría meneado el rabo, con los ojos brillantes, disfrutando de la sensación *tap tap tap*, contra el suelo. Era un perro que sintió miedo del juego, pidió que lo detuviesen, pero después vio un trozo de carne sabrosa y quiso seguir jugando por su cuenta, sin avisar. *Es curioso*, dijo. *Es curioso, porque era una de ellas.* ¿Una de cuáles? Pero la Humana ni siquiera preguntaba, porque ya sabía. Daniel agitaba el trofeo mientras comía tortilla. *Una de las dos que tú. En la plaza. Las del otro día.*

Vive. Vive lo que vivas.

En el baño del bar Lastre, la Humana vomita la cerveza, el bizcocho de la Vieja, el arroz con nocilla, las sardinas de lata, el grumo blanco de la última napolexda. Wendy le sujeta el cuello, la abraza cuando se incorpora. Mecha fuma mirándose en el espejo, poniendo caras guapas, como una niña. La Vieja se ha ido. La cuidadora la ha llamado: el marido, ese segundo marido enfermo al que baña cada día, se ha caído, la sonda se ha descolocado, o se la ha arrancado él, la chica no sabe. La Vieja, toda nervio y venas, marchando a volver a sondar y hacerle tragar pastillas para que deje de chillarle *dónde coño has estado ya has vuelto a las clases esas de gimnasia de mover el coño o de dónde coño vienes.*

La Humana hacía esfuerzos por verse a sí misma como un animal caprichoso que al fin ha encontrado un domador a su altura. Esos dolores eran la vida de verdad. *Vive lo que vivas.* Cada segundo con Daniel tenía la intensidad de un anuncio. No había tiempos muertos, sólo grandes frases, una explosión constante que subía y bajaba de intensidad. Estaban cada uno a un lado de la habitación de la casa de campo destartalada, Daniel entregado a sus proyectos inconcretos, brillantes, ella jugueteando en el borde de algo. Intentar escribir era chocar de frente con la imposibilidad. Se daba cuenta de que desconocía palabras básicas. Antebrazo. Hasta entonces había pensado que era toda la cara interna del brazo, la parte suave, no tocada por el sol. Clases de yoga en las que podría haberse roto algo. *Haced la torsión con cuidado, apoyando todo el antebrazo en el suelo.* No recordaba que le hubiesen corregido la postura, pero sí sentir que aquel movimiento era imposible. Le sobresaltaba la idea de estar cometiendo errores con otras palabras. ¿Qué era semiótica? Lo buscaba. ¿Solipsismo? Lo buscaba también. Por suerte, aquellas no eran partes del cuerpo que se pudiesen romper. Por primera vez intentaba escribir frases que no sonaran triunfales ni intentasen convencer. *Un día de lluvia, mi abuela robó un paraguas.* Le sonaba infantil, pero seguía. *La dependienta no nos atendía, así que mi abuela se enfadó y dijo: esto lo vamos a hacer salvaje. Y robó dos paraguas.* En sólo dos frases ya había cometido un error de base: al principio decía *un* paraguas, pero después la abuela robaba dos. Escribir era un tropiezo perpetuo, pura errata. Se entretenía en poner número a capítulos imaginarios. Los escribía con letras, para tardar más, para que sonase su tecleo atareado. *Uno. Dos. Tres. Diez.* De pronto Daniel detenía su propio tecleo infinito y gritaba su nombre. La Humana levantaba la vista para descubrir que la miraba sonriendo. Un cuchillito de ternura clavándose, quitando el frío. *Dios, eres preciosa.*

La casa era, sí, heladora y destartalada, pero demasiado bella como para no intentarlo. Los muros rocosos cubiertos de hiedra. *La hiedra queda muy bonita, pero se come el cemento, crea humedades. Al final se traga la casa entera. Se la come, ¿veis? Se la come.* El casero apartaba las hojas verdes para que viesen la furia vegetal avanzando sobre la piedra. Nunca antes alguien les había alquilado una casa mostrándoles los desperfectos con honestidad, cobrándoles doscientos euros al mes por ciento cincuenta metros cuadrados de suelo torcido. Los hijos de los jipis de arriba bajaban desnudos por el camino, pero no se acercaban. Los espiaban tras los árboles, con el pelo revuelto, como duendes apaciguadores.

Por no saber qué hacer, se cortó el pelo. Fuera lo rubio, sólo dos centímetros de raíz oscura. Renacuajo se deshace de cola dorada que estorba. Pensó que él la apreciaría resolutiva, sin lavados de pelo infinitos que interrumpiesen lo importante. Además, a ella le gustaba cómo le quedaba. Se miró en el trozo de espejo que colgaban de un árbol, el único reflejo en el que podía observar los cambios que el campo operaba en su cuerpo. *Con el pelo así se te ven las tetas más gordas.* Tono monocorde, distraído, ni bien ni mal. Pero qué dolor. Daniel volvió la vista a sus cosas, a su pantalla. *Creo que eres la novia más gorda que he tenido.*

En aquellos días, la Humana vagaba sola por los senderos cercanos a la casa, intentaba alejarse lo máximo posible sin llegar a perderse. En un momento dado se salía del camino, ascendía entre algarrobos. No hacía falta un claro del bosque, sólo un lugar más o menos llano donde pudiese tumbarse, ocultarse de la vergüenza de ser débil.

A los nueve años, la Madre le había dicho que cuando Bienvenido se portaba mal lo que había que hacer era pegarle en el hocico con un periódico enrollado. Un día, al décimo ladrido, se levantó de su escritorio, dejando a medias una división de decimales que no entendía, salió al patio, enrolló un periódico y golpeó a Bienvenido en el hocico. Se detuvo, lívida. No estaba pegando a su perro por haber ladrado. Le estaba pegando por las matemáticas. En aquellos días en el campo, se preguntaba si los desprecios de Daniel eran el golpe de un periódico enrollado lentamente, a lo largo de años, como consecuencia de unos padres exterminadores de hábitos de extraterrestre, rebanadores de vestigios animales. ¿No serían Daniel y ella exactamente lo mismo, con la única diferencia de que a ella, esta vez, le había tocado el papel del animal?

Al llegar la noche, los cuerpos funcionaban en la dirección correcta. Sólo entonces se sentía tranquila y segura, en el descontrol absolutamente conocido de su propio placer. Era un juguete que follando se daba cuerda para soportar el día siguiente. Aun así, *la hiedra queda muy bonita, pero se come el cemento.* Se revolvía contra los comentarios de él como la niña feral que intenta ser apresada. Entonces afloraban en Daniel conocimientos recogidos a lo largo de tantos viajes, algo de un libro que le prestó un señor que se sentó con él al borde del camino en el Amazonas ecuatoriano. Daniel le hablaba de que un junco se dobla sin romperse. Ese tipo de frases, que a la Humana le parecían la misma gilipollez que los lemas en los marcapáginas que la Madre traía del herbolario, se volvían al final del día el único camino posible si quería seguir allí, junto a él. También le decía que había que hacer añicos el ego para construir otra cosa. Pero el último día en Madrid, en el piso de la Humana, Daniel, *tap tap tap* rabo contra el suelo, había sacado su ego inflado para aplastar el de ella. *Es curioso. Es curioso, porque era una de ellas. Una de las dos que tú.*

Llegaron a la ferretería del pueblo haciendo autoestop. Él firme. Ella medio desmontada, aterida de frío. Necesitaban espuma aislante de esa amarilla, silicona, tuercas, tornillos, algo con lo que sellar la puerta de la chimenea. Mientras esperaban a que los atendieran, la Humana tomó el muestrario de piezas, un catálogo que pesaba un quintal, con fotos de cada uno de los productos organizados por códigos, como un álbum de cromos ferretero. En la portada, escrito con rotulador permanente: POR FAVOR, PONERME EN MI SITIO. Sonrió. Vibraba en cada letra negra el mal humor de un ferretero harto de no encontrar el catálogo cuando lo necesitaba. Se le endulzaron un poco las lágrimas que le corrían por la garganta y le vino un soplo de ánimo. Aceptar que su vida anterior había sido una mierda, que ella era el despojo que él le mostraba que era, la dotaba de una fuerza: la de saber que a partir de entonces podía ser distinto. Tomó el catálogo, lo levantó, señalándoselo a Daniel (él estaba al otro lado de la ferretería, hablando de silicona para juntas con un encargado diminuto, gris, que parecía atormentado por la insolencia de aquel joven de ciudad). PONERME EN MI SITIO. Intentó poner su mejor cara de lobezna que finalmente acepta ser adiestrada. Él frunció el ceño. No hizo ningún gesto que indicase comprensión, lenguaje compartido. Se quedó helada, sintiéndose torpe, fea y estúpida, y volvió a poner el catálogo en su sitio. Pero a la salida él la arrimó contra una pared, la besó profundamente, una mano posada con delicadeza ceremonial en cada teta. En cualquier circunstancia, el deseo era una riada que los arrastraba hacia un lugar a resguardo de sí mismos.

Follaron a las afueras del pueblo, en un bosquecillo, cerca de unas cabras escuálidas que los miraban fijo con sus ojos amarillos. Las ramas los ocultaban, las cabras los respetaron. Hacer el amor tras el desdén de Daniel era una vaselina que venía a difuminar el terror de no ser ya válida para él. Sentía el placer leve, lejano, de la fisioterapia que descontractura un mal movimiento. Al terminar, listos para volver a la carretera y hacer autoestop de vuelta a casa, la Humana quiso sobreponerse a esa complacencia amable del último polvo, a su propia fragilidad de cada día. Necesitaba recordarle a Daniel quién era y sabía qué era lo que más lo impresionaba. Se apoyó en el tronco de un árbol, le chistó para que la mirara. Cerró los ojos. Se concentró. Sintió que La Fuerza la tomaba con una intensidad que arrasaba todas las veces anteriores. Durante dos segundos cruzó por su cabeza detenerlo todo, porque no sabía hacia dónde podía llevarla la sensación. Finalmente, dejó ir el miedo. Oyó unos mugidos de vaca. Luego un grito. Se vio desde fuera, de pie, apoyada en ese tronco, agitándose sin miedo a que las tetas botaran, cayendo de golpe de rodillas, las tetas comprimidas entre las manos, lanzando un grito final que asustó a las cabras.

De La Fuerza se volvía poco a poco. Cuando lo hizo, estaba de rodillas entre los árboles, se apretaba las tetas con fuerza y le colgaba de la boca un fino hilo de baba.

A la vuelta en autoestop, en el coche de una señora que alquilaba casas rurales en los pueblos más altos de la zona, la Humana iba aún impresionada, colocando las sensaciones, sintiendo que su última demostración de poder extendía una nueva tabula, más rasa y firme que ninguna otra. Apretaba fuerte la mano de Daniel. Le besó la sien y él la miró con los ojos transparentes del principio, de siempre. Al terminar, en el bosquecillo de las cabras, él sólo había dicho *madre mía*, con la misma sorpresa que ella, como despertando de un sueño raro.

Dejaron la chimenea encendida, salieron a ver las estrellas mientras la casa se calentaba. En la penumbra del bosque se les cruzó un jabalí enorme, que a la Humana le pareció dinosáurico. Un mamut plateado por la luna que huyó antes de que tuvieran tiempo de reaccionar. Tres segundos de pavor. Los nervios se le descomprimieron, empezó a reírse. *Cállate*, le dijo él. Ella no lograba descifrar el tono. Quizá estaba riéndose demasiado alto, con una risa que no era la suya. Quizá daba vergüenza, le daba vergüenza. Volvieron en silencio. En el terreno frente a la casa había un pino inmenso. Daniel se detuvo junto a él. Su rostro en sombras era imposible de leer. Bajo el pino, su cara se iba haciendo nítida, plateada como el jabalí. Cerró los ojos. Emitió un murmullo suave. La Humana lo observaba en silencio. Con la espalda apoyada en el tronco, Daniel empezó a agitarse, primero suave, después haciendo todos los movimientos que le permitía el cuerpo. Los rasgos plateados pasaron del placer fingido a un temor fingido pero exacto. Sus gritos eran mugidos animales, como de vaca desesperada. Después se volvieron agudos. Empezó a agitarse cada vez más fuerte, cada vez más rápido, concentrado, soltando grititos en voz de falsete, al mismo tiempo que la sangre se iba deteniendo en las venas de la Humana. Cada gesto, cada movimiento, era una imitación perfecta de su catarsis de hace unas horas, en el bosquecillo de las cabras. Entonces la explosión. Daniel arqueó el cuerpo lanzando un mugido que atronó el valle entero y cayó de rodillas. Se llevó las manos al pecho y apretó unas tetas invisibles. Ella, muda, no podía moverse. En ese rugido final, la Humana se cubrió sus propias tetas, como la señora que aprieta contra su cuerpo el bolso que están intentando robarle. Le vino a la cabeza una escena de dibujos animados: la bruja Úrsula *agarra aprieta extrae* la voz de la sirenita, que se lleva las manos al cuello. La voz de Ariel va saliendo de la garganta como un hilo de luz dorada, hasta guardarse entera en la caracola que cuelga del cuello de Úrsula. Y ya no hay marcha atrás. No puede hablar.

Vive. Vive. Vive lo que vivas. Se ahogaba. A veces salía de la casa cuando le quedaba el aliento justo para alcanzar la puerta. Se iba sola al bosque, e intentaba, una vez tras otra, revivir La Fuerza. Tumbada entre los algarrobos, bajo un manzano lleno. O sobre el curso rápido, tapiado por arriba, de la acequia. Cerraba los ojos, hacía pasar por su mente un tiovivo de amores: Piti, la mujer de las manos nudosas, el hombre de un solo huevo, etcétera. El agua de la acequia corriendo bajo su espalda. La mente enfocada en las tetas. Pero La Fuerza ni siquiera asomaba. El cuerpo había quedado mudo para el placer. Una vez la sorprendieron unos cazadores que hacían una batida para matar jabalíes y ni siquiera la miraron raro. Una loca tomando el sol.

Otros días probaba lo que nunca había hecho: tocarse con las manos, como lo hacían las otras. Pero el deseo era un miembro fantasma. A partir de entonces, La Fuerza fue lo mismo que atarse los cordones ahora. Ni siquiera intentaba buscarla por miedo a no poder.

Le cambió el nombre. Como la niña que inventa un mote a la profesora que odia, que escribe el insulto en un papel, lo enrolla, quita el tope de plástico de una de las patas tubulares de una silla de la clase, mete el papel dentro, vuelve a poner la tapa, voltea la silla, se sienta en la silla, atiende a la clase. Le cambió el nombre sola por el monte. El dedo sobre la tierra, letra por letra: PREDICADOR. Sí. Apretó los dientes. Predicador, falso gurú que dobla juncos hasta romperlos, saqueador de cuerpos. Después imaginó sus ojos transparentes de niño, las manos que habían hecho la cama con ella dentro. Borró el nuevo nombre con el pie.

La Humana remueve la manzanilla tibia, la napolexda va desapareciendo de su sangre. La sustituye el desamparo más absoluto. Al menos está allí, en el bar Lastre, frente a Mecha, frente a Wendy. Al menos la Perra tibia esperando en casa. Wendy consuela a Mecha por superposición de desgracias. Habla por primera vez de su exmarido, Yadiel. Wendy lo cuenta todo como desde lejos, con los ojos tristes fijos en las bolas apretadas del papel de plata del bizcocho de la Vieja.

Al principio, la Humana jamás dijo que no. Ni siquiera a sí misma. Se empeñaba en follar con fuerzas sacadas de no se sabe dónde. Cuando él ya estaba convencido, envuelto en su propio placer, ella abandonaba el cuerpo. Se iba, en su cabeza, a pasear por la isla, imaginaba que visitaba a la Madre, que comían del mismo plato un filete poco hecho, la Madre feliz en su dieta de cazadora que no caza. Viajaba con la mente a Las Aguas 3, donde veía al Abuelo regando las macetas de la terraza en pantalón corto blanco, los pelos del pecho blancos como el pantalón. La Abuela, viva, limpiando las ventanas, medio cuerpo sacado afuera de la casa, ese equilibrio temerario, triple estiramiento mortal, en una mujer miedosa dispuesta a ponerse en peligro con tal de dejar impecable ese mundo tan sucio.

La Humana siente una nueva arcada, la napolexda evaporándose del todo. Wendy pide otra caña. Aprovecha que sus hijas están con Antonio en Salou para emborracharse. *Se me estaban asfixiando en Madrid, pobrecitas. Y me estaba asfixiando yo.* Antonio, que no es su padre, pero ejerce como tal, que quiere a Wendy, pero que *sufre se desespera tiene insomnio rumia de noche* la presencia constante de un hombre muerto que no desaparece. Yadiel ya era celoso a los quince, cuando Wendy lo conoció en La Habana. Pero en aquel momento *si me dejas me muero* era una belleza.

Ya no haces ruido. El Predicador la miraba fijo, los ojos transparentes enturbiados, después de follar. La Humana lo espiaba por la ventana, lo veía fumando como un cowboy, el pitillo entre el pulgar y el índice. Tenía una nueva seguridad. Se le había ensanchado la espalda. Al principio, cuando se conocieron, él había bebido las historias de sus peripecias sexuales, tiraba del hilo pidiendo más. Ahora la Humana sabía que esa sed había sido envidia, que la fascinación había durado lo que se tardaba en extraer La Fuerza. Ahora que la había pisado, el Predicador quería disfrutar de su nuevo poder, pero se encontraba como compañera sexual a una criatura medio muerta, avergonzada de cada movimiento. A la Humana le parecía inaudito decir que no por primera vez en su vida cumplidos los treinta años. Conocía historias de *amigas aburridas novios que insistían amigas cansadas de tanta insistencia que terminaban cediendo.* Pero ella había sido un animal lleno de ganas hasta ese momento.

Aquellos días, en la casa de la hiedra, le venían, como relámpagos a la cabeza, consejos como maleficios. Frases leídas en folletos de prevención de violaciones en el campus, amonestaciones preventivas: *Orinarse encima es una forma de ahuyentar al violador*. Cuando aún hablaba pero a veces no sabía ya con quién, la Abuela le dijo, con una sonrisilla pícara: *A veces no nos lavamos y así nos dejan quietas*. En una novela de cubierta roja, una profesora les decía a sus alumnas, dedo en alto *si sientes que un hombre te persigue, ponte a cuatro patas y come hierba*. Come hierba. Como la hembra de una especie distinta con la que copular resultase repugnante. De pequeña, en verano, cuando se quedaba dormida en el salón después de comer, con el cuerpo desmadejado de tanto juego, la Abuela se acercaba murmurando y le cerraba las piernas abiertas. Después le daba un beso en la rodilla, como si echase la llave.

Una mañana Daniel despertó lívido. Un cachorro desnortado. *Anoche en sueños gritabas no por favor no por favor.* Le temblaba la boca ante la posibilidad de que ella sintiese asco. A la Humana le pareció posible recomenzar desde la inseguridad compartida. Sintió un ramalazo de ternura antes de darse cuenta de que no. A ella ni siquiera la veía. No era un novio preocupado, sólo el cowboy con el ego hecho añicos. El predicador afiló la mirada.

No quieres follar, ¿eh? Pues a ellas bien que te las querías follar ese día en la plaza.

A los veinte, con las niñas ya nacidas, Wendy se empezó a cansar del soniquete. *Me vas a dejar me vas a dejar y yo me voy a matar. Yo me voy a matar y tú te vas a podrir toa por dentro.* Wendy le daba la espalda en la cama. *Y él se ponía bravo porque me decía que seguro me singaba a otro y por eso no tenía ganas con él.*

La Humana se empleaba como una mula de carga para soportar cada día, para quitarse estupideces de la cabeza y recuperar La Fuerza. Cómo iba a marchar de allí sin ella. Cómo volver a la ciudad, reconocer su derrota. A veces pasaban unos días normales, como una pareja normal —quizá así eran todas las parejas, pensaba— y sentía que se querían. Él le acariciaba la cara. *Te has perdido pero ya te encontrarás.* El amor entreverado con las cuchilladas más feroces. En realidad, ¿no era así relacionarse con la gente? La Abuela, mismamente. Ese torrente suyo de amor incontenible: *La niña más bonita del mundo, ¿dónde está?* Pero al rato, viéndola desnuda: *Si te muerdes las uñas de los pies, te va a dar cáncer.*

Delante de los vecinos jipis de arriba, del señor de las bombonas de gas que les hacía el favor de llegarse hasta la carretera, Daniel la llamaba *mi mujer*, y ella sentía una punzada de emoción, como si a fuerza de perderlo todo se hubiese ganado algo.

La madre de Wendy, las primas: Mija, pues si no te pega yo no sé por qué lo vas a dejar. Él es buen hombre, trabajador. Yadiel la agarraba del cuello cuando ella iba a salir de casa hasta conseguir arrancarle un beso que le pareciese amoroso, sincero. Cuando Wendy hizo la maleta y se fue con las niñas a Guanajay, a casa de su tía, Yadiel se tiró al mar en Baracoa. *Se ahogó queriendo yo lo vi,* dijo el pescador.

Yo me voy a matar y tú te vas a podrir toa por dentro.

Wendy se desabrocha los pantalones. Allí, en la mesa de la Lastra. Los señores de la barra miran la tele y el fondo de sus vasos. Sólo uno, muy borracho, entrecierra los ojos, intentando atisbar qué hacen esas locas en la mesa de allá. Una cicatriz morada, muy abultada, parte desde más arriba del ombligo y baja hasta donde no la pueden ver. Otra la atraviesa de lado a lado por debajo del ombligo. Dos tenias de Maria Callas cruzando sus cuerpos, chupando desde afuera. Mecha no contiene la aprensión. *Uy Wendy hija cómo tienes eso. Pero ve a que te lo miren.* Wendy la mira tranquila. Se va abrochando los pantalones de nuevo. *Esto es así son las cicatrices de las operaciones. Es un queloide. Los médicos en España se asustan no saben porque no conocen cómo es la piel nuestra. Mi madre tiene una en la pierna que es como un majá que le sube.* Wendy se ríe con la boca abierta de todos los médicos aterrados. *Pues no les irán pocas negras a la consulta,* dice Mecha. Wendy se encoge de hombros, sigue bebiendo.

El vencejo gris que entró de golpe en casa de la Humana el primer día que Daniel fue a visitarla chocó contra todas las paredes antes de volver a encontrar la salida. Anunciador, revelador. Como en los cuentos. Dejó las paredes golpeadas. Había que acercarse para verlo bien. En cada choque había una, dos manchas diminutas de sangre, como ojos de un fantasma asomado a la pared. Anunciador, revelador. Como en los cuentos.

Dos meses después de la muerte de Yadiel, ya en Miami, a Wendy la partió en dos un dolor en el vientre. Su prima le dijo de aguantar hasta que no pudiera más. *Seguro eso es un cólico de los nervios. ¿Tú sabes la ruina que es ir al doctor aquí?* Cuando la abrieron encontraron tejido endometrial por todas partes, como una telaraña fresca que se hubiese tejido durante la huida. Veinticinco mil dólares por una histerectomía parcial. Ahí todavía le dejaron un ovario. Pero la maldición sigue tejiendo por dentro, agarra los intestinos, la vejiga. La Humana quiere sacar sus tetas muertas y atascadas, restregarlas por la cicatriz de Wendy, por el cerebro girado de Mecha, de la Vieja, que estará en casa aguantando. Horrocruxes que juntos forman un alma sola. Habría que amasarla como una torta de manteca y clavarle un cristal en el centro.

Wendy alza su copa. No hay brindis posible contra el miedo que arrastran. Pero brindan. La Humana bebe de la taza tibia de manzanilla. *Da mala suerte brindar con eso.* Mecha, ojos entornados de pastillera. Se miran y se ríen las tres, sabiéndose tan hundidas en la desgracia que no es posible que haya más.

La cicatriz de Wendy, esa maldición que teje endometrio inútil entre sus órganos, le da a la Humana el espacio exacto. En el siguiente brindis lo cuela. El cerebro ya rendido, la voz confundida con el entrechocar de los vasos.

Yo tengo miedo
de sus poderes.

El terror entero, sin reservas, como el de la infancia, la hace vomitar de nuevo. Ya es sólo un buche lechoso que intenta contener con las manos. Mecha, tan en la nube de pastillas que ni asco siente, le limpia la boca y las manos con una servilleta. A restregones torpes, como un bebé que cuida a otro bebé. La boca abierta, los labios brillantes. Por la cremallera abierta de su top asoman las marcas violetas de los dientes del tío de la barbacoa. Ojalá, antes de todo, haber ido con Mecha de fiesta, *una plaza bailes besos sus lenguas*, que el Predicador las hubiese visto y se hubiese enfadado, que se hubiese ido corriendo. No haberlo seguido, haberlo olvidado para siempre. Sabe que la que era antes podría haber hecho algo por Mecha. Arrancarle algo de placer. Cuánto desea dejar su historia sentada en un banco de la calle y no volver a buscarla nunca más.

Ya en casa, rompe los papeles en los que escribió el jingle. *No hay nada más puro que blancas pastillas.* Se avergüenza de la estupidez medicamentosa de hace unas horas. Cae junto a la Perra, respira su aliento de anchoa. La Perra la mira, muy cerca. Sus ojos son un solo ojo amarillo.

Se despierta de golpe en mitad de la noche. La Perra, tumbada a su lado, duerme pesadamente. No la ha sacado. Casi nunca pide salir, duerme todo lo que ella duerma. Mira el móvil. Seis llamadas perdidas de la Madre y unos wasaps, también de la Madre, que dice:

Te llamo pero no me coges
El abuelo está malito
Esta en Las Aguas que había ido al entierro de don nazario y se ha caido
Tienes días libres? Si no intenta a ver si te los dan
Yo estoy a punto de coger el avión

Siente el corazón latiéndole en las sienes.

La Madre piensa que su hija tiene un trabajo, una vida. No sabe que todos sus días son días libres, y, al mismo tiempo, imposibles de vivir. No sabe que lo del Abuelo es culpa suya.

Yo tengo miedo
de sus poderes.

Pasea a la Perra a las dos de la mañana, buscando en el móvil la normativa de Renfe para viajar con mascotas, comprando un billete, pagando el plus de mascotas. Poco antes de llegar a casa, se agacha entre dos coches, aparta a un lado la pernera de los pantalones cortos, las bragas, y mea un pis caliente que pretende escribir: *No te acerques.* La Perra, como inspirada por un comportamiento tribal, la mira muy seria, acerca también el culo al suelo y se esfuerza en dejar un charquito leve, un círculo oscuro en el asfalto polvoriento. Un punto y aparte mojado.

Seis
La sangre

Entre mi madre y yo hay un hambre
desleía en la leche
nuestros cuerpos han comido tan distinto
que no podemos ser ya la misma cosa.

JULI MESA, *Soo*

Corre el tren. Árbol árbol árbol prado inmenso que se escapa árbol árbol una casa sola. La cabeza de la Perra viaja de lado a lado, a la velocidad de las cosas. El morro alzado, queriendo oler el mundo que pasa. La Humana apoya la frente ardiendo en el cristal de la ventana, cierra los ojos.

Un rato antes, en la estación, una conocida. Son casi veinte años en la ciudad. Es imposible salir de las cuatro calles seguras de su barrio y no encontrar rostros que conozcan el suyo, que sepan retazos de su pasado, mentiras y verdades dichas a media voz en corrillo, con el tono endemoniado del cotilleo, en bares y calles. La conocida está rutilante, recién vuelta de visitar a un novio en no sé dónde. Su boca muy besada, roja, como mordida, saluda enternecida a la Perra, pregunta sobre el viaje y dice *ay lo siento mucho*, como si el Abuelo estuviese ya muerto. Son una generación que va enviudando de abuelos, que atesora un manojito de recuerdos tiernos e ignora las ortigas para poder seguir adelante alimentándose de nostalgia. Ya que no tienen un futuro prometedor, al menos hinchar ese pasado en el que los abuelos les dijeron que lo merecían todo. *¿Sigues en publi?* La Humana niega, hace un gesto inconcreto, y la conocida no excava más. *¿Oye y os habéis vuelto del campo entonces? Es que era un poco locura ese plan.* La conocida miente. La conocida *sabe.* La Humana asiente, sonríe por fuera, por dentro tiembla. Hace un gesto, intenta interrumpir, pero. *El otro día vi a Daniel por el centro.* La conocida lo suelta y espera, como púa de liendrera que pasa lenta a ver si pesca algún bicho jugoso. La Humana ni siquiera ve. Sombras oscuras frente a los ojos, piernas de lana, la sangre desapareciendo. Aunque no sabe dialogar con su cuerpo, que ni atarse los cordones de los zapatos puede, ya conoce ese alud que viene. Lo que le dice su cuerpo es algo así como *mira tienes tanto miedo que no vas a sobreponerte a este momento. Así que te voy a hacer desmayar. Vas a ser sólo una muñeca de trapo atravesando el miedo. Olvida la dignidad el mantener el gesto sereno: eso son joyas demasiado barrocas para ti. Así que te doblo las piernas te lanzo una nube de humo a los ojos te suspendo durante un rato el pensamiento te sustraigo las fuerzas por completo.* El cuerpo consigue que deje de existir un momento precisamente para poder seguir existiendo. La Humana farfulla un *hasta luego no llego,* rima de la que no se da cuenta, y hace lo que puede para salir de la estación. El cuerpo —*gracias, gracias, cuerpo*— le regala —*menos mal, menos mal, cuerpo*— esos segundos previos al desmayo para que pueda ocultarse. Avanza, cuerpo, avanza, una pierna detrás de otra, avanza hasta llegar al lugar más seguro. El lomo erizado, las pupilas inmensas. La Perra la sigue, dócil. Qué sabrá ella del miedo de los humanos. En la calle junto a la estación no hay nada que arroje una sombra protectora que se adapte a su tamaño. Desea cuevas, pasadizos subterráneos, mantas. Firmaría por convertirse en un objeto. Termina en cuclillas entre dos coches. Respira. Mira el móvil, calcula el tiempo que queda para que salga el tren, midiendo si tendrá fuerzas para no perderlo. Respira. Se queda quieta muy quieta muy quieta. La Perra encaja el hocico en el hueco de su sobaco. Sudor helado que traspasa algodón y lana, sudor que la Perra aspira. Recorren su cuerpo los temblores del que ve la crecida del río y teme por su casa. Lo sabe todo del miedo.

Y ahora corre el tren, acercándola al verano de la infancia. Árbol árbol trigal viñas viñas viñas rojas. Nunca las había visto en otoño. El transportín vacío a los pies, la Perra sobre el regazo, los ojos amarillos abrumados por la velocidad de las cosas. Cuando viene el revisor, la Humana la obliga a tumbarse, la oculta con su chaqueta. Una señora se acerca con una niña de la mano. *¿Podemos tocar al perrito?* Manita hueca sobre la cabeza del animal, como si fuese a levantar un cromo. Ojos de susto. Mientras se alejan por el pasillo —*¿ves como no te ha mordido?*— la señora dice el nombre de la niña, que es el mismo que el de la Humana.

La Humana le ofrece otros diez euros. *Sí, hombre. ¿Y si se caga y se mea?* El acento de Milagros raspando cada sílaba del taxista. *Acento lamento lento* que trae punzadas al pecho. *¿Usted es de Milagros?* El hombre se gira y la mira directo a la cara. *Soy de cerca, ¿pero a ti qué se te ha perdido allí?* Le explica que no va allí, sino a Las Aguas. ¿Cuáles Aguas? *Las Aguas 3. Pero mis abuelos.* Él la mira. *Si es que me tendría que haber dado cuenta si te pareces.* Sabe que lo dice por las tetas. *Eres de los Buenagüeros, ¿no? Pero a Milagros ya decía yo que no ibas. Poca visita ibas a hacer ahí. Ándate sube zurrina.*

Zurrina. La Abuela llamaba así a las otras niñas. *Está ahí abajo la zurrina de Oliverio.* Piti esperándola junto a la piscina. Zurrina, gazapina, fiera salvaje, cría de zorro que observa el mundo con ojos nuevos y quiere morderle el cuello. Le hace un chupetón y se ríen. Luego Piti marcha con su novio y la Humana se queda nadando sola, pensando en su boca. A la Humana, de chica, la Abuela la alejaba como fuese de lo animal, afuera todo lo zurrino, frotándole muy fuerte la suciedad de las rodillas, poniéndole rebecas que ocultaran su crecimiento. Zurrina podía ser un animalillo querido o, dicho en susurros, una zorra a la que señalar. El abismo entre una palabra y otra por obra y gracia del tono. Un salto al vacío entre *eres preciosa* y *pues a las de la plaza bien que te las querías follar.*

El Abuelo ha pasado los últimos años de su vida cuidando a una mujer que se había acabado y seguía viva. Ahora se acaba él. *Si hablas mal de mí.* Sentado en el sofá reclinable con la máquina de oxígeno. *Recibirás.* Parece tan pequeño. Primero ve a la Perra y sonríe. Está tan al final que ni se sorprende. La Perra husmea sus piernas, sus pantalones, su entrepierna. *¿Qué pasa contigo baratija? Eso está más muerto que ni sé.* La Humana asoma tras la cortina. Los ojos del Abuelo casi lloran. *Cariño. Cariño.* Va a que la envuelva en ese bucle de miel. El Abuelo habla con la lucidez del final. No se lo han dicho, pero lo sabe perfectamente. *Al menos te puedo ver antes.*

La Madre dura, pequeña, morena, abraza a su hija hinchada y pálida. Rebota la fibra cazadora en la carne blanca. *Qué tetas estás echando hija.* Ojalá se dé cuenta de lo que duelen, de que una vibra más que la otra porque tiene debajo un corazón que late demasiado agitado y quiere que lo ayuden. *Pues no sé. Como siempre.* Se da la vuelta, mete la maleta en el cuarto, inicia un parapeto de movimientos para que no se las siga mirando. *Yo te veo más. Y la perra qué es eso de una perra ahora no me digas que este bicho es tuyo.* Voz de madre con una hija sin remedio. *Sí que es mía.* Y es la segunda vez que lo dice. *Bien te gusta meterte en problemas.* Silencio. *Pues no te esperes que yo te la cuide. Si me trajeras un bebé pues mujer eso sí. Pero un perro para qué. Tantos perros hemos tenido.* La Madre no está cansada de perros, sino asustada ante la soledad de su hija, que ella soñó más tradicional que ella, asentada, mandándole fotos de un bebé para que ella pudiese enviárselas por wasap a sus amigas. Deja a la Humana en un cerro de confusión. *Si me trajeras un bebé.* La Humana se desinfla como una colchoneta vieja. Pero la Madre es así. Debe ser la sangre cazadora. Hace tres años, cuando le quitaron la vesícula, la Humana la llamaba por teléfono al hospital. Mientras hablaban, apareció la enfermera a tomarle la tensión. *Espera no cuelgues.* Esos minutos de silencio, escuchando sólo la respiración de la Madre: una nana, la posibilidad del amor sin colmillos.

Pero ahora la mordería. Hubo un tiempo en el que la Madre y ella se mordían. La Humana oía, al otro lado del pasillo, a la Madre con el novio que tuviese en esa época. El del banjo que daba clases de francés, el feo de la gasolinera, el biólogo que habían conocido aquel día recogiendo la basura que traía el mar. Se escuchaban las risas, los jadeos. El de la gasolinera atronaba, el biólogo se corría con estruendo, pero como para dentro. La Humana imitaba, delante de sus amigas, ese orgasmo bestial de labios sellados, y todas se tiraban por el suelo de risa. Pero cuando volvía a casa no quería mirar a la Madre a la cara. Estaba entre avergonzada y enfurecida. Quería subirse al lomo de Bienvenido y largarse trotando de allí. *¿Y a ti qué te pasa?* La Humana torcía el morro. *Muérdeme*, le decía su madre. *Si tan enfadada estás muérdeme.* Ella enganchaba con los dientes la carne del brazo. Apretaba. *Para ya bruta que me rompes.* Había visto hacer eso a la Madre y la Abuela, a la tía Silvia cuando volvía de Honduras, de Ecuador, de donde estuviese trabajando en ese momento. Hombro con hombro en la cocina con la Abuela, entre ollas y verdura a medio cortar, la tía Silvia la miraba con una ternura feroz y de pronto le mordía el hombro. *¿Qué haces cacho burra?* La Abuela se reía y le devolvía el bocado. Eso era una madre. Eso era el amor. Morderse.

Desde la ventana de su antigua habitación ve Las Aguas en un momento en el que jamás lo conoció: el final del verano, la luz sin sombra, el viento silbando entre las casas vacías. La piscina está cubierta por una lona negra.

La Perra quiere subirse al regazo del Abuelo. Le parece un lugar plácido, poco peligroso. Es el único ser vivo que no se mueve de un lado a otro de la casa trayendo y llevando cosas.

La tía Silvia no está, llegará de El Salvador en dos o tres días. *Mucha cooperación internacional pero luego ya sabemos.* La Madre habla entre dientes y corta pimientos para una sopa. La cocina de sus padres la aparta de su vida cazadora. El Abuelo ya sólo toma unos polvos disueltos en agua, pero la Madre reboza merluza, hace sopas de ajo. *Mucho ayudar a los demás pero a los de cerca.* Madre con una hermana que vive una vida que ella ya no va a vivir. La Madre también se lanzó a la aventura, marchándose a la isla con un novio. Parió a la Humana en esa isla en la que no había nadie que le mordiera el hombro. Por no haber, al final no hubo ni novio, que se marchó un día en busca de otras islas.

Duerme con la Madre en la habitación de todos los veranos. Camas gemelas. El rosario no brilla porque hace tiempo que nadie lo saca al sol. Toma, a escondidas de la Madre, media napolexda que le permita descansar en el escenario donde, hace años, los cuentos le esculpieron el cerebro. *¿No te quitas el sujetador para dormir? Eso no es bueno.* La Humana no responde. Se acuesta, se da la vuelta. No puede evitar un *hijadeputa* mudo, moviendo los labios. El *hijadeputa* es una manta que la tapa y la arrulla. Se queda quieta, como si hubiesen hecho la cama con ella dentro. Los cuentos nocturnos que se desenvolvieron alrededor de esa cama apuntalaron su camino hacia este otro cuento oscuro en el que sigue metida. Las consecuencias de *creer* le complican cada día. Creer que es la maldición del Predicador la que mata al Abuelo, en la habitación de al lado. En la oscuridad, el móvil se ilumina con un wasap de Wendy:

Ahora ya si
Se fue la mecha otra vez a su pueblo
la vieja está con tremendo disgusto
yo ya no se
pobre muchacha

En el campo, el Predicador consiguió una trampa que atrapaba a los ratones sin matarlos. Eso la enterneció. Un jipi sin dientes que vendía cestas en el pueblo les había aconsejado: *Lo que más les gusta es el chorizo.* Después había que agarrar la trampa con el ratón dentro, llevársela lejos, hacer una excursión para que el animal no supiese volver. Pero no había manera: el ratón volvía a la casa una y otra vez. Lo reconocían porque era diminuto, con ojos de negra determinación y el pelo grasiento de chorizo. Una vez que llegaba a la casa, volvía a caer en la trampa.

Ni el Abuelo ni la Madre necesitan llamar a la Perra de ninguna forma. La medicación, la máquina de oxígeno, las llamadas para averiguar la posibilidad de trasladarlo a la ciudad convierten a la Perra en un detalle superfluo. La llaman la perra, el perro o, directamente, el animal. La acarician distraídos, como quien se muerde las uñas.

La Madre y la Perra roncan igual, con un zumbido leve que la mece. La Madre dormida, fibra morena hecha a sí misma a base de filetes y col lombarda para levantarse cada día y preguntar en el grupo de wasap de jubiladas *q se hace hoy?* A la Humana le gustaría que su madre fuese un patriarca gitano justiciero, alguien que vengase el honor mancillado de su hija. La imagina saliendo del herbolario a toda prisa, corriendo por la calle, desabrochándose la bata con bordado de hojas, con el nombre de la cadena de tiendas escrito en letras de taberna de duendes. Apareciéndose en donde quiera que esté él ahora y poniéndole el filo de una navaja muy cerca del cuello. Pero la Madre ya no trabaja, sólo quiere comer carne poco hecha y aventurarse por los caminos de la isla con sus amigas nuevas.

Ven la tele los tres juntos. Una política de izquierdas, joven, lista, de mirada enérgica, habla de violencia de género. *Tu silencio no te protegerá.* La Madre asiente con la cabeza. *Eso. Muy bien dicho. Que salga todo fuera.* La Humana la mira. Nota un golpeteo en las sienes. Recuerda la voz de la Madre al teléfono: *Es que. Hija. Eres tonta.* Mira al Abuelo, con la cabeza caída sobre el pecho. *Si hablas mal de mí.* Se incorpora rápido, el corazón bombeando como un colibrí enloquecido. El Abuelo despierta de la muerte, se le ilumina el rostro al ver a la Perra chupándole el hueco de carne que asoma entre el calcetín y el pantalón. Lame a conciencia, como si fuese un trabajo, atesorando todo el sabor posible. El Abuelo la mira divertido. *Esta sí que sabe sacarle la pringue a la vida.*

Hija coge lo que quieras de ahí. Que igual hay algo de leer que te gusta. El Abuelo hace un gesto vago hacia un montón de revistas y folletos que hay sobre la mesita. La Humana agarra uno sin perder de vista al Abuelo, que respira pesadamente con los ojos cerrados, recostado en el butacón. Por si se muere mientras ella no mira. Hace media hora no podía respirar, se ahogaba, llamaron a la ambulancia, pero al final no. Ahora el aire entra y sale con dificultad, pero acompasado. La Humana coge un cuadernillo sin mirarlo, lo lee sin leerlo. En cada línea, los ojos transparentes avisando de la maldición. Sólo al rato se da cuenta de lo que lee: *Todo lo que debe usted saber sobre las garrapatas.* Un escudo en la esquina inferior derecha de cada página: SACLA. Sindicato de Agricultores Comarca Las Aguas. Los mismos que siguen trabajando las tierras que permanecen alrededor de las urbanizaciones. Deja el libro. La Humana está allí para despedirse bien, se dice, para rascar algo de la última magia. Quiere atesorar todo el sabor, como la Perra lamiendo el tobillo. Se aventura en la lengua que sólo hablaba con la Abuela, quita las fundas de plástico que han protegido las palabras todo este tiempo. Teme que ese idioma sea inventado, tan propio que quizá murió cuando se apagó el cerebro de la Abuela, cuando la Abuela le dijo *ven escóndete aquí conmigo que viene el gato* y ella miró para otro lado, se puso sombra de ojos azul, una falda vaquera de botones y salió de fiesta a tocar la primera polla de su vida.

Abuelo, ¿te acuerdas de los hombres aquellos los que se pelearon rebozados en manteca de cerdo?

Sí que entiende el Abuelo. Al principio parece que no, pero sí. Los ojos siguen cerrados, pero una sonrisa dolorida en su hermosa cara roja de venas reventadas por el uso continuo de la sangre. Esa sangre, sístole diástole en un ir y venir por los mismos pasillos, la Abuela y el Abuelo paseando por la casa del piso de la ciudad, sin salir a la calle en los últimos cinco años. Y antes pastor de ovejas, repartidor de carnicería, peón, fontanero, pequeño empresario, gran empresario del sector de las calefacciones. Cuánto tiempo llevará en su abuelo la célula más antigua. Boca de labios finos diciendo sus últimas cien, doscientas palabras. Algunas las malgasta dormido: *bomba de calor válvula termostática hay que purgar.* La Humana quiere que sean las mejores, las más brillantes. Intenta sacarlas. Lo abraza, pega su cara, sien contra sien, a la cabeza del Abuelo, susurra: *Abuelo, ¿te acuerdas cuando me enseñasteis a nadar?* Esas clases eran como un bautizo tempranero, brutal, en el agua fría y sola de la piscina. Alguien los espiaba desde una azotea. Se ríe el Abuelo con los ojos cerrados. *¿Por qué me levantabais tan temprano?* La Humana vivía todo el año en una isla, pero aprendió a nadar en ese cuadradito azul, ahora oculto bajo un plástico negro. Cada intento de risa del Abuelo es un quejido bronquial. *Porque —tose— nosotros* no —tose— *porque no sabíamos nosotros. No sabíamos nadar. Pero nos lo pediste y.* Se ríe y tose. La Humana se ríe y posa los labios en la mano enorme y tibia del abuelo. Les daba vergüenza que alguien viera la pantomima, su propia torpeza. *¿Ves? Ahora te suelto y haces así con los brazos.* Era tanta su fe en su última semilla que la hicieron flotar.

Siempre se pudo ir andando. Siempre. La Humana lo averigua mirando el Google Maps, tomando el sendero terroso con un cartel herrumbrento hincado a un lado, una flecha que indica MILAGROS. Apenas veintisiete minutos a pie cruzando viñedos rojizos y tierra negra. ¿Entonces por qué siempre iban en coche? Antes de terminar de preguntárselo, ya lo sabe: coche, símbolo de triunfo, amuleto con ruedas que protegía de la antigua miseria. Pero, sobre todo: coche, carcasa que protege y oculta, que permite huir muy rápido, que ofrece el alivio de poder escapar llorando.

La tierra negra, las viñas marrones, rojas y amarillas, el viento que silba frío. Quiere dejar de creer, pero no puede. A ratos los poderes oscuros de él dejan de apretarle el cerebro y es sólo una mujer que visita a un abuelo que se muere, porque las vidas terminan. Así lo dijo la Madre durante la comida. Pero hay una historia. Siempre hay una historia espantosa, maravillosa, con una moraleja que se retuerce. *Dímela sin la dentadura abuela que así es mejor.* Ese chapoteo de boca desnuda.

La historia era así: una niña de Milagros llamada María Vico tenía terror de que unas manos grises salieran de debajo de la cama y la arrastrasen allí con ellas. Por eso la madre de María Vico remetía bien las sábanas todas las noches. María se hizo mayor y se casó. La noche de bodas, le pidió a su marido que metiera bien las sábanas por debajo del colchón. Él le preguntó por qué, y ella, avergonzada, le contó su terror. El marido se rio y le dijo que no temiera. No había tales manos grises, eso eran cuentos de niñas pequeñas. No remetieron las sábanas. A los pocos minutos, ante la mirada del esposo, espantado, unas manos grises salieron de debajo de la cama, tomaron a María Vico de los tobillos y la arrastraron hasta hacerla desaparecer para siempre. La Humana da pasos largos por el camino que la lleva al nacedero de todos los cuentos que se sabe, de ese hilo que no le permite dejar de creer. Y así sucede que la niña más pequeña de cada familia se descalza y camina sobre la nieve llevando una hogaza de pan al santo. Le han dicho que así alejará lo malo. Y así sucede que la única nieta cree que su abuelo se muere por su culpa. Aunque creer te destroce los pies, el cuerpo, la mente, la vida entera, es difícil desapegarse de una narración que hace que los hechos azarosos de la vida cobren sentido. Salvo ese apéndice traído por el azar, la Perra, que corre desaforada entre las viñas, sin creerse esa suerte. Se va lejos, lejos, gastando una fuerza infinita que le nace de adentro, su cuerpo negro recortado sobre las viñas rojas. A la Humana le da la sensación de que en ese momento el animal, con los músculos tensados al máximo, esperándola jadeante en el siguiente recodo con la lengua rosa e inmensa colgando fuera de la boca, es lo único que está bien. Echa a correr de nuevo, borracha de felicidad, como si la hubiesen devuelto al lugar en el que siempre debió estar.

En la comida, la Madre le ha expuesto el plan: si ven que el Abuelo lo pasa mal, llamarán a la ambulancia, pero si está tranquilo lo dejarán irse. *Es lo que él quiere.* La Humana se siente extraña, ilegal, tramando vida o muerte con su madre frente a unas croquetas de huevo. La tía Silvia está de camino. Ha bajado de Panchimalco y espera su avión en San Salvador. La Madre ha hablado con el hospital más cercano, le cuenta a la Humana de un equipo médico que asiste las defunciones en casa. La Humana la mira como si le hablase de una nueva dieta fascinante. Pero esto es de verdad: la Madre le muestra los papeles. Desde hace dos años, la seguridad social de la comunidad autónoma ofrece los servicios de un Equipo Asistencial en Desenlace Final, tecnicismo eficaz que evita nombrar la muerte. Así se facilita un fallecimiento no ambulatorio, en la tranquilidad del hogar. Hace muchos años, en Milagros, la Abuela niña y sus hermanas lavaron y vistieron el cadáver de su propio padre, el Buenagüero. Los demás estaban en el campo y no se podía esperar. *Había que hacerlo en cuanto se moría porque si no el cuerpo se queda duro y no hay manera. Lo arreglamos con su mismo traje de la boda. En gloria esté.* La Abuela se besaba el hueco del puño y lo alzaba al cielo. Y luego, como intentando convencer a la Humana de algo, intentando convencerse a sí misma: *Mi padre tenía genio no era fácil pero se le respetaba mucho.*

Cuando la Quina murió, la Abuela no sabía ya ni quién era ella misma. No pudo ir a amortajarla. Quina murió en casa, en su cama de siempre. La encontró Valvanera al ir a despertarla. Cómo lloraba en el entierro. El Abuelo se lo contó por teléfono a la Humana. *Con todo lo que se han podido gritar esas dos.* Se insultaban, se pegaron varias veces. Los vecinos intercedían cuando veían a la Quina rabiosa. *¿Que qué me pasa? Que tengo una hermana que es una mula.* La voz ya destemplada. Valvanera, por su parte, se quedaba en casa, con el odio introspectivo de quien vive cargando e intentando disimular la locura del otro. *Ahora te marchas pero cuando te retuerces y juras a ver quién te limpia los cagaos.* Un verano la Quina pasó tres días con ellos en Las Aguas porque tenía varias pruebas con el médico —sólo al Abuelo, por lo bajo, le oyó alguna vez la palabra psiquiatra— y alguien debía llevarla. Hacía ya tiempo que perdía la voz. Quedaba sólo un hilo de aire destemplado que construía las palabras esenciales. Cada pe de queso piladelpia, una bocanada de desaliento. Se untaba el pan con paciencia. La Humana durmió con ella esas tres noches. Hundida en el sueño, la Quina peleaba con la nada. Terminaba apartando la ropa de cama a manotazos. Despertaba en el colchón desnudo, la redecilla rodada, el embozo mojado, el rostro de punta. Se recomponía en dos segundos, como si el rostro infantil de la Humana le recordase en un instante que el mundo era dulce. *¿Has dormido bien zurrina?* El primer hilo de voz del día ya tenía la poca fuerza del último. Despierta y medicada era tan buena y tenía tan poca voz que sus rugidos en la noche parecían pura fantasía.

¿Por qué no puede hablar ya la tía Quina?
Se le llevó la voz.
¿Quién?
Pues se le fue.
Has dicho se le llevó.

Silencio. La Abuela sacudiendo la lechuga, las hojas que más tarde la Humana doblaría como un librillo para meterlas entre los barrotes de la jaula del canario Bienvenido.

¿Por qué no vas a la despensa y traes
Dijiste se le llevó.

No era capaz de pasar por alto ni un rabillo de cuento asomando.
Os ha comío la lengua el gato, decía Dinosaurio. Ellas callaban. Piti y la Humana mirando al infinito, de morros, huyendo de ese hombre que siempre las quería invitar a su casa a comer ancas de rana picantes, cangrejos, perdices en escabeche, cualquier verdura que espigara por esos campos en los que de niño había tenido que robar para no pasar hambre. Que había rematado de un tiro al conejo *muerto pero eléctrico* cuando se desplomó a las puertas de la piscina.
La voz de la tía Quina se debilitaba como un niño hambriento. Moría al final del día. El zumo de la tarde, una tradición de su abuelo, obsesionado con las vitaminas des-

de que las había descubierto en los anuncios, se tomaba en silencio, cada uno en su silla plegable en la terraza. La brisa traía empujones de olor a estiércol. La Quina se tapaba la nariz y la boca con un pañuelo blanco, como si vivir tres días fuera de ese olor la hiciese percibirlo por primera vez.

La Humana se da cuenta de que piensa en Mecha porque no está acostumbrada a ese vacío: la falta de un entretenimiento romántico. Ya a los cuatro años, hablando en delirios de fiebre, susurraba anhelante el nombre de algún niño de su clase de parvulitos. Días después, ya curada, mientras sorbía un caldo de tuétano, la Madre la imitaba riéndose. Cerraba los ojos, impostaba la voz infantil tomada por la ronquera gripal, susurraba muy bajito el nombre del objeto del amor de su hija. Ahora la Humana posa el nombre de Mecha en el aire frío del camino hacia Milagros. Pero quién es ella para convocarla.

La Perra es un punto lejano entre las viñas. Va creciendo, pero ya no es negra entera. Hay una mancha parda en su hocico. Lleva un conejo en la boca. Lo deja a sus pies, muerto. Mueve el rabo. La Humana mira el bicho espantada. No por la sangre. La ha visto a borbotones hace no tanto. Le asusta la Perra, el rostro exaltado y al mismo tiempo en paz absoluta, como si estuviese en su lugar en el mundo. Como si hasta entonces la Humana la hubiese estado encarcelando. Intenta retenerla un momento, se arrodilla frente a ella, le acaricia la cabeza, se la besa, se mancha de rojo. Las orejas, esos pañitos negros de terciopelo, le arden como nunca, toda la sangre revuelta en la tarea de ser más ella misma que nunca. Va y vuelve, va y vuelve entre las viñas y las montañas negras. Y cada vez que se va, la Humana piensa que ya no vuelve. Se imagina volviendo a casa con el conejo, los colmillos de la Madre brillando. Dos mujeres comiendo del mismo cuerpo para volver a ser la misma cosa. La Humana entierra al conejo junto a una hilera de viñas, cava con las manos, se mancha aún más de tierra y sangre. La Perra vuelve a desaparecer corriendo, la Humana le silba. Pero quién es ella para convocarla.

Se ve Milagros a lo lejos, apenas treinta casas, casi todas abandonadas. En las únicas ventanas habitadas brilla la luz azul de las televisiones. La Perra vuelve desde lejos con una baba densa, brillante como una estalactita, pendiéndole del belfo. Se pone a su lado, camina a su paso, se relame las babas. La cercanía de la civilización la hace mutar de nuevo de bestia a mascota dócil. Ella misma se enjaula según su sed y su hambre. *Esta es más lista que el hambre y más convenía que un luto*, dijo en el parque hace meses el hombre de los perros chicos, mientras le rascaba la barriga. Se quedan a las puertas, mirando. No necesita entrar en el pueblo para darse cuenta de que no hay respuestas allí. Creía que sentiría algo especial volviendo, que algún tipo de salvación se activaría en su sangre: los pezones rozando las piedras de la casa de la infancia de la Abuela y La Fuerza recobrada por obra y gracia de magias atávicas. Pero al único pueblo al que podría volver se llegaba internando la mano en el pelo hasta hundir los dedos en el hueco de la cabeza. Allí habitaban los dos hombres que pelearon rebozados en manteca de cerdo, las manos grises bajo la cama, el hombre que murió por comerse una cabra entera. El otro que, convertido en gato, martirizaba a las niñas malas. *¿Te acuerdas abuelo?* Anochece ya, y la Madre, en la cocina, fríe las croquetas que quedaban, ensordecida por el extractor. Al Abuelo se le craquela la vista. Ha tragado las pastillas con dificultad. La Humana le sube las mantas, recoloca el cable del oxígeno. El Abuelo se enfurece. *El gato. El gato. Puto gato.* Nunca lo había visto así. Maldice, insulta. *Es un cuento abuelo.* Pero él se revuelve en la cama. Por un momento, la Humana piensa que se va a arrancar el tubo del aire. *Qué va a ser un cuento. Cuidar a una mujer también es dejarla en paz.* Maldice un poco más, se traspone maldiciendo *cagüen dioro.* Duerme el sueño de los atormentados; bajo los ojos, sigue yendo y viniendo.

La Humana cierra el pestillo del baño. Empieza a llenar la bañera. *Hija no tienes nada que no te haya visto ya.* La voz burlona de la Madre suena lejos, bañada por el chorro. Lo cierto es que la Humana tiene un cuerpo desconocido, todo un organismo nuevo que ha hecho brotar *patas de cabra escamas grandes ubres dolorosas pies de cuero retorcidos como sarmientos de viña roja.* Así lo siente. En el agua caliente, su cuerpo se disuelve. Queda flotando una sospecha, un hilo del que ya no sabe cómo tirar. Como un rosario en la oscuridad que brilla justo cuando estás dormido. Intenta marcar con rotulador negro cada detalle del recuerdo. Le parece inaudito no haber subrayado cada frase del Abuelo.

El Abuelo, en la última Navidad, comiendo las gambas que la Humana le pelaba. Ya respiraba mal, ya bebía un vino que no debía, mezclado con las pastillas que no sabían si se estaba tomando bien. *Tu bisabuelo el padre de tu abuela ese era un demonio. Menudo era. A tu bisabuela ay cómo la tenía.* Tuvieron catorce hijos. Por eso lo decía, claro. La Humana le empezaba a pelar otra gamba. Brillaba el salvajismo en los ojos del Abuelo, tan consciente de su fin próximo que ya no le importaba nada. La Humana, recién llegada al reencuentro festivo, vertía humo de tabaco, vino blanco y después vino tinto y tres canapés de salmón al agujero negro de su vida en el campo, buscando taparlo como fuera, mostrarse feliz y enamorada. *Daniel no ha podido venir porque tiene trabajo. Ya lo conoceréis.* Le pelaba otra gamba al Abuelo. *Hay que saber dejar en paz a una mujer. Eso también es cuidarla.* ¿Cómo? Su abuelo aludiendo al sexo sin la sonrisa pícara de costumbre. Sólo la mirada, muy grave, posada en la miga de pan, que se iba haciendo cada vez más fina bajo sus dedos de cuero apretando, mientras con la otra mano sujetaba la de su nieta. *A todas a todas a tu abuela también.* La Humana miraba el móvil, miraba los ojos del Abuelo. ¿Estaba borracho? Miraba el móvil de nuevo, a la espera de un mensaje de Daniel.

El Abuelo soltaba la miga de pan, fina como un papel. *Cuando le dijimos de irnos a servir a la ciudad a los trece años que tenía tu Abuela tu bisabuela dijo que de allí no se iba hasta que no manchase al siguiente mes.* Manchar: así llamaba la Abuela a la regla. *La niña ya mancha.* La Humana se levantaba al baño. *Perdona, abuelo.* Cerraba los ojos un momento, camino al baño, y se le presentaba, como flashes que no eran de recuerdo sino de posible realidad, el Predicador desnudo con otros cuerpos alrededor. *Si tú no quieres follar con alguien tendré que vivir esto, ¿no?* El Predicador habitando el poder recién robado. Los nervios retorcidos. Meó fumando un ducados, viéndose reflejada en el espejo, su cara devastada, la tripa inflamada, dolorida de nervios. Desde hacía dos meses manchaba raro, con dolor y poca sangre. Volvió a la mesa. Tomó la mano del Abuelo desesperado. *¿Tú me estás escuchando?* Inclinó la cabeza hacia él, le dio un beso en la mejilla. *Claro abuelo.* Sonrió. *Tu abuela. Tu abuela. Ese hombre era terrible.* Se inclinaba un poco hacia su nieta, la voz temblando, los ojos glaucos de las cataratas. *¿Tú me estás escuchando lo que te estoy contando?* La Humana asentía, le daba palmadas en la mano, le pelaba otra gamba, con el pecho encogido, pensando a quién se estaría follando ahora el Predicador. El amor que le palpitaba en el pecho era un niño vestido de blanco en medio de un barrizal.

Flota en la bañera. Se oye en el baño de Las Aguas el canto de un grillo que recuerda de siempre. ¿Será el mismo grillo, el bisnieto del grillo que vivía allí, en un hueco de la balda donde estaba el botiquín? El agua se empieza a enfriar. ¿Dónde estará Mecha en ese preciso momento? Ojalá saliera su tenia, ojalá la Humana pudiese agarrarla y retorcerla antes de que volviese a entrar. La sacaría muerta, enrollada en papel higiénico, a hurtadillas, como una compresa a los once años. Subiría a la terraza y la tiraría a la oscuridad, al olor a estiércol, lejos. Entonces Mecha se escaparía del pueblo para no volver.

Son las seis de la mañana. El Abuelo, con el rostro color ceniza y los ojos cerrados, sólo mueve la boca a ratos, masticando comida invisible. El cóctel paliativo se le desliza dentro por la vía que tiene clavada en el brazo. Es la poción que tiene que guiarle hacia la muerte con el menor sufrimiento posible. La médica ha dicho que puede suceder de un momento a otro. *Pero con estas cosas nunca se sabe.* Es educada y prudente, con la media melena pulcra, alisada a conciencia. Sabe que hay senderos engañosos, e intenta guiar bien la excursión. Ha sido cuestión de veinte minutos. En cuanto han visto que había perdido la consciencia, la Madre ha llamado. Y enseguida el timbre, una médica y una enfermera. *Buenas tardes. Somos el Equipo Asistencial en Desenlace Final.*

Ahora la Humana y la Madre, sentadas una a cada lado del Abuelo, una con cada mano del Abuelo entre las suyas, las miran trabajar. La doctora toma el pulso, observa detenidamente al Abuelo, inyecta en el gotero más pícnic para la expedición al otro lado. De pronto, un temblor recorre el cuerpo del Abuelo. Abre los ojos, mirada despavorida. Esto ha pasado decenas de veces en las últimas horas, y ya se han acostumbrado a este simulacro de estertor que al final nunca es. Esta vez el Abuelo mira al vacío. Saca voz de donde no hay voz. *Mi mujer. Mi mujer con la niñita en las manos.* Los párpados se cierran. Los ojos se estremecen debajo. La doctora se gira hacia la Madre y susurra: *¿Perdió su madre una niña?* La Humana y la Madre, confundidas, buscan en la memoria, encuentran, asienten a destiempo. Planea sobre sus cabezas la historia, escuchada siempre a retazos, o descarrilando directamente en el cuento de angelitos que van al cielo porque son demasiado buenos para este mundo: la niña que nació antes de tiempo. La médica mira a la enfermera. Comparten unos instantes de complicidad profesional, telepatía sanitaria bien coreografiada. La enfermera se agacha hacia la Madre, le pone la mano en el hombro. *Esto es que ya.* Aprieta los labios. Pocos minutos después, la Perra alza la cabeza, gruñe a la nada, y el Abuelo muere.

Un señor mexicano en un chat canino:

Si no tienen perro quién los va a guiar al Mictlán cuando mueran?

¿Saben si tenía póliza de decesos? El camillero es guapo, y la Humana piensa que la tía Silvia lo habría comentado si hubiese llegado a tiempo. El coche de la funeraria se lleva el cuerpo y las dos lo miran alejarse desde la puerta, como si se fuese a hacer la compra para volver con los bolsillos llenos de cangrejos. Ninguna de las dos llora. La Madre come sopas de ajo frías directamente de la olla, de pie, con la mirada perdida. A la mierda la dieta paleolítica. Acaba de morir lo más antiguo que tenía.

Mi mujer. Mi mujer con la niñita en las manos.

La Madre y la tía Silvia eran niñas. La Humana sabe, o cree que sabe, que sucedió en el baño. Recuerda el baño tal y como era hace mucho, con baldosas verde oscuro, una flor naranja colándose cada cinco baldosines, en ese estilo sesentero que hacía los espacios más angostos, pero ofrecía a los habitantes de las casas la sensación de que valía la pena el esfuerzo de encaramarse a la clase media. La Humana imagina el baño vacío, porque en ese momento la Abuela, de poco más de cuarenta años, aún está durmiendo. La Abuela despierta bañada en sudor. Siente una punzada, y después un tiroteo de dolor en el vientre. La Humana, en su mente, la viste con un camisón beis con encaje en la zona del pecho. Las mangas largas abullonadas no dejan que su cuerpo respire, pero, cuando intenta sacarse la ropa, una nueva puñalada la parte en dos. Es un dolor conocido, pero no tiene sentido ahora mismo. A su lado, el marido ronca. La Humana sube el volumen de su falso recuerdo y suena el ronquido feroz del Abuelo. La Abuela camina hacia el baño apoyándose en la pared. Se coloca de rodillas junto al bidé. Se encoge sobre sí misma y se lamenta bajito, agarrándose el vientre abultado. Si las escenas de este tipo casi siempre se ocultan o se dulcifican en la gran pantalla es porque la cantidad de sangre que generan nunca resulta realista para el espectador, de la misma forma que se produce un efecto casi cómico, anulador del drama, cuando en una película, tras cercenar un miembro, el cuerpo arroja un chorro de feria que baña el techo. Pero es así: el organismo pocas veces ofrece la escenografía solemne que requerimos. La Abuela ya ha vivido otros dolores en soledad y en silencio. Dueña siempre de un pudor casi aristocrático, no se quita las bragas hasta que es inevitable hacerlo. Cuando el Abuelo, despierto de pronto, guiado por ese silencio forzado que es como un ruido atronador, aparece en el baño, la Abuela sostiene al feto en las manos. Lo mira fijamente. Suda, pero no llora. *Cierra la puerta, Miguel.*

La hija mayor, más aprensiva y asustadiza que la otra, se ha despertado y se asoma al pasillo. *No pasa nada hija. La mamá se ha puesto mala. La cena le ha levantado el estómago. Las nueces.* Las nueces. Un poco de absurdo se cuela por el resquicio recién abierto en la cabeza de hombre que siempre debe mantener todo bajo control. La hija vuelve a la cama, él se enciende un ducados. Da sólo dos caladas muy profundas para sepultar el miedo, la imagen del feto, el temblor. Y vuelve a entrar al baño. La Humana no es capaz de ir más allá en ese recuerdo inventado. Los deja solos allá en el pasado. No sabe qué hicieron los abuelos con el feto, no sabe qué se hacía en la época en ese tipo de casos. Supone que la Abuela se quedaría en cama, el Abuelo envolvería los restos en unos trapos para meterlo después en una bolsa, y al día siguiente los dos comparecerían en el hospital con el mismo semblante enterrador de las emociones que tenían a los trece años cuando, ya novios, abandonaron juntos Milagros para ir a servir a la capital. ¿Qué otra cosa podían hacer? Salir del pueblo, trabajar sin parar, tener una hija, tener otra. ¿Qué otra cosa iban a hacer ahora? Sepultar en la memoria a la criatura perdida, mencionarla solo a veces, en susurros. Levantarse al día siguiente, ver el cerro de ropa por planchar, poner a remojo los garbanzos. Seguir.

Hace unas horas, la imagen del feto muerto estaba aún guardada en una recámara de la memoria del Abuelo, sepultada por dos caladas de ducados. Justo antes de morirse, el humo se evaporó y la recámara se abrió para una última visión. La Humana supone que la gente acumula en ese habitáculo hijos muertos antes de nacer, primos ahogados, un aborto practicado sobre la mesa de una cocina con unas tenazas no demasiado limpias, el no haber podido despedirse de su madre, la mano de una hermana cerrándose por última vez sobre la suya.

En un foro sobre el más allá:

Lo de la vida al revés que la ves pasar cuando estas por morir es falso. Yo estaba en la ambulancia y el enfermero preguntva me oye? Me oye? Y yo le hablaba pero Vi que el no me escuchaba y cerre los ojos o me desmaye no sé y vi a mi madre que en paz descanse y estaba haciendo un flan con un molde de metal. Me dijo. No lo toques hijo que quema. De pronto recordé que una vez yo toque ese molde de chico y me quemé y ese dia por la noche fue el que mi madre murió. Pero yo no hasta entonces no recordaba comprenden? Yo no me acordé de su muerte hasta ese momento. Y en mi visión casi muerto no toque el molde del flan y sabía que por eso no me moría. Me fui yendo del lado de mi madre hasta que me desperte. Tengo que dar gracias a dios y a todo el equipo del hospital fundación gimenez diaz de Madrid.

180

¿Hay una especie de consciencia compartida, unas recámaras ocultas parecidas, en los cerebros de todas las personas? ¿Juega nuestro cerebro a los mismos juegos en situaciones similares? Aún es de día. Le parece raro ese sol resplandeciente porque en su mente borrosa el final de la vida iba de la mano con el final del día. Un cuerpo apagándose en la oscuridad. Pero les queda por delante un día largo de sol de otoño. En la cocina, la Madre friega la olla de las sopas de ajo. A la Humana le parece que lleva una hora con el chorro abierto, pasando el estropajo una y otra vez, lavando esa olla por última vez para no pensar que es la última vez que lava esa olla. La Humana baja a la piscina. Le parece fundamental, urgentísimo, hablar con el Equipo Asistencial en Desenlace Final. Quiere que le digan si, tras haber seguido una y otra vez sus protocolos, tras haber visto morir a miles de personas, han concluido que existe ese pequeño cuarto recibidor en el que, justo antes de irse definitivamente, se proyectan las imágenes más cercanas a la muerte, lo que más duele y asusta.

El Equipo Asistencial en Desenlace Final le responde con vaguedades. *El proceso de abandonar la vida es distinto para cada persona.* La Humana los comprende. Se niegan a regalarle sus asuntos internos, una sabiduría secreta más cercana a la de una bruja que a la de un médico. Apartar las ramas y dejarle ver el abismo mágico de su trabajo habría sido reconocer la inclinación hacia unos derroteros poco científicos. Aunque suceda así una y otra vez, aunque casi puedan incluir en sus protocolos un epígrafe que lo indique.

Junto a la piscina, la Perra mira fijamente al suelo, todos los dientes a la vista, los ojos oscurecidos y hundidos en las cuencas. Suena el choque rítmico de sus tripas hasta que vomita una pasta color carne y blanca. La Humana mira durante dos segundos, como quien se empeña en mantener los ojos fijos en una herida que deja el hueso al descubierto. Aparta la vista, pero le queda en la mente una sombra, una huella, un recuerdo de lo inmediato que podría ser mentira; pero que, en la verdad del momento, la hace estar segura de que ha visto en el vómito de la Perra algo pequeño y humano, como un muñequito desmontado. El corazón le sube a la boca. Ve puntos de luz y se siente caer. Oscuridad. Se despierta con la cabeza en el regazo de la Madre, el cuerpo helado tirado sobre el césped. Pietà con perra lamiendo las manos. *Te vi desde la ventana de la cocina. Qué susto hija.* Posa los labios en su frente en ese beso disfrazado de gesto práctico, el medir la fiebre de las madres, apartando el flequillo sudoroso, los ojos en movimiento, concentrados en el cálculo de la temperatura. Un poco más allá, junto a la piscina, sólo hay un vómito de pienso triturado.

La Perra duerme con una rendija de los ojos abierta. Se le ve lo blanco del ojo. Quién sabe qué verá esa pupila vuelta hacia el otro lado. La Humana coge el móvil y busca el vídeo en el que Cielo cuenta su problema de rodilla y la depresión en la que cayó al tener que abandonar la danza. Encuentra consuelo en ese cuento de antes de dormir. Pero el vídeo ha sido eliminado. Ya no existe. Vaga por la cuenta de youtube. Descubre una pestaña que dice SOBRE MÍ. Bajo una foto de Cielo sonriente, pone: *Instructora de yoga, meditación y tantra.* Y un poco más abajo, en una pestaña desplegable: *Doula del final de la vida.* Clic.

Según el texto que aparece en la página, las doulas del final de la vida son una figura de reciente aparición en el mundo occidental cuya labor es asistir en el proceso de morir, de la misma forma que una matrona o doula de nacimiento lo hace en el proceso de parto. Además de asistir a personas antes y durante el proceso de la muerte, ofrecen ayuda psicológica a los familiares. Cielo también ofrece, al precio de mil cien pesos mexicanos o cuarentaiocho dólares americanos la hora, la posibilidad de asistir a unas charlas online llamadas «El miedo a morir». Y un PDF descargable escrito por sí misma en el que se detallan los estadios previos a la muerte.

La amígdala cerebelosa es la responsable de la emisión o inhibición de respuestas emocionales. Es una pieza clave de la supervivencia, pues se encarga de gestionar el miedo. En el momento de la muerte, la amígdala segrega hormonas de golpe, de modo que la inhibición de la emoción desaparece. Es posible que, justo antes de morir, las imágenes que llevamos toda la vida inhibiendo se liberen.
Uno de los versos finales del Isa Upanishad, una de las escrituras sagradas del hinduismo, es una frase ritual que se dice a las personas justo cuando están a punto de morir.

Aquí incluye unos versos en sánscrito. Debajo, añade la traducción:

Recuerda, recuerda, recuerda lo que has vivido.

Nada más. No hay *besitos*, no hay un *síganme en mi canal,* no hay *den gracias a su cuerpo por todo lo que hace por ustedes.*

La tía Silvia llega deslumbrante, el pelo gris recogido en un moño alto y despeinado que se hace y se deshace todo el tiempo. Las abraza, llora un momento. *Me lo he perdido pero yo estaba en el avión y sentía que estaba aquí con vosotras.* Mira sin ver, como siempre. *Estás guapísima tú, ¿eh? Y tú también hermana. ¿Y esta quiltra?* La Perra retrocede un poco ante tanta efusividad. La tía Silvia es perfecta para el momento: no hay silencios, no hay juicios negativos. Ni siquiera necesita respuestas a sus preguntas, que son todas retóricas, gorjeos de energía. Sólo les queda tumbarse y que ella les pase por encima.

Ese sitio le gustaba. La Humana insiste en que caminen hasta el río donde aquella vez, donde los cangrejos, donde la policía. Cuando esparcen las cenizas, la Perra lame el aire. Al llegar a casa, la Perra busca, busca. Busca al Abuelo. Como si el paseo hubiese borrado los dos últimos días sin él. Primero va a su dormitorio, olfatea desconcertada el butacón reclinable, la cama, luego el salón, finalmente toda la casa. Antes de doblar cada recodo, mueve el rabo, sintiendo que *ahora sí.* Pero nada. La cola se detiene. Vuelve al salón. Se tumba en el suelo. Sus cejas viajan al ritmo de su desorientación, vigilando cualquier movimiento. Al rato se levanta, y vuelve a buscar, como si dijera *Pero ahora sí.* A la tercera vuelta, la Madre esconde la cabeza entre las manos. Suspira, respira con el ritmo enseñado en el taller de nosequé. La Humana sigue a la Perra habitación por habitación, le permite una última ronda, pero, cuando ve que pretende seguir, la coge en brazos y lleva sus quince kilos de desconcierto hasta el sofá. La obliga a tumbarse entre ellas dos. La tía Silvia al fin ha callado. Ronca con el estruendo del Abuelo en el sofá de una sola plaza. La Humana mira a la Madre. La Madre, casi por primera vez, fija sus ojos en la Perra, la mira de verdad. Las fibras morenas, tensas, están reblandecidas. El dinamismo de su cuerpo ha cedido a una pena honda. Abraza a la Perra, hunde la cabeza en su cuello, llora. La Humana también llora, pero no sabe si es por el Abuelo. Como la Perra, siente que aún está en la habitación. La Madre levanta la cabeza, sonríe llorosa, mira a la Perra enternecida y, con el tono dulce con el que se habla a los bebés que no pueden contestar, le pregunta: *¿Y tú cómo te llamabas?*

La Madre duerme boca arriba, murmura algo que no se entiende. La Perra y la Humana, con los cuerpos estirados sobre la cama de al lado, las cabezas frente a frente. Los ojos de la Humana, cediendo a la napolexda, enfocan los ojos amarillos de la Perra, que no comprenden la intensidad del momento y se entrecierran pidiendo dormir. La Humana voltea sus orejas y las explora por dentro. Son intrincadas, con pequeños apéndices que para qué servirán, como un saco lleno de narices de gnomo. Huele sus almohadillas, investiga el nacimiento de sus uñas. Aprovechando la relajación de su cuerpo, el ronquido que ya empieza a brotar parejo al de la Madre, levanta los belfos. Quiere alongarse al abismo que vomitó aquel amasijo que casi la hace desmayar. *Mira, ¿ves que no hay nada?* La Abuela haciéndola salir de la cama, obligándola a mirar debajo. *Ni manos que te agarren ni nada. No sé para qué te digo cuentos si te pones así.*

Ahora necesita ver el lugar del que salió aquello que su mirada alucinada reestructuró a su manera, haciéndole creer que se moría y que ahí, junto a la piscina de Las Aguas, estaba su última imagen: un vómito vivo con forma de muñeco de carne. La Perra, agotada, se deja abrir la boca. La Humana siente su aliento salado. Cierra los ojos.

Entra lentamente en el recuerdo. Empieza a dibujarse ante sus ojos el paisaje conocido que dejó hace meses. Camina entre los olivos y las encinas, llega al almez gigante. Aparece la casa, cubierta de hiedra. Se ve a sí misma en la planta de abajo, en pijama. El pelo corto empezando a crecer, aclarado por el sol, la nuca tensa. El momento exacto en el que sintió la primera punzada, y después, de golpe, un tiroteo de dolor. La cruz de sus pantalones de pijama: sangre comiendo franela azul. Hacía dos semanas, callandito como una rata asustada por un ultrasonido que sólo ella oye, se había trasladado al cuarto de debajo de la casa, que antiguamente había sido la cuadra, pero que ahora estaba remozada y pintada, con un ventanuco sobre el que caían brazos de hiedra. Dormía en un colchón en el suelo, intentaba seguir escribiendo, llegar al final de algo que no sabía lo que era, y mantenerse ajena a los pasos del piso de arriba. Allí el Predicador guiaba a las personas, jóvenes de los pueblos de arriba, que hacía poco habían pasado de ser amigos a casi discípulos suyos. Fumaban dmt todas las noches. Dmt, alucinaciones visuales, estados alterados de conciencia, verlo todo, comprenderlo todo en segundos que parecen años, ver *el pasado el futuro tener a tu madre en brazos y que tu madre sea un bebé que llora pero también un gato que se te murió de pequeño.* Cinco, quince, treinta minutos de *abismo fractales ciudades del futuro Mesopotamia.* Volver y contarlo. Repetir el viaje. Ir superponiendo capas de visiones, integrarlas, quizá mirar el mundo distinto, quizá convertirte en un ser insoportable que lo sabe todo porque lo ha visto Todo con una profundidad que sólo él comprende. Desde abajo, la Humana oía sus voces exaltadas. Cuando caminaban con ímpetu o su trance era suficientemente expresivo, la Humana se ponía los auriculares, subía la música. Pero ese día no había ruido que pudiese alejarla de la sangre avanzando por la tela. No estaban. A veces se ausentaban durante días. Desde hacía dos meses, el Predicador y ella sólo se comunicaban como si fuesen compañeros de piso o vecinos. Sólo a veces él le reprochaba su falta de apertura, su negativa a formar parte. Otro golpe de dolor que le recorrió los riñones, las caderas, la columna, la hizo doblarse del todo.

Salió a la vereda que partía de la casa de piedra. La subida hasta la carretera era inclinada y agreste, un sendero trazado de mala manera entre huertos abandonados dispuestos en terrazas. A cada rato, la aparición de una de las casas diseminadas por el valle la hacía rogar internamente que, por favor, por favor, no se cruzase a nadie en su camino. Se movía a bandazos, llevada por el dolor, intuyendo. Cuando el dolor cedía un poco, se esfumaban el llanto y el miedo, y la invadía una fortaleza resolutiva. Incluso se sentaba, sin parar de sangrar, y observaba, sin parar de sangrar, las flores amarillas, sin parar de sangrar, y una extraña oruga verde y amarilla encaramándose a una rama, levantando su cabeza o su culo y saludándola mientras ella no paraba de sangrar. Pensó el paseo como una hazaña en etapas, etapas que iban desde donde estaba hasta el siguiente árbol grande, desde el árbol grande hasta aquellas rocas de allí, desde las rocas más bajas hasta las más altas, desde allí casi hasta la carretera. En la cuarta etapa robó una toalla gastada que alguien había puesto a secar en un alambre. Dobló la toalla varias veces sobre sí misma y se la puso en las bragas a modo de compresa descomunal. La felpa rasposa le rozaba los muslos mientras seguía subiendo. Cuando dolía demasiado, cuando sudaba frío, cuando ya no ayudaban las etapas, también le servía imaginar su expedición a vista de helicóptero: un cuerpo pequeño entre la naturaleza, un animal aprendiendo a arrastrarse por la tierra. Cuando apareció la carretera, desfalleció. No había contemplado etapas más allá de la carretera, porque, demasiado ocupada en esos cucharones de dolor que se iban vertiendo sobre ella, no había pensado en que necesitaría hacer autoestop y subirse a un coche, que iría conducido por alguien que se preguntaría qué estaba pasando allí, entre sus piernas, donde la toalla formaba un bulto infame, con la sangre ya desparramada por todos lados. Pero el dolor no la dejaba detenerse. Los coches pasaban. Paró una Renault Express cochambrosa con un viejo dentro. Nada más abrir la puerta, el tipo vio el desastre de reojo, pero calló. La Humana agradeció el miedo masculino a ciertas sangres, un pudor generacional de siglos. Sí, por favor: quería ser una muchacha obligada a sangrar en una cabaña para no ensuciar al resto de la tribu. Le pidió un saco de rafia que asomaba entre los cubos y los aperos de la parte de atrás. Más tarde, sin pedir permiso, agarró también una bolsa de basura que asomaba por debajo del asiento, medio sepultada entre un manojo de herramientas, y también protegió el asiento con ella. En los accesos de dolor, apretaba la cara contra el cristal, como si mirase hacia fuera con mucha intensidad. A veces pensaba que el viejo creería que iba durmiendo, pero se esforzaba, de tanto en tanto, en mover los brazos, cruzarlos o descruzarlos, para que al menos no pensase que estaba muerta. Por el arcén caminaba un grupo de tres niñas. Iban ordenadas de mayor a menor, aún ajenas a cualquier preocupación adulta. Llevaban el pelo muy corto, como ella. La mediana amagó una sonrisa cuando, al pasar la furgoneta por su lado, vio el rostro de la Humana apretado y deformado contra el cristal. La señaló. El coche giró la siguiente curva justo a tiempo para no ver cómo las otras también reían de su cara aplastada contra el cristal. *Mamá, hemos visto un monstruo.*

A lo largo de seis horas de frío hospitalario, desorientación y absurdo administrativo, le preguntaron cuatro veces si estaba embarazada. La pasaban de una consulta a otra, y en cada nueva sala parecían no haber intercambiado información con la sala anterior. En el shock nebuloso que la protegía del horror, llegó a pensar que la repetición de la pregunta era, como en un juicio o una serie de interrogatorios policiales, una manera de confundirla para que finalmente escupiese la verdad, como si un embarazo fuese algo variable, no comprobable. La primera vez dijo que no. La segunda también. A la tercera, le hicieron un test que salió positivo. A la cuarta no respondió. Les entregó el test, pálida. Al principio de vivir en el campo, pese al caos, o precisamente por él, había apuntado todo en la agenda con rigor (METER LAS ACEITUNAS EN SAL, SUBIR A POR BOMBONA DE GAS, FIRMAR PARO). Después había abandonado cualquier ilusión de orden. Los últimos meses se difuminaban. ¿Cuánto llevaba sin sangrar? El tiempo se había transformado en algo que no avanzaba, que era solo eso, levantarse cada día y mantenerse subida, en un equilibrio precario, al carricoche de la inercia. Intentar alzarse, llena de poder, para mostrarse al Predicador o huir. Pero era imposible.

Le dolían la columna, los dedos de los pies, el agujero del culo. Se fue doblando hasta quedar en cuclillas, ofreciendo a la gente de la sala de espera una visión directa del pijama ensangrentado y el bulto informe de la toalla. Empezó a ver unos gusanos luminosos flotando en el aire. Sintió que la subían a una camilla y se la llevaban por un pasillo. Cerró los ojos y se recordó tres meses antes, aún viviendo en la planta de arriba de la casa, tumbada sobre una manta de cuadros, disciplinándose para hacer algo que no quería hacer y que ya había hecho otras veces: ceder su cuerpo como quien va al dentista y abre la boca y baja la lengua, y no la cierra aunque le duela la mandíbula, aunque le parezca que se le van a rajar las comisuras. Aquella noche el Predicador había estallado en cólera porque, una vez más, la Humana se había tapado los oídos con las manos para no oír la verdad que a él le había sido revelada en la toma de dmt. Caminaba de un lado a otro de la habitación, desesperado. Lo llenaba de ira poseer valiosos conocimientos dictados desde otra dimensión y no tener recipiente en el que volcarlos. La Humana era un vaso puesto boca abajo. Se negaba a recibir una gota de nada que no fuese tangible. Tecleaba en el ordenador todos los días, intentaba seguir adelante, escribiendo escena tras escena de los veranos con su Abuela, de los cuentos de la Abuela, uno tras otro, como una recogida de datos antropológicos aún sin forma. Algunos cuentos tenían distintas versiones, se torcían, se contradecían unos a otros, a medida que la Abuela iba perdiendo la cabeza. Cada dos o tres días de convivencia aparentemente pacífica, él volvía a ella y carbonizaba los arbustos que la protegían soltando alguna revelación absurda. A la Humana se le giraba el cerebro, le daba vergüenza ese novio *iluminado alucinado falso gurú*. Ese día parecía particularmente alterado. *He visto algo he visto tu libro*. Antes de que tuviese tiempo de reaccionar, se agachó y le agarró las manos. La miró bien profundo a los ojos. Sonrió. *Pero si te lo digo tendrás que destruirlo y empezar de nuevo*. La Humana pestañeó muy rápido, intentando que las lágrimas fuesen tragadas por el ojo nada más

189

salir. Como no preguntó, el Predicador añadió, con el tono de superioridad desdeñosa que el dmt había potenciado en los últimos tiempos. *¿No quieres saber nada del mejor libro que podrías escribir?*

La Humana se levantó bruscamente y salió a paso rápido de la casa. La suya no era la dignidad ofendida de alguien que huye de forma resuelta. A medida que alcanzaba la puerta, se encogía de miedo a que él tuviese razón y ella fuese un caso perdido, un vaso puesto boca abajo pegado con pegamento extrafuerte, incapaz de acoger no ese que él le ofrecía, sino cualquier otro líquido. Necesitaba recoger leña, agarrar un palo, y otro, y otro, y otro, apretarlos fuerte entre sus manos mientras los echaba a la cesta, para huir un momento de aquella cárcel de abstracción.

Cuando volvió, él la buscó con hambre y furia silenciosa. Le dio un beso en el cuello. ¿Por qué quería follar con ese vaso vacío puesto boca abajo? Ella era un animal simple incapaz de acoger la magia, las revelaciones. Cedió al beso, se dejó hacer. Era tan poderosa la paciencia de la hiedra avanzando sobre la piedra, comiéndose el cemento que mantenía la casa en pie. Oía el crujir del suelo, los grillos que empezaban a sonar tras las ventanas, todo bañado en la luz cálida de la lámpara de cuarzo que se habían dejado los anteriores ocupantes de la casa, mientras el Predicador operaba sobre su cuerpo anestesiado. En el portátil abierto, la emisión en directo de Televisión Española. Pablo Iglesias hablaba en el debate de investidura. Imaginamos que los momentos más terribles de nuestras vidas sucederán en escenarios definitivos: callejones oscuros, tanatorios, juzgados, salas de la UCI. Pero no. La Humana estaba en su casa y allí, en la pantalla, estaba Pablo Iglesias, y allí estaban ellos dos, una pareja haciendo el amor frente a la tele. Nadie habría dicho que aquello fuese un momento terrible ni crucial. *Estoy convencido, señor Hernando, de que el tiempo pondrá a cada uno en su lugar*, dijo Pablo Iglesias en pantalla, y la Humana rogó que aquello fuese cierto, que en el futuro dejase de amar instantáneamente a ese hombre que resoplaba sobre ella, que la sacaba en el momento justo para correrse sobre su barriga. Sintió que algo se le quebraba dentro. Quizá, pensó, ha sucedido, y ese clac ha significado que la cadena se ha roto y después de esto podré levantarme, irme, vivir sin él. En la pantalla, Pablo aprovechaba los aplausos para beber agua. En el suelo, la Humana sólo deseaba mirar al Predicador y no sentir nada. Pero lo miró y vio algo del niño aterrado que asomaba a veces, casi nunca ya. Pensó que aguantaría como fuese hasta terminar de escribir y sentir que era alguien capaz de algo. Entonces sería fuerte para mostrarle que su visión del mundo también tenía sentido. Y podría reconquistarlo o dejarlo, eso no lo sabía. Hasta que eso sucediera, sólo era lo suficientemente débil como para amarlo. A pesar de que nunca había odiado tanto a alguien.

Ha sido raro, dijo el Predicador mientras se limpiaba con papel higiénico. *Ha sido raro*. Había sido no sólo raro, sino que había sucedido *lo improbable lo imposible lo peor*. En el habla de Milagros, al levantar la tapa de una olla y descubrir una película de moho verdoso, se decía que *había criado*. En el hospital, tumbada sobre la camilla fría, vestida con una bata de papel, la doctora pasó el ecógrafo, apretó, insistió y, finalmente, se rindió. Apretó los labios. *Lo siento mucho. No hay latido.* Latido. Sintió un desconcierto total. Recordó la revelación de él: *He visto tu muerte y la muerte de nuestro hijo.* La Humana se había callado las palabras lógicas que le venían a la boca, mientras recogía la alfombra para ir a sacudirla al prado de enfrente: *No tenemos ningún hijo.*

Una enfermera le tomó la mano, le acarició la cara helada. *Todo va a ir bien todo va a estar bien vas a estar bien ya mismo te vas a sentir bien.* Un trabalenguas de confort. *¿Quieres llamar?* Le quitó la mano de su cara, le quitó la mano de su mano. Sintió desconcierto, horror y alivio al mismo tiempo. Se tapó la cara con las manos y rio, rio durante un rato con una risa que ya no recordaba. El cúmulo de células que llevaba dentro desde hacía casi tres meses, y que hasta unas horas antes ni siquiera sabía que existía, había sido sabio y se había largado. El cuerpo le había ahorrado todo el camino tortuoso de darse cuenta, del miedo, de la decisión. Sentía los ojos transparentes mirándola. *He visto la muerte de nuestro hijo.* Dentro de ella, una persiana metálica cayó con gran estruendo. Daniel siempre había tenido razón, razón en todo. Ella era una niña malcriada a la que sólo le quedaba empujar, expulsar, volver, bajar la cabeza, aprender.

Un nuevo dolor. El lago de sangre le latió dentro y después fuera. Vio la bata de la enfermera salpicada, gotas en el suelo. Aparecieron otra vez los puntos de luz anunciadores del desmayo, pero le dio igual. Sólo el dolor la hacía llorar, y cuando paraba de llorar, sentía un alivio infinito, sonreía. Y así siguió siendo cuando la llevaron a otra sala, cuando un médico de bigote y perilla la examinó. *Esto es difícil pero está ahí. No tiene sentido hacerte legrado porque lo estás expulsando. Vas a tener que empujar muy poco y enseguida va a pasar va a ser un momento de nada y luego te vamos a dar un calmante. Vas a estar bien. Empuja.*

Cada enfermera que intentó consolarla, cada persona del equipo sanitario que le ofreció un gesto de condolencia, se alejó un poco espantada, confusa. Una de ellas era pequeña y rubia, y llevaba un gorrito blanco que parecía una cofia sin llegar a serlo del todo. Le recordó a la enfermera de la película de *Batman*, que huye despavorida de la sala donde acaba de nacer el niño pingüino. El padre pregunta cómo ha ido todo y ya se oye a lo lejos el lloro desgarrador de un ser sobrenatural. Así la miraban. Había llegado sangrando, sin tener la menor idea de que estaba embarazada de casi tres meses, se le había comunicado que no había latido, y ahora, mientras le daban indicaciones para que lo expulsara, perdía las fuerzas en una risa absurda. Empujaba y tenía miedo, pero también sentía el poder de saber que, si era capaz de atravesar esa pesadilla, también iba a poder llegar de nuevo a la casa, darle la razón a él, desterrar la oscuridad y recuperar el amor. Sentía que un foco de fuerza le apuntaba directamente al cuerpo.

Piti y ella tenían trece años, era el último verano que la Humana pasaría en Las Aguas. Pasaban el día bañándose en la piscina, subiendo a comer mantecados y galletas de almendra al apartamento de Mariluz, una señora casi centenaria y diabética. *Como yo no puedo comerlos disfruto si os veo a vosotras.* Los dientes de Mariluz masticaban en vacío con los ojos fijos en las bocas de ellas. Cada vez que cruzaban la puerta central camino de los dulces de Mariluz, pasaban junto al único cartel del tablón de anuncios de la comunidad y lo recitaban de memoria: FAVOR DE NO ARROJAR AL INODORO COMPRESAS CONDONES ABORTOS. En ese momento, sangrando sobre la camilla del hospital, repetía esa enumeración del recuerdo y le parecía inaudita. Todo el ciclo animal contenido en los residuos que taponaban las cañerías. FAVOR DE NO ARROJAR AL INODORO. Dos operarios desatascando un saco gestacional que atranca una tubería. FAVOR DE NO ARROJAR. Sintió algo blando deslizándose fuera de su cuerpo. El médico y la enfermera se movían con una eficiencia desapegada, como quien amortaja rápido a un padre tirano antes de que se enfríe. Miró el bigote y la perilla del médico, sus patillas delineadas, como pintadas con aerógrafo, y pensó que lo que acababa de salir de su cuerpo sería todo lo contrario a esa barba perfectamente planeada y pulcra. La enfermera intentó acariciarle la cara de nuevo. La Humana se tumbó de lado, cerró las piernas, se protegió la cara con las manos. Una voz lejana le preguntó algo. No respondió. Miraba al techo. Tragó con obediencia tres pastillas enormes, bebió agua. *Te daremos cita para revisar si han quedado restos y hay que hacerte un legrado. ¿Sabes lo que es?* En su cabeza *Belgrado Leningrado Legrado*, ciudades lejanas, ajenas a su cuerpo. La enfermera hizo un último intento de acariciarle la mano, pero ella la retiró. La dejaron sola en la sala. Sintió que el cuerpo se le ralentizaba. Cientos de imágenes le empachaban el cerebro. Lo que la voz le había preguntado era. Era. *¿Quieres verlo?* Se durmió.

Antes de firmar el alta, les aseguró varias veces que vivía cerca, y que, por supuesto, alguien la recogería a la salida, iría con ella hasta casa y la cuidaría en los próximos días. Es posible que ella misma lo creyera. Le habían dado unos pantalones azul claro de loneta de aspecto sanitario, unas alpargatas de suela de goma. *Llegaste sin zapatos.* Un desconcierto casi más grande que la falta de latido. Le dolía el cuerpo, le dolían los pies. ¿Había subido toda la cuesta del valle sin zapatos? ¿En qué punto del camino los había perdido? Los pies estaban sucios, con una tierra resistente al lavado que parecía haberse filtrado dentro de la piel, el talón completamente endurecido, las uñas gastadas y duras. En el curso de un día sus pies se habían vuelto los de otra persona. Después pensó que también era posible que llevase casi un año sin mirárselos.

La Madre hace las maletas con el cansancio de los últimos cuatro días casi evaporado. Canturrea, se envía wasaps con sus amigas, suelta alguna carcajada. *Mira la Ursu.* Y le alarga el móvil: una mujer algo mayor que la Madre, desnuda, mirando el mar con una peluca de algas. Sonrisa blanca. Reenviado muchas veces, pone en lo alto de la foto. No hay una sola grieta de su carne arrugada y prieta que no esté dorada por el sol.

Se irán, cada una a su ciudad, a su casa, al día siguiente por la mañana. La Humana espera que llegue el momento de decirlo. *Yo me quedo.* Lo imagina, pero no lo dice. Largos paseos con la Perra, soledad total a resguardo de un encuentro frontal con el Predicador en las calles de la ciudad. La tía Silvia ha conseguido marihuana no se sabe dónde, fuma en la terraza. Se va a quedar hasta que se solucionen los papeles de la herencia. Sólo fumada deja Silvia de hacerse y deshacerse el moño, y ve las cosas de verdad. *Tú has echado más tetas, ¿no?* Silencio. *¿Quieres una calada? Te veo apagadilla.* Un wasap de Mecha ilumina el humo del porro.

¿Puedo ir a tu casa?
Vuelvo a Madrid
pero tia
mi prima se ha cabreado
y no conozco a nadie mas

La Humana imagina a esa prima divorciada, con dos hijos, cansada de bregar con la vida y su negocio recién abierto, prestando ayuda a su prima Mecha del pueblo, pobrecita, que la pega el marido unas palizas de muerte, pero luego ella lo perdona, se larga al pueblo y la deja tirada, haciendo pedicuras y manicuras al mismo tiempo, y así hasta *que me tienes ya harta Mecha yo no te puedo ayudar si vas a volver con ese en cuanto te chista.* La Humana le escribe que sí, le da su dirección, le dice que ahora no está, pero que llega esa misma noche. Precipitada, feliz, con el mismo ímpetu con el que antes se lanzaba a los nuevos amores. Al fondo, un plan mullido contra el que chocar. Como si acogiendo a una mujer que casi no conoce pudiese acoger, por un momento, a otra mujer de la que tampoco supo casi nada. Una mujer que le dejaba hundir los deditos en el hoyo de su cabeza. Como si acoger a Mecha fuese acoger a la Madre, o que la Madre la acogiese a ella. O Mecha fuese la Perra. O la Perra fuese Mecha y ella fuese ella misma. Es la posibilidad de cobijar y cobijarse la que le da la energía para hacer la mochila, bajar cargada con la maleta de la Madre, caminar junto a ella hasta la estación de tren, sudando bajo la ropa de abrigo, despedirse allí de la Madre. Se abrazan. La Madre vuela a la isla desde el aeropuerto de Bilbao. Aún le quedan horas de viaje por delante. *¿Vas a venir en Navidad?* La Humana se encoge de hombros. *Bueno según te veas de trabajo ya me dirás.* Y antes de irse, en el último abrazo, la Madre le hace una caricia, la abraza fuerte, intenta morderle el hombro, pero sólo agarra chaqueta y jersey, no llega a la carne.

A día de hoy no recuerda cómo fue capaz de volver desde el hospital hasta la casa de piedra. Un torrente de adrenalina manejaba su cuerpo. Cuando llegó, ya de noche, no había luz en las ventanas de arriba. Oía a los jabalíes hozar en la tierra en busca de raíces. Todo el bosque lanzaba murmullos nocturnos. Buscó el móvil en la bolsa. La batería. Entró a tientas en su cuartito de abajo, encendió la lamparita, puso a cargar el móvil. Cuando llamó al Predicador, descolgó el teléfono una de las chicas. Eran las tres flacas y fuertes, aguerridas. Habían llegado a la zona hacía un año, con la excusa de un festival ilegal que se celebraba por las montañas, y habían permanecido allí, en busca de algo. La Humana le dijo que, por favor, le pasase con él. Sintió la respiración disconforme de la chica, una especie de suspiro exasperado. La Humana era un estorbo en todo su proceso, la figura incómoda que juzga la nueva realidad, la esposa del chamán que acecha en las sombras y quiere tirar de la manta para desmontar la magia y poner a todo el mundo a fregar los cacharros que se acumulan en el fregadero. *Por favor.* Le rogó. De las tres, era la que mejor le caía, la que a su llegada había agradecido sus castañas asadas en la chimenea y su sopa de restos. La que en otras circunstancias habría sido su amiga. Se lo pasó. La Humana aspiró, resuelta a mostrar lo que tenía dentro. Una llama de orgullo y la idea estampada con fuerza en la mente: había ido y había vuelto del infierno. Su cuerpo había llevado a cabo el vaticinio que había salido de boca de él. Merecía *algo*.

La Humana debería parar de recordar aquí, dejar de recorrer este relato que es el suyo, y estar, en cambio, en el mundo, en esos árboles que corren junto a ella devolviéndola a la ciudad. Le hormiguean las piernas de sostener a la Perra dormida.

Esa noche, por teléfono, no le habló al Predicador de la sangre, no le dijo nada del dolor ni de los pies llenos de tierra y heridas. Lenguaje médico, cero sentimentalismos. Dureza. Creía que la sobriedad acrecentaría lo estoico de su relato. El Predicador hizo unas cuantas preguntas de carácter práctico. *¿Necesitas pastillas, algo que haya que ir a buscar?* Luego hubo un silencio durante el que la Humana pensó que quizá sus cerebros funcionarían a la par y se produciría una pequeña y antigua comunión. Estaba segura de que él, alarmado por la crudeza de los hechos, sintiendo un cierto respeto por lo que la Humana acababa de hacer, iría a su lado. El feto muerto saliendo de su cuerpo estaba por encima de cualquier misticismo; el paseo montaña arriba había sido una transformación mucho más real que aquellos trances que ellos se provocaban con dmt. La Humana había recorrido un camino oscuro de dolor y miedo, y había vuelto. Pero el Predicador, después de mandar callar a una voz que lo reclamaba a lo lejos, dijo: *Hemos venido a un pueblo de arriba estamos en una fiesta. Igual nos quedamos unos días. Hay mucha gente aquí que me interesa gente con la que es importante que hable. Siento que los puedo ayudar.* La Humana escuchó los bajos profundos y la algarabía de una rave. Colgó.

El efecto de los calmantes había construido una barrera esponjosa que hacía que, a pesar de que la desesperación ya empezaba a arañar, los surcos aún fuesen poco profundos. Calculó que el acolchamiento no tardaría en esfumarse. En el bolsillo aguardaba un blíster con tres calmantes, pero también el efecto de esos tres terminaría por pasar. La estremecía la posibilidad del encuentro desnudo con el dolor. Extendió las mantas, mulló la almohada, estiró el saco de dormir. Salió y llenó una botella de agua en el grifo de afuera. Cerró las cortinas. Preparaba la habitación para el espanto que estaba por llegar. Tragó el siguiente calmante. Las píldoras eran grandes y blancas, ovaladas. En la bruma del sueño que se acercaba, imaginó que, después de haberse deshecho de su ovocito hiperdesarrollado, le hacían tragar huevos de un ave rara, unas ofrendas que la restablecerían. Se encogió dentro del saco. Afuera, un pájaro trinaba como si todo estuviese bien.

Despertó. Le dolía la cabeza. Por la ventana entraba una luz naranja, de atardecer. No sabía cuánto tiempo había pasado. No se oía nada en el piso de arriba. Sentía entre sus piernas la última compresa que le habían puesto en el hospital. Cuando su cerebro se fue aclarando, algo amargo le reventó. Empezó a llorar. No lloraba porque él no hubiese vuelto a ver cómo estaba. Aunque de veras, de veras había creído ella que su hazaña cruda y el cumplimiento del vaticinio tendrían el efecto de arrancar de cuajo ese pelo enconado bajo la piel que era la caída en desgracia de su amor. Fuera pelo, fuera folículo piloso, fuera todo el pus acumulado. Pero el efecto había sido el contrario. Como cuando tiras de un pelo con las uñas y no sólo no consigues arrancarlo, sino que, por el efecto del tirón, se riza como una cinta de regalo y resulta aún más vistoso. Lloraba revuelta entre mantas porque, en sus ganas tremendas de volver a la casa y demostrar y contar, en su deseo irrefrenable de ser una persona admirable a la que fuera posible amar, no se le había ocurrido decir que sí cuando le ofrecieron ver el feto.

En el foro *Ginecología entre nosotras*:

KIMBERLYNOERAMALA: *hola a todas las del foro, yo estoy pasando por esta situación horrible no sabía que estaba embarazada cuando lo supe me dijeron que estaba muerto así que fue un alivio, no lo niego, porque ahora no era el momento, pero es cara la pastilla en mi país y mi prima me dijo que lo echaría solo igualmente que el cuerpo es sabio. Espere 16 dias horribles y mi cuerpo ya decidió que era hora de expulsarlo. Contracciones de media hora y fui al baño. Vomité, el dolor se hizo más fuerte y sentada en la taza sentí como algo salía pero no mire me dio miedo solo tiré de la cisterna. Ahora me arrepiento porque aunque no quería hijos me parece una tontería no haberlo visto y me angustia pesnar que ya nunca lo voy a ver. Quisiera saber si alguien sabe más o menos como se vería? recuerdo cuando los ratones de mi prima tenían crías me imagino algo asi como un cuerpo rosadito o a lo mejor es solo como un cuágulo. La verdad no sé por que estoy asi.*

En inglés, se usan palabras distintas para denominar un aborto consciente y uno espontáneo. *Abortion* es el proceso buscado, provocado, de mujer que, si tiene suerte y dinero, avanza lo mejor que puede entre los provida que la atosigan a las puertas de una clínica y se somete a la intervención. *Miscarriage* es el aborto no voluntario, la pérdida. *Miscarriage*, que suena a carretilla que pierde rumbo y se pierde. Ruedas torcidas, ciruelas despachurradas. *Miscarriage* es una mujer temblorosa con un camisón blanco. *Abortion* es una mujer decidiendo. Ella no es ninguna de las dos.

Volvió a despertar. Esta vez era de noche, aunque ya se colaba por la ventana la luz azul que anunciaba el amanecer. Un jabalí trotó junto a la puerta, olisqueó. De la garganta de la Humana salió un ruido sordo que lo sobresaltó y lo hizo alejarse. Necesitaba defender, al menos, esa habitación. Repitió el sonido, esta vez más bajo, avergonzada de su animalidad, pero incapaz de contenerlo. ¿Era ella la que lo producía? Lo que salía de su boca era el mugido de la hembra que, una vez que se ha comido a sus crías, debe permanecer en el mismo mundo hostil del que las ha desterrado.

Ya se divisa la ciudad desde la ventanilla del tren. La Humana acaricia la hendidura entre los ojos de la Perra, despertándola poco a poco. El animal suspira profundamente. Emerge del sueño con una blandura de cachorro. Hace mohínes, se frota los ojos con las patas. Por momentos, su cara de sueño contiene a todos los dioses graciosos y pequeños, fuerzas supremas que alejan a la Humana del miedo. Desea escribir a Cielo Medina y preguntarle qué imágenes le tiene reservadas su amígdala cerebelosa. A falta de una imagen final —*mi mujer con la niñita en las manos*— que selle su experiencia, ¿qué será lo que verá antes de morir? ¿Una toalla manchada de sangre reseca? ¿La vuelta por el bosque, la luz azul del amanecer colándose por la ventana de la cuadra, tres calmantes blancos?

Quizá su recámara cerebelosa, a falta de una imagen definitiva que guardar, haya atesorado cualquier cosa, como un anzuelo que pesca sólo algas. Y entonces, en el momento de morir, verá a una enfermera rubia asustada, evitando mirarla, colocando gasas en un carrito metálico y diciéndole *cariño llegaste sin zapatos*.

Entra el tren en la ciudad, la Perra mira fascinada ese salpicón de luces en la noche tras la ventanilla. Cuando van reduciendo la velocidad, vuelve la señal a su móvil y brilla un nuevo wasap:

Al final no voy me quedo
Pero todo bien eh?
Es que nena que mucho lio
Gracias de todas fromas de verdad

Ese *fromas* es pura prisa por ocultarse del juicio de la Humana. Ese *fromas* es el cuerpo del Briones apretando, ese pueblo que tanto ama agarrándola de los tobillos. La Pesquera Negra. Imagina a Mecha a oscuras en el garaje, temblando e inventando una realidad mejor. Imagina los dedos de Briones en el cuello de Mecha. Imagina el rostro de Mecha contraído por un placer que nadie más le da. Atrae a la Perra a su cuerpo, pero ya han llegado, tienen que bajarse, los pasajeros empujan, no hay tiempo de mitigar ese hielo. Camina con la mochila puesta y la Perra en brazos, sorteando como puede las riadas de gente que pueblan la estación de tren. Algunos la miran. Un animal un poco demasiado grande para ser llevado en brazos por ese otro animal pálido, empequeñecido. Pero se siente tan al borde de cualquier desgracia que no se atreve a posar a la Perra en el suelo. Su única razón para volver a casa es que allí, en el cajón de su mesilla de noche, en los bolsillos del abrigo, sobre la mesa de la cocina, tiene más pastillas.

Pijama, crema de orujo para bajar las pastillas, mantas ocultadoras. Abraza a la Perra. Le asusta que la casa sea un bajo, estar al nivel de la calle, donde el Predicador podría pasar, podría estar pasando en ese preciso instante. Una vecina grita por el patio de luces. Es un quejido sordo, inconcreto. No pide ayuda, sólo se queja en alto con un aaaaaaaay de larga desesperanza. La Humana asoma la cabeza entre las mantas. No sabe de qué ventana viene el grito. Cuando el grito de la vecina termina, el silencio es absoluto. En el edificio todo es quietud, como si decidir qué hacer con respecto a ese grito paralizase a la gente, la hiciese esconderse bajo la cama, cerrar los ojos, decir *no será para tanto es mentira no te creo hija es que eres tonta*. La vecina vuelve a gritar. La desesperación hecha voz. *Si hablas mal de mí*. Pero gritar no es hablar. Un grito es un eructo del alma dolorida. Coge aire y chilla. Silencio. Al rato, la vecina vuelve a gritar. Pasados un par de minutos, la Humana grita de nuevo. La vecina y la Humana se acompañan gritando. Nadie se asoma, nadie se queja. Sólo la Perra la mira curiosa con sus ojos amarillos, sólo la Perra se le acerca bajo las mantas. La Humana la agarra, hunde las manos en su pelo negro, aspira su olor. Grita de nuevo con la cabeza hundida en el lomo de la Perra, la boca apretada contra su pelaje, y oye su grito reverberando en las tripas, en los huesos, en el alma inmensa y desconocida. La Perra mueve el rabo, le chupa una oreja, encantada con esa nueva modalidad de caricia que la hace vibrar por dentro.

Sueña con las manos callosas, enormes, del Abuelo. La agarran bajo las axilas, suspendiéndola en el agua azul. *¿Ves? Ahora te suelto y haces así con los brazos.* Es pequeña y bracea bajo el agua, la cabeza afuera como un perrillo. Suena un timbre. Vuelve a sonar. Emerge de golpe del agua azul, de ese pastel de *sábanas perra mantas* con las que se tapa hasta la cara. El timbre de fuera. Su miedo atraviesa las paredes, los muros del edificio, y le muestra el pelo casi blanco casi verde, los ojos transparentes pidiendo explicaciones. *¿Qué te dije? Si hablas mal de mí.* Agarra a la Perra como si ya él se la estuviese arrancando. El timbre vuelve a sonar. Sale de la cama con la Perra en brazos. La cachorra asustada se retrepa a su hombro, le hace daño en la teta. La Humana la agarra como agarraba su Abuelo a los corderos sin nombre. El cuerpo tras la cabeza, un manojo de dos patas en cada mano. La retiene con la fuerza de su miedo. Cruza así el salón a oscuras. El timbre vuelve a sonar y la Perra se revuelve, se escabulle. Cuando la baja al suelo, el animal se parapeta tras su cuerpo. Descuelga el telefonillo y no dice nada. Suena un chasquido destemplado y una voz medio rota.

Nena
me abres que soy yo.

Es raro el abrazo entre dos personas que hasta entonces sólo se han sostenido los cuerpos desmayados. Pero no, ni siquiera es un abrazo. Mecha se abalanza sobre ella con la fuerza de un chorro de manguera que quiere regar un jardín y rompe las flores. A la Humana se le parte el pecho en cada sollozo. Llora por el Abuelo, al que ha dejado en la piscina.

¿Ves? Ahora te suelto.

Siete
Mecha

Sueño de una mañana de invierno.
Yannis Ritsos una vez escribió:
«El bosque entero olía a mujer desnuda».
Yo le dije a ella:
Tú, desnuda,
hueles a un bosque entero.

TESEO CUADRENY

Voy a matar un cochinito chiquito sólo para ti. Y hace la mímica sangrienta. Para Mecha la ternura es servirte un plato de picadillo, ponértelo enfrente con la brusquedad del hambre. El amor que conoce es arrastrar de una pata, atar al gancho de la fachada, abrir en canal. Y que corra un arroyo de sangre por el centro de la calle empedrada. El torrente de matanza, rojo con nieve derretida de la Sierra de la Pesquera, derramándose en el río Cuerpo de Hombre. Mecha coge el cochinito imaginario del tamaño de una nuez, lo raja con un rengo también invisible, le saca las tripas invisibles. La Perra, sentada frente a ella, observa cada gesto de sus manos con la cara de preocupación que le dibuja la atención extrema. Operación en miniatura, teatrillo mágico. Mecha no es consciente del arte de sus manos, de su rostro concentrado en una labor que no es nada, porque no sostiene nada en esos dedos que se separan cinco centímetros. De sus ojos brillantes ha desaparecido un momento la oscuridad del garaje. Es de nuevo una niña demasiado lista jugando junto a las regaderas de piedra por las que baja la sangre. La Perra no pierde prenda.

Mecha, con una precisión quirúrgica, desecha algunas partes del cerdo invisible, las lanza al vacío desde el sofá. La Perra sigue el camino de los despojos con la mirada, los husmea con asombro, vuelve la atención sobre el cerdo de aire. Mecha mira a la Humana sólo un segundo, sus ojos de risa se encuentran. Al final, hace arreglos barrocos, puro circo: chupa el cochino invisible como si en lugar de un cerdo fuese un porro, lo macera con su saliva. El marrano inventado ya no es tal, sino una delicia indefinida, caramelo supremo. Para terminar, mira el bocado invisible con el ceño fruncido, valorándolo, lo sopla por uno y otro extremo. Deposita en él un beso. Se lo acerca a la Perra, que toma lo invisible con delicadeza, mastica lo invisible, se relame, con el punto de fe exacto para alimentarse de la nada. Se ríen de la Perra con el paternalismo enternecido de los humanos, la abrazan mientras su lengua sigue relamiendo en su hocico el sabor del bocado que nunca existió. Pero lo cierto es que ellas dos creen en lo invisible con mucha más fuerza que el animal. Aunque Mecha le diga a Wendy que no tiene sentido temer a un muerto, qué es eso que le ha hecho el Briones, sino un cuento invisible. Hilvanar las hormonas y tirar del hilo hasta destrozar la tela. Y la Humana. Ay, la Humana.

No cree en Dios, pero lo echa de menos. Leyó una frase parecida en un libro que nunca terminó. Necesita pedirle que le conserve esto: estos dos seres, el equilibrio invisible de cada día. Que aleje de su cuerpo la idea de que el Predicador está cerca. Lo más parecido a rezar es pasear con la Perra y Mecha, como si cada lugar —el paseo de chopos frente al antiguo matadero, el césped junto al río, el parque infantil— fuese una plegaria pronunciada. Cada paso, un verso. La superstición infantil —*si apago y enciendo la luz otra vez la abuela nunca se olvidará de mí si no piso las baldosas grises mamá no descubrirá nunca que me comí el bote de colacao a cucharadas*— se despliega con una determinación adulta.

Mecha ha traído del pueblo recetas de napolexda, *que en el centro de salud de Yéjar me dan lo que pida porque la médica nos conoce desde siempre y eso lo toman todas las señoras para dormir.* Se reparten las cajas. Dejan de ir a terapia sin hablarlo siquiera. Ir hasta el centro de terapia es un campo lleno de minas que refulgen: cientos de figuras, en escorzo, por detrás, por delante, son el lienzo perfecto para que su cerebro dibuje al Predicador. Cuando sale a la calle, él está en todas partes. En la nuca de un hombre que se agacha un momento junto a una furgoneta. Y es él, *su nuca sus hombros sus piernas sus brazos*, es él. Las piernas de la Humana se vuelven lana, le desaparece la sangre de los brazos, ve un remolino rojo. Las tetas le arden de miedo. Cuando el hombre se incorpora, con una caja de naranjas que reza en una etiqueta chillona MADRE MÍA, con el dibujo de una silueta de una madre arrastrando a un niño, deja de ser él y es otro hombre más rubio de lo normal, pero no tanto como lo es él, con la nuca enrojecida, y con una calva que él no tiene. Siguen andando. La Perra tira de la correa, la Humana es de nuevo un trineo siendo arrastrado por una bestia fuera de control, los trozos de madera astillándose aún más en cada golpe. Intenta espantarse la parálisis interna caminando muy rápido, pero el suelo se descompone y el trineo ya no se desliza. Tiene dos arcadas de miedo. No tiene tiempo de inclinarse hacia delante. Un buche ácido le cae por un lado de la boca, le mancha la chaqueta, el jersey, la camiseta. Le parece que ese vómito blanco no responde a nada que haya comido esos días. Huele a algo que no es suyo. Desde la mancha le llega a ráfagas el aroma almizclado del esperma que la hizo fermentar, como una fiambrera de arroz guardada demasiado tiempo fabricando *moho larva un cúmulo celular.* Al llegar a casa, Mecha ve la chaqueta sucia, la palidez, intenta ayudarla, pero la Humana se oculta, cuenta a medias lo sucedido, se desviste sola dentro del baño, sale con el cuerpo escondido por el albornoz. Sólo los pies quedan a la vista. Mecha los ve y se le escapa todo el humo del cigarro en una risa de hermana mayor. *Pero qué destrozo tienes ahí criatura.* El monstruo no quiere ser reparado, porque eso implicaría ser observado. Se escabulle hacia el cuarto. Niña feral con *escamas piernas de cabra tetas supurantes pies con campo enterrado bajo de la piel.* Mecha se acerca a la puerta. *Nena déjame que te hago pedicura que tengo aquí algunas cosas de lo de mi prima. Déjame aunque sea que te eche una cremita.* No contaba con esto. Desconcierto. Nueva adolescencia. La tímida coquetería brotando de nuevo. Se siente pánfila. Quiere meterse en un agujero negro, ser sólo una voz que no habla mucho. Piensa que su último bastión de atractivo son la dureza y el misterio de su caparazón. *Qué bruta eres criatura.*

Mecha sangra y sangra esas primeras semanas viviendo en casa de la Humana. Le explica, como excusándose por tanta compresa enrollada en la basura, que estando en La Pesquera casi nunca le viene la regla. Como si en su pueblo el cuerpo tuviese que estar siempre limpio y expectante, listo para ser trepanado. *A él le da asco la sangre, ¿tú te cres?* El gesto de desdén de la adolescente que desprecia al novio que la acaba de dejar (pero en cualquier momento podría saltar la valla recién clavada del menosprecio, correr de nuevo hacia el pantano, dejar que el lodo la succione, desapareciéndola). Sangra, sangra. Remolino de sangre en la loza blanca del váter. Aunque tire de la cadena, queda una nube roja preciosa flotando. *Pa desquitarse será.* Mecha habla de su cuerpo en tercera persona, como si fuese una melliza incontrolable. *No hay que hacerle mucho caso.* No habla de lo que le ha pasado a su cuerpo en la semana que ha estado en el pueblo, pero lleva el souvenir de unos dedos en el cuello. Y también algo que la Humana roba en un vistazo furtivo, mientras Mecha se cambia de camiseta: una mancha en el costado, aurora boreal que al principio era morada casi negra y ahora tiende más a los verdes y amarillos.

La Humana oculta sus morados. Si no los entiende ella misma, cómo explicárselos a Mecha. El frío en la casa ayuda, el cuerpo forrado de capas es un cuerpo fantasmal. *Está lobero esto*, dice Mecha. Lobero es oscuro y frío en boca de las viejas de La Pesquera Negra. Lobero vendrá de un lóbrego pasado durante años por la lima de las lenguas, piensa la Humana. Lóbrego como un castillo vacío o quemado. *Érase un castillo hermoso.* Pero no, piensa luego: su piso es lobero de cubil animal, calor de tres lobas en la cama grande, la lamparita encendida para que Mecha no pase miedo. La primera noche, Mecha durmió en el sofá. Pero por qué desvelarse solas pudiendo compartir esos despertares abruptos, temblores, palabras dichas durante el sueño. *¿Estás dormida? Yo tampoco.* Mecha huye de la inconsciencia total, se rebate como la Quina, pero sin mover tanta manta. Es más de rechinar dientes, cubrirse la cara con las manos y gritar que no. Después respira y sueña mientras la Humana la mira. Le cae una lágrima negra del ojo dormido, como en un bolero. Le encanta maquillarse, pero no desmaquillarse. De pronto, en sueños, sus cejas se elevan con alegre sorpresa y habla dormida. *¡Hay tarta para los niños!* En ese momento, un rayo de sol debe atravesar el bosque tupido de La Pesquera Negra, dorar el cuerpo de un ciervo que alza la cabeza.

La Humana finge que está habituada a esa vida, a ese desayuno normal. Descafeinado, tostadas, mermelada. Adiós a las latas de sardinas, el plátano con sal. La ilusión de normalidad le recuerda a cuando la Madre lo intentó. ¿Formaba también parte de algo, una recomendación de algún tipo —*vuelva a las costumbres tradicionales, reintegre su microbiota a la sociedad*— o era nada más que puro cansancio? Se compró una máquina de hacer churros y la despertaba con olor a masa frita. Semanas antes, la Humana la había descubierto en la calle principal, comiéndose un perrito caliente mientras miraba un escaparate. Detuvo a sus amigas, la espió dos segundos desde la esquina. La Madre devoraba esa carne *triturada procesada prohibida* con el hambre de una niña salvaje. Sus ojos negros casi no parpadeaban, perdidos en algo que no era el escaparate.

Nena por la noche te agarras. Mecha habla mientras se pasa las planchas por el pelo negro. La Humana se sobresalta, como cuando de adolescente temía dormir con Piti por si en sueños su cuerpo cedía a los impulsos de la vigilia: besarla, romper el precario equilibrio de los besos de broma en la caseta del jardín. *Perdona.* Mecha sacude la melena ya alisada, de espaldas al espejo, se mira la parte de atrás, la cabeza alzada hacia arriba, la mirada sobre el hombro. Desenchufa la plancha. *No perdona nada. Si te agarras a ti. Que te tienes que dejar marca y todo.* Se acerca con ese aire ligero de matona de instituto a la que le cuesta poco acorralarte y mirarte fijamente para después alejarse y no hacerte nada. Antes de que pueda resistirse, le levanta la manga. Es como si las dos estuvieran descubriendo la marca al mismo tiempo. Mecha la mira sin expresión. *Estás fatal.* Suspira. *Bueno no sé con qué cara te digo yo que estás fatal.* Mecha, práctica, su mente siempre atendiendo a la realidad más material, desmonta un miedo de la larga lista de la Humana, como una señora que borra la marca indeleble del demonio con saliva y un dedo, *frota frota frotando* la frente de una hija maldita que sólo estaba sucia. Las marcas de Mecha empiezan a desaparecer. Pero su cuerpo, su coño, que la Humana ha vislumbrado a través de las bragas de algodón azul claro, sólo reaccionan cuando el oscuro hilo de posesión tira de él. Mecha besa la marca del brazo. La Humana no sabe si por compasión, por sobreponerse a ese rastro de tristeza o porque besa el recuerdo de un daño que, muy a su pesar, le alborota el cuerpo. Tras ese beso impulsivo, reanuda su actividad frenética para aplastar cualquier atisbo de vergüenza. Se enciende cigarros, los va dejando a medio fumar por toda la casa.

A veces Mecha intenta explicarse reciclando malamente el lenguaje del grupo de terapia. Mezcla palabras. Dice alineada en lugar de alienada. Aunque quizá sea igual. ¿No es lo mismo vivir controladas por una fuerza superior a ellas que formar fila sin salirse ni un paso de la línea? Mecha, corazón siempre a punto de salirse del pecho, nube de humo, ojos como dos puñaladas que se derraman, dice síndrome de estrés posdramático en lugar de síndrome de estrés postraumático. Pero también la Humana cede paso a esa palabra en su cabeza. En el fondo es lo mismo. Mecha es inquieta, ruidosa. *Recoge ordena limpia empana filetes* con la misma compulsión con la que la Humana *dejaba abandonaba rebañaba el fondo* de cualquier tarro que supiese muy dulce o muy salado. Son abismos distintos con el mismo fondo de rocas afiladas.

Mecha, maquillaje a las ocho de la mañana, llanto imparable a las tres de la tarde, crujir de blíster que se descorcha, vaso de crema de orujo, lengua l-l-lenta después de las pastillas y el licor, exhalación l-l-lenta de humo, le pregunta con brusquedad: *¿Y tú qué haces todo el día criatura?* A la Humana la sume en la vergüenza tener que explicarle que no hace nada. Que abre el portátil como si siguiese teniendo trabajo, pero que ha rechazado participar en varias campañas y ya no la llaman, que tiene dinero guardado, pero cada vez menos. Y que lo que hace en realidad, aparte de estar con la Perra, de pasear con la Perra, de mirar cada gesto diminuto de la Perra, es buscar en internet respuestas a cosas que no tienen respuesta, escarbar compañía en esas voces que claman en una jungla de información que es en realidad un desierto. Mecha, que no ha parado de moverse un día de su vida, la mira con una suerte de espanto respetuoso pintado en la cara. *Bueno tú no te preocupes que yo tengo la baja por depresión y a ver si mi prima me deja volver a la tienda que eso en negro me viene bien. De comer no nos va a faltar.*

Lebrel, la llama. *Lebrel. Mírala si es que es como una liebre loca.* La Perra se derrite sin disimulo a sus pies, la tripa calva al aire, se sube a su regazo y lo llena entero con sus patas largas, le chupa la cara e intenta meterse dentro de su boca. A la Humana la llama calamorra. *Calamorra de lo bruta que eres. Eso en mi pueblo es bruta bruta como tú eres.* Y luego una caricia brusca. O nena. *Nena.* La lengua golpeando en el paladar oculto por los dientes rotos, un poco escorados hacia dentro, separados, por los que suelta el humo. *Criatura.* La boca crepita. La Humana se derrite como la Perra. También quiere meterse dentro de su boca.

Buscan en vano el apaciguamiento del miedo. Pero, al mismo tiempo —y esto lo piensa sólo la Humana—, el miedo es lo único que tienen en común. Cuando la Humana nació, Mecha ya era novia del Briones. No hay minuto de vida de la Humana en el que Mecha no haya estado cosida a ese hombre.

Possessor, en inglés, las eses múltiples silbando como una sierpe, es la persona que es dueña de algo o tiene una cualidad especial. También quien toma, ocupa o mantiene bajo su poder algo o a alguien sin ser necesariamente dueño de ello.

Muy a menudo se abandonan, hacen un colacao espeso al que echan unos chorros de crema de orujo. Tragan doble dosis de napolexda. Se tumban con la Perra, que se adapta mejor que nadie a ese sopor. Los perros más felices son los de los viejos solos y los vagabundos, sin ningún sitio a donde ir, vagando por la vida, con tiempo para lamer un chicle de la acera. Qué gusto. Hablan hasta que se duermen. Duermen hasta que una de las dos vuelve a hablar. *¿Estás dormida? Yo tampoco.* Emergen del sueño y patinan sobre el hielo brillante de la vigilia —pero duele ese hielo— y vuelven a sumergirse. En el despertar gradual, para vencer la agonía, maldicen, suspiran. Se cuentan cosas.

A Mecha le había ido bien en los estudios. *Yo me concentraba y lo terminaba todo porque yo todo lo que me pongo por delante lo termino.* Esto lo ha visto en más mujeres del grupo: hay un yo vapuleado que es un ratón grasiento de chorizo que vuelve y vuelve sobre el dolor, pero en ocasiones surge la otra, la persona capaz, resolutiva, y habla de sí misma con orgullo, como si hubiese olvidado a la damisela Hyde *debilitada hecha un trapo medio muerta.* Puede resultar chocante, una mentira para no desmayarse, pero ambas versiones son verdad. Mecha se matriculó en el grado superior de electricidad. *Que dicen que había mucho trabajo de eso. Todo tíos en clase. El profesor me la tenía jurada. Quiso quedar conmigo y yo le dije que tenía novio. El rascahuevo lo llamábamos porque estaba todo el día ahí con la manita ras ras. Figúrate.* Un día, él le dijo delante de toda la clase que no tenía cerebro para entender las clases. Y ella le respondió que por qué se tocaba tanto los huevos, que si le habían pegado algo o qué. *Es que yo no entiendo por qué ese hombre no podía parar ahí ras ras todo el rato. A las mujeres se nos descolocan los huevos todos los meses y encima no nos los podemos recolocar porque los tenemos ahí dentro escondidos.* Abandonó las clases y entró a trabajar en un mayorista de jamones de Yéjar. Pero era demasiado brusca con los clientes, siempre al borde de resultar encantadora o de insultar a alguien. *Y me salió curro en el matadero del Panizo que en eso sí soy buena yo.* Y acaricia a la Perra, la estrecha contra su cuerpo, como si matar y querer pudiera ser lo mismo. La Perra hunde la nariz en el cuello de Mecha exactamente igual que le gustaría hacer a la Humana. Bienvenido se habría lanzado a la yugular de ese objeto de amor recién aparecido, pero la Perra es todo lo contrario: un canal de esa atracción que hormiguea en la Humana. Perra lista, materializadora natural de algo que la Humana no llamaría exactamente deseo, porque eso a saber dónde está, pero que navega en esa dirección. La Perra imita cada gesto que la Humana hace dentro de sí misma en secreto: oler cuello, oler pelo, rogar por una caricia de la mano en el morro.

La Humana le habla de su trabajo de antes. *Nena qué chulo eso ¿no? ¿Conocías a famosos?* Le cuenta del anuncio de Tom Skäl. Agarra la frustración de la manita para arrastrarla al terreno de la risa y el truco funciona incluso dentro de sí misma: lo amargo se vuelve ácido y gustoso. *Bueno vamos a ver es que ese viejo estaba un poco bueno me acuerdo yo de ese anuncio que hacíamos bromas con mis compañeras del Panizo cuando el jefe nos venía a decir algo por detrás.* Se incorpora, se enciende un cigarro, la mira con una admiración nueva. De pronto se viene arriba; sus propias historias le parecen perfectas para convertirse en spots, *son como películas ya verás*, y se las cuenta con atropello, por más que la Humana le insiste en que esa época ya pasó. *Mira mi abuela Asunción se murió por beber aguarrás y quedarse viendo la novela en lugar de ir al hospital. Más bicho era. Le gustaba la novela más que nada más que nosotros. Más que la vida. Pero yo la quería ¿sabes?* La Perra, lejos del humor, sí que comprende esa risa rara de la Humana, de niña encerrada, que sale ronca y nueva. El cuerpo peludo, cruzado en diagonal entre las dos, se revuelve, cimbrea, participa de la carcajada que le asegura el alimento y el calor, que le garantiza más tiempo tumbada, meciéndose con historias contadas en un idioma que jamás entenderá.

En el pueblo de Mecha, entre las adolescentes, corría el mito de que, si te liabas con alguno en las fiestas del pueblo de al lado y se corría dentro, lo que tenías que hacer era follarte cuanto antes a tu novio. *Que te la meta y te eche la mayonesa decía mi prima.* Sostenían que dos espermas luchando el uno contra el otro no se distraen en otras cosas. Fecundar, trepar, ser el más rápido: nada de eso sucede si hay que pelear. En esta mitología compartida —las voces resonando en las paredes del antiguo lavadero mientras se fumaban una caja de tabaco cada una a los doce años—, si los espermatozoides pueden pelear antes que sacar a bailar al óvulo, pelearán y se olvidarán de sacar a bailar al óvulo. Y después estarán todos ya muy cansados para hacer cualquier cosa. Pero la primera vez que a Mecha se la metieron no pudo ir rápido a su novio porque no tenía novio. Trece años, fiestas de verano, la dehesa más cercana al pueblo. Un grupo de muchachos la llevó hasta allí, y luego uno, solo uno, le dijo cómo colocarse y ella se puso así, a cuatro patas entre las encinas, y él le hizo daño y se corrió dentro, con todos los demás mirando. Un año después, fue ese mismo chico el que se convirtió en su primer novio. Briones.

La Humana mira el abismo de Mecha desde el borde. Las rocas del fondo, que creía parecidas a las suyas, son directamente cuchillos. *¿Pero cómo? ¿Por qué te hiciste su novia?* Hay piedras filosas que atraviesan el cuerpo de Mecha sin que eso le levante una sola queja. Ha vivido durmiendo sobre roca picuda sin darse cuenta, haciéndose sangre sin saberlo. *¿Pero cómo de qué?*, responde Mecha, con la voz destemplada de aguantar el humo adentro unos segundos antes de echárselo al hocico a la Perra. La Perra chupa su aliento, parpadea para seguir viéndola en medio de esa nube. *¿Y tú me lo preguntas?* Lo dice solemne, lanza una risa llena de amargura y cansancio. *¿Eso no era de un poema o algo?* La Humana se va lejos, al momento exacto en el que entendió por qué había un tono ofensivo, de superioridad, cuando alguien grita *cómemela* en plan ofensivo, como si comerle algo a alguien fuese un castigo. Entregando su cuerpo al Predicador como quien abre la boca en el dentista y no la cierra aunque le duelan las comisuras, empezó a entender el papel del follado como humillado, el acto sexual como vejación, el *te han jodido pero bien.* Una vez escuchó a un chico decir *me lie con una tía anoche y no me acuerdo de nada del pedo que llevaba. Pero bueno al menos a mí no me han metido nada dentro jajaja.* La penetración como invasión irreversible. Te han robado en casa. Sólo en aquel momento, sintiendo el crujir de sus huesos, el cuerpo del Predicador moviéndose sobre el suyo, comprendió del todo. Mecha apaga el cigarro y, como si recapitulara, dice bajito: *Todo se mezcla. No es tan fácil.*

La mancha es roja, como todas las manchas importantes. Está entre el baño y la cocina, en el suelo, a una agachada de distancia de la Humana. Podría tocarla con el dedo. En la caseta de la piscina de Las Aguas 3, se agachó, tocó con el dedo, probó la sangre de Piti. Pero esta mancha es distinta, da miedo. La Perra sangra de nuevo, camino de otro celo. Cuando salen de paseo, vuelve a atarla. ¿Es el amor la necesidad de mantener al otro con vida y junto a nosotros a toda costa, aunque para ello haya que castrar sus impulsos?

Viviendo en el monte con el Predicador, a la Humana le gustaba hablar con el chico más joven de la ferretería del pueblo. Palabras frescas, sin temblor, un salvoconducto para ser ella misma durante un rato. Un día, volviendo a casa cargados de víveres, la mirada oscurecida de Daniel. Se giró hacia ella, la agarró de los brazos, las frases como cerbatanas. *Antes. Hablando con ese.* Un trueno podría haber salido de esa boca. *Estabas ridícula.* No era la primera vez. *Estabas ridícula,* dicho entre dientes mientras la sacaba de una fiesta arrastrándola del brazo. Y a la vuelta de una visita a sus vecinos más próximos en el campo, una pareja de californianos: *Hablas inglés muy lento. Me da vergüenza.* La Humana creía que ese detenerse en mitad de las frases para buscar las palabras durante un rato sucedía sólo dentro de ella. Daniel sabía marchar con seguridad conversación adelante, haciendo reír a sus nuevos amigos. Ella se vio como lo que era: una niña histérica quedando en evidencia ante el ferretero, un ser torpe que tropezaba con el inglés, con las piedras del camino, desdibujado por las lágrimas. Ahora aleja a gritos a los perros que empiezan a acercarse, tira de la correa para meter a la Perra en casa de nuevo. Ata, encierra, sofoca, manda callar.

Sangran a dúo Mecha y la Perra. La Humana la embute en las bragas negras y la Perra se queda paralizada. Después da unos pasos, sube al regazo de Mecha, se enrosca en el olor compartido a hierro vivo. La Humana se encierra en el dormitorio. *Voy a hacer yoga.* A Mecha, lo nota en su cara, el yoga le parece una tremenda gilipollez. La voz dulce de Cielo Medina resuena en la habitación cerrada con pestillo. La Perra rasca la puerta, intentando entrar. La Humana se enrosca en la cama, tapada hasta la cabeza. Cielo ya no es sólo la guía para arañar unas briznitas de relajación, no sólo la experta en imágenes de antes de morir. Ahora su voz es también el salvoconducto que le permite ser ella misma durante un rato. Es decir: un animal en silencio, sucia, fea, los pies llenos de tierra por dentro de la piel, sin sangre que compartir, celosa del celo de otras.

En el foro *Ciencia en nuestro día a día*:

GRACEMONLEON: *Lo de las mujeres que sangran al mismo tiempo es una creencia popular. Estudié neuropsicología y a los humanos nos encanta inventarnos historias emocionantes. Queremos explicar lo que no entendemos de forma que cobre sentido, porque aceptar que algo es debido al azar o a la casualidad no es tan interesante.*

Pero tantas veces, piensa la Humana, se alinea —se aliena— la realidad de forma que parece un cuento de terror. Después de aquello, el inglés se volvió cordones desatados. Si los vecinos californianos los invitaban a su casa, Daniel iba solo. La Humana, a la luz de la lámpara de cuarzo, escribía una y otra vez los números de los capítulos: uno, dos, ocho. Tecleaba muy rápido cuando oía los pasos del Predicador acercándose por el camino.

CRAVANVSME: *Yo creo que es verdad y fácil de explicar. Hay uteros alfa y uteros beta. Yo tengo un útero beta. Mi* amiga Camila tiene utero alfa. Yo llego a vivir a compartir piso con más mujeres y no pasa nada. Pero mi amiga Camila llega a una fiesta y siempre a una o dos les viene porque si, cuando no les tocaba. Es de verdad no me lo invento.

GRISELDA_99: Yo vivo con una amiga que nos conocemos desde el kínder pero no nos sincronizamos las reglas y ella esta un poquito enfadada porque a otras amigas sí les pasa y a nosotras no.

KHATA_KHATA: A mi novia y a mi nos llegaba juntas siempre luego de siete meses nos dejó de pasar. Ya no nos venía nunca juntas. Al poco cortamos.

Teclea *mujeres perras menstruar al mismo tiempo*. Buscar. Nada.

Teclea *seres humanos animales conexión hormonal*. Buscar. Nada.

Mecha y la Perra salen a pasear solas por primera vez, unidas por la correa y la sangre.

Mira lo que le he comprado al lebrel. La chapita tintinea en el collar de la Perra. Además de unas bragas pornográficas, ahora luce también una placa rosa con el teléfono de la Humana grabado en blanco. Humanización aprisionando un cuerpo que quiere cazar conejos, oler historias en los pises. *Y un nombre habrá que ponerle, digo yo.* La Humana hace el gesto de quita quita. Ya se lo ha dicho. Con el silbido tienen suficiente. Mira la chapita con cierto recelo. *Qué poco práctica eres, criatura. Qué ideas de calamorra tienes metidas en la cabeza.* La Humana se resiste, pero siente en el pecho el calor de una pertenencia cursi, casi navideña. La placa tiene forma de corazón.

Durante los siguientes días, flota en una balsa de aceite. Aunque el Predicador esté en la ciudad, dentro de su pecho crece el tintineo de chapa rosa. En el mercado, una vieja de ojos lechosos habla para toda la cola. *Antes me gustaba todo. Desde que me quedé ciega noto las hebras del puré ya no me gusta el puerro.* Gira la cabeza hacia donde está la Perra, escucha el chasquido de sus uñas, se frunce más su cara ya arrugada. Tiene esa permanente de peluquería, halo difuso bajo el que se ve el cuero cabelludo, como el de la Abuela. La Humana quisiera hundirle los dedos en esa piel, encontrar el hueco antiguo. La vieja husmea el aire. *¿Me vas a comer?* La Perra le acerca su ofrenda de cabeza suave. La mujer la acaricia, certificando para sí misma, bajito: *No me vas a comer.*

Durante el camino de ida, la Perra mea en un alcorque diminuto. A la vuelta insiste en oler su propio pis. Quiere releerse a sí misma. *No seas egocéntrica mujer.* La Humana se ríe sola de esa broma que ha salido de su boca pero que le parece de otra boca de hace años, la de una criatura que sabía ser ella misma delante de otros.

De pronto también los otros perros son un poco la Perra. Una masa ondulante que puebla el mundo y a la que no puede evitar amar. Ve en redes sociales a un cachorro mestizo color cerveza que pelea jugando con una mano casi más grande que él. La boca abierta, los dientes diminutos y blancos a la vista. Pequeño lobo doméstico. *Esos alfileritos blancos me los prendo en la pechera <3*, comenta bajo la foto. La dueña del perrito y de la mano, sintiéndose acompañada en esa ternura que no puede sostener sola, le responde una ristra de corazones en llamas. Por un momento hay una comprensión común del mundo. Recuerda la ternura de él: un gesto aislado frunciendo su rostro pálido ante una palabra suya. Se le lanzaba en un remolino de besos y ella caía desmontada, se fundía tomando la forma que él escogiese. Esos arrebatos de cariño eran la señal de que sentía como cualquier otra criatura.

Una señora le hace carantoñas a la Perra. *Qué graciosa con sus braguitas. ¿Estás en celo bonita?* Hay una comunidad tierna y un poco chiflada, una cadena humana de gente que se habla de sus perros y se enseñan vídeos unos a otros.

Mira el mío se llama Solero. Es que a mi hijo mayor de chico le gustaban mucho esos polos. En el móvil de la señora, los ojos de la Humana fijos en el perrito blanco de la pantalla, aparece una llamada entrante. DANIEL. La Humana se eriza. ¿Será la señora esa madre de él que nunca conoció, con la que él se llevaba tan mal y cuya especialidad era el pollo a la cocacola? La Humana ataja la conversación, marcha a paso rápido. Es imposible existir en ese sobresalto constante que agarra la menor señal y se la bebe con sed paranoide.

Un vídeo. Ya borrado hace meses, pero para siempre en el cerebro. Él acariciando a un perrito salchicha diminuto, marrón. Lo encontraron en el pueblo una vez que fueron a buscar pastillas de encendido para la chimenea. Ninguno de los dos sabía encender un fuego sin usarlas. El perrito estaba ahí, en el tranco de una puerta, olisqueando el muro encalado, corriendo hacia él, contorsionándose con tal de mover el cuerpo de alguna manera. Ahí, a pesar de las primeras afrentas, lo quería tanto que pensaba *esto no es normal me están echando algo en el agua.* Pero un poso raro enturbiaba el fondo del vaso. La Humana agarró su móvil y lo grabó jugando con el perrito como fotografían los abuelos al nieto alimentando al cordero: es la primera prueba de que el chiquillo tirano, que tira comida al suelo y llora, sin lenguaje, exigiendo lo que su cuerpo necesita, pegando patadas a su abuela si es preciso, es un ser humano. Más tarde la abuela le insistirá en que pruebe las chuletillas, en que deje el plato limpio, y el niño entenderá que le están exigiendo una ternura que nadie puede llevar hasta sus últimas consecuencias. Sabrá que la bondad es el arranque de un minuto, pero que pocos la sostienen hasta el final. Es más fuerte el hambre. En Daniel, era más fuerte el hambre de poder que cualquier otra cosa. Sólo sobrevivirían los que fueran tan o más fuertes que él. Así que los pequeños momentos en los que lo veía sentir miedo o ternura eran auténticos talismanes. La Humana los apretaba fuerte cuando llegaba la duda, se aferró a ellos más fuerte que nunca la tarde en que también su propia lengua materna empezó a volverse cordones de zapato imposibles de anudar. Una mujer de la comunidad del pueblo de arriba tenía un dolor de muelas terrible. Ya le habían hecho reiki y ahora aullaba por cualquier calmante. Pero dónde dejar a su niño. La Humana accedió a quedarse con la criatura, que era rubia e indómita, de unos cuatro años, con mocos secos de varias rabietas seguidas, mientras la madre emprendía el camino a urgencias. En cuanto la mujer se hizo diminuta en la ladera, hubo que atajar el berrinche del niño. *Había una vez dos hombres que estaban muy enfadados y se pelearon. Para que la pelea fuera más difícil se desnudaron y se untaron en manteca de cerdo.* La alegría de tener alguien que la escuchara le batía en el pecho. *Así que uno le metió el dedo por el culo al otro y lo lanzó lejos.* Cuando terminó la historia, el niño la miró muy serio y rompió a llorar de nuevo. Daniel había estado escuchando todo el rato desde el otro lado de la sala, peleando con la chimenea, que no dejaba de ahumar. Lo dijo sin siquiera volverse. *No sabes contar historias.*

Ahora quiere proteger a sus dos animales sangrantes. Resguardar con celo el celo. Se descubre pensando en *amarres ungüentos rosarios que brillen* atando sus cuerpos al de ella. Busca amuletos. Se lanza a lo católico porque ya no sabe en qué estante colocar los temores. Aprende que hay reliquias de primera clase —el pelo, la rótula, los dientes de algún santo—, reliquias de segunda clase —alguna prenda del santo: sombrero, pañuelo, escarpín— y reliquias de tercera clase —trozos de tela, piedritas que tocaron una reliquia primaria o secundaria—.

Valoraciones de la web *Devociondivina.com*:

GRACIELABRINAS: Compré esta reliquia de tercera clase para el perro de mi tía, que acaba de comenzar la quimioterapia para el linfoma, con excelentes resultados.

MARTA_THE_COOLEST: Aprobé la oposición, bueno estoy en listas, aún me tienen que decir si he sacado plaza. Hice los exámenes con este medallón colgada al cuello me la dio mi madre, en un momento de muchos nervios sentí que me ayudaba.

SERENAYSABIA: La sangre de santos es perjurio no se puede vender o comprar la sangre de un santo porque es pecado, y más la comercializiazión de productos así. Dios está en contra del capitalismo sino miren los franciscanos austeros descalzos en invierno eso es el amor de dios.

Gasta el último dinero de la cuenta en comprar online dos medallas de plata con incrustación de un pedacito de tela roja que en algún momento, quizá, tocó un diente del santo al que la Abuela llevaba hogazas de pan con los pies descalzos. Como si jugase al mismo número de lotería que se ha jugado siempre en la familia. *San Juan Silenciero guárdamelas así sangrando dormidas.*

Van Wendy y la Vieja a cenar a casa de la Humana, como si fuese una reunión de Tupperware en la que mujeres de distintos perfiles se arraciman, saludándose con aspavientos, dejando abrigos, bolsas, botellas. Están también las hijas de Wendy, Claudia y Marta, crecidas de golpe, con piernas y brazos largos que enroscan alrededor de la Perra. *Es lindísima cómo se llama.* Ahora llevan peinados distintos que rompen su gemelidad, pero la expresión de abulia mirando el móvil, las risas avergonzadas cuando la Vieja empieza a beber y jurar, siguen siendo idénticas. Mientras, las mujeres cacarean con el desorden de una cena navideña de empresa. Mantienen el entusiasmo de no conocerse demasiado, las brutalidades dichas con el descaro de quienes han sufrido, precisamente, una brutalidad sostenida. Las risas desaforadas, porque hay que reírse como sea. El marido de la Vieja está cada vez más jodido. *Ya no tiene fuerzas ni para darme o decirme los horrores de antes pero me mira con la misma cara. O peor.* Todas le preguntan lo que quieren saber a bocajarro; la brutalidad interna no entiende de educación. La Vieja les cuenta su trabajo de antes de jubilarse. Funcionaria de museos. *Luego llegaba a casa y lo hacía todo mientras él seguía escribiendo en su estudio. Que yo también escribía cuando nos conocimos. Todo boberías fíjate tú. Luego él sacó el primer libro le fue muy bien y yo ya dejé de escribir.* Todas se lanzan a preguntarle quién es él, y la Vieja escupe el nombre entre dientes. La Humana sabe quién es, claro que lo sabe. Ese hombre que en sus columnas se enfurecía con los recortes de la sanidad, se quejaba de la muerte de las bibliotecas y la tala de árboles en la ciudad, es el mismo que una vez casi tira por la ventana a la Vieja. Pero, antes de asombrarse por dentro y quedarse callada, se deja llevar por la exaltación y cuenta que una columna de él le cayó en el examen de selectividad a los diecisiete años. La Vieja resplandece un instante, pero enseguida llega el dolor punzante. ¿Cómo se separa el horror del orgullo, el orgullo del odio? *Todo se mezcla. No es tan fácil.* Mecha no lo dice esta vez, pero la Humana está segura de que lo siente. Bebe un trago y corta el silencio, agarra la mano de la Humana como si fuesen un matrimonio y esas fueran su casa y su vida, ordenadas y limpias. *Esta cuenta muy bien las cosas seguro que podría escribir unos cuentos o algo.* Le palmea la mano. A la Humana le late fuerte la mano, se le pone roja la oreja de ese lado del cuerpo. Los ojos de Wendy se quedan prendidos de la oreja roja. La Vieja se ha quedado quieta, perdida en un pensamiento. *Igual ahora vuelvo a escribir. ¿Ahora cuándo? Ahora cuando este la espiche. Poco le queda.* Carcajada general.

Las niñas tienen puestos los cascos, absortas cada una en una sucesión de tiktoks, pero Wendy habla bajo igualmente, con un ojo en ellas y otro en la conversación de la mesa, todo su cuerpo largo en tensión. Se va de casa de Antonio, se muda con las niñas donde Cristina, una amiga también cubana, mayor que ella. Cristina es santera. Hace las consultas en el salón y ha instalado un biombo para que Wendy y sus niñas puedan pasar sin molestar. La Humana también desearía vivir lo más cerca posible de un foco de magia y poder, alguien que supiese redirigir las fuerzas oscuras que la acechan. Wendy acalla la mirada de reproche de Mecha. *Mira Mecha lo primero son mis hijas. Yo no puedo enredarme en nada que me vaya a poner peor de lo mío. Y Antonio no puede más con mis cosas el pobre sufre no entiende.* El recuerdo de la cicatriz, tenia que repta sobre la mesa. *Yo me voy a matar y tú te vas a podrir toa por dentro.* Mecha no entiende. *Nena con la suerte que tienes de que esté muerto el tuyo. No vayas a dejar al Antonio que parece que es buen hombre.* Los ojos graves de Wendy miran la copa. La Perra se ha arrancado las bragas negras con la boca y le ha manchado el pantalón a una de las niñas, que se ríe con la bobería de la adolescencia que llega.

Se van. Bamboleo borracho de cuerpos y abrazos, abrigos, bolsas. Wendy, que sólo ha bebido dos copas, mira a la Humana con sus ojos tristes. *Ven paquí conmigo.* Se la lleva a un aparte, un rincón del patio interior donde la Humana nunca ha estado, siempre derechita a la casa a encerrar su miedo. Wendy mira a las otras, la Vieja y Mecha fundidas en un abrazo en el quicio de la puerta, las niñas moviendo las manos en el aire para secar la manicura chapucera que les ha hecho Mecha. *Dejen que tengo que hablar una cosa yo aquí con ella.* Agarra de la muñeca a la Humana, le susurra cerca. *¿Dónde tú te estás metiendo?* Señala a Mecha sólo con los ojos. *Con ella. ¿Tú no sabes que ella no te va a hacer bien que ella no está bien?* La Humana hace un gesto de desdén y risa. Wendy recapitula. *Ninguna estamos bien pero tú me estás entendiendo lo que te digo.* La pregunta le llena el cuerpo de pequeñas descargas eléctricas. Un placer de niña borracha, cuando un amor por alguien de clase era algo que una vivía sola en su cuarto, con la cabeza apretada contra el peluche más amado para ahogar el chillido de pura fascinación, *chichi pecsicola*, y cuando en el patio del colegio también percibían esas vibraciones magnéticas, eso significaba que era Verdad, que era posible que hubiese Algo sucediendo entre una misma y la otra persona. No le gusta esa clarividencia de Wendy que le espanta el dulzor. Disimula el encrespamiento. Se la quita de encima con un abrazo.

Mecha despierta a las ocho de la mañana, con los labios negros de vino. Se gira en la cama, le acaricia el pelo y le dice: *¿Por qué no vamos al monte o a un poco de verde que haya por aquí cerca a que el lebrel corra un poco a salir de este piso lobero que yo me muero otro día más aquí metidas?*

Van en el metro con plumas, jersey, bufanda, gorro, unos bocadillos de lomo con pimientos del bar de la esquina. La Perra —bragas negras recogesangre que la gente señala riéndose— viaja enredada entre piernas, lamiendo zapatos. *A todo le saca provecho este lebrel madre mía.* Dos mujeres le hacen una caricia, hablan de los perros que han tenido, de las garrapatas que se les prendían en verano en el pueblo. La de pelo más reseco acomete el tema con pasión. *Hay que quemarlas, ¿no?* La otra ama saber más que su amiga. *¿Estás loca? Las tienes que ahogar en aceite. Si la quemas cuando la garrapata siente el peligro suelta el virus y se lo pasa al perro.*
Daniel sin saber encender la chimenea. Daniel sintiendo la amenaza de La Fuerza. *Eres peligrosa.* Cuando notaba la llama del miedo quemándole, soltaba el virus. *Eres la novia más gorda que he tenido.* Cuando sentía que la Humana se alejaba de él, escribiendo convencida, el tecleo como un zumbido amenazador, soltaba otro virus. *Cásate conmigo.*

Salen del túnel. La imagen de los pinos tras la ventanilla excava y aparta el recuerdo de un palazo. El metro se interna en el pinar. La Humana lleva apretada en el bolsillo interno del abrigo una carta aún sin mostrar: el mdma, desterrado durante meses a la riñonera de la fiesta, del hablar de más, del ponerse en peligro por querer apoyar la pena en unas muletas externas. No teme ya a su lengua, porque ha aprendido a recorrer el área externa del tema sin acercarse al borde. Lleva muchos meses encomendada a san Juan Silenciero, quieta como una perra con las bragas recién puestas. Y el eme es ahora mismo la única posibilidad de que salga a flote el ser expansivo que era capaz de ser, que era.

La Perra corre corre corre entre los pinos. Su boca abierta, la lengua rosa ladeada, los dientes reluciendo, toda la alegría de poder ser. Cada movimiento es un grito. Corre un poco, otro poco más. Se gira para mirarlas desde lejos y corre corre corre de nuevo hacia ellas, su pequeña familia de dos mujeres en el abismo.

El globo sube por el pecho, se queda en la garganta, le da a los brazos y las piernas una libertad inaudita. Todo es más fácil, todo se puede. Cada movimiento es un grito. Lejos del dulce apagamiento de la napolexda, el eme ofrece todas las razones posibles para estar despierta. Cada terrón de ese bosque urbano tiene sentido, es amigo y cama en la que tumbarse. Brilla el sol de invierno, da hasta para quitarse el abrigo, el jersey, la camiseta. La Humana se deja la suya puesta. Por encima del sujetador negro de Mecha, de sus tetas magras, además de esa be barroca tatuada sobre el corazón, emerge un ramillete de estrías blancas, esa otra escritura de la piel. ¿Cuántas distintas habrá sido Mecha, qué tamaños y formas habrá adoptado su cuerpo para adaptarse al dolor y al mundo? Se ríe. Le brillan las pupilas inmensas, el pelo está como después de haberse revolcado en algún sitio, la pintura de ojos rebasa los cuidados meticulosos de todos los días. *Criatura no sé tú pero yo llevo un fregón que no veas.* Lo dice admirada, tumbada de gusto. *¿Pero qué es esta cosa que me has dado?* Mecha, amamantada a wiskicola y cigarros infinitos, algún porro a hurtadillas en el lavadero, la mira con el candor de la recién iniciada. Abraza a la Perra. Le habla a la oreja. *Lebrel cuéntanos algo. Que no te cuentas nada. ¿Cómo era tu abuela?* Se ríen las dos hasta que se ahogan, lloran al mismo tiempo por el vértigo de un pasado que jamás les podrá contar. Ahora Mecha habla con la boca pegada a su lomo, las manos haciendo altavoz, como si se lo dijese a alguien que está en las tripas del animal. *¿Pero cómo no te ahogas ahí adentro? ¿No te ahogas de no hablar?* La Humana dice sí. El eme la agarra de una oreja y la saca arrastrando. Habla.

Mecha la escucha con los ojos brillantes. Le agarra las manos, las dos, se las aprieta. Sus manos se enlazan, se frotan de cerca. Sudorosas de subidón de eme, las manos casi inician una fiesta aparte mientras la Humana sigue hablando.

Daniel se lo había contado muy al principio, en el piso de ella. *Sus exnovias. Sus novias de antes de mí.* Se ahoga, se ahoga, tiene temor de que se le vaya el aire, pero algo parecido a La Fuerza la hace seguir. *Escúchame. ESCÚCHAME.* Mecha la mira, no ha dejado de mirarla en ningún momento, le agarra la cara entre las manos. *Sí, sí. Yo te escucho. Tú dime.* La Humana alza la cara, el sol le da sobre la frente y le calienta la boca, que habla sin poder parar, habla igual que corre la Perra alrededor, a lo lejos, de ida, de vuelta. Las novias anteriores de Daniel eran tres mujeres que ella había visto en fotos, sobre las que había escuchado historias, chicas que intuía listas, talentosas, merecedoras también de formar parte de ese linaje de novias de un ser extraterrestre. Pierde el aire. *Ellas tenían incorporaciones de espíritus.* Mecha fuma, aspira, echa el humo de golpe, frunce el ceño. *¿Qué coño es eso?* Les sucedía desde que empezaban a salir

226

con él. Él lo contaba sin explicarlo mucho, sin precisar, sin decir *soy un canal con el más allá*. Simplemente lo decía. *Ellas tenían incorporaciones de espíritus. A veces les entraban espíritus en el cuerpo.*

Le contó que una vez tuvo que luchar a brazo partido contra uno de esos espíritus. En mitad de la noche, en la cama, el espíritu, esa otra alma que había tomado el cuerpo de la novia, se le echó encima. Tenía una fuerza sobrehumana. Los ojos de la chica estaban en otra parte. *Él me contaba que era como si ella no fuera ella. Era su cuerpo pero no era ella.* Pelearon, él y el espíritu, hasta que el segundo se rindió y salió del cuerpo. La novia no entendía qué había pasado, estaba agotada y lloraba, encogida en un rincón de la cama. La Humana lo escuchaba hablar y se le iba erizando todo el cuerpo. ¿Quién era aquel hombre de ojos transparentes que la iba a buscar cada día a trabajar? ¿Qué cojones era esa historia que le contaba con cierta ceremonia, pero con normalidad? Estaban desnudos. Acababan de follar. Él la miraba serio, casi preocupado, casi casi frágil, como un niño enfermo de una dolencia extraña que no desea. Pero que en el fondo —la Humana veía esa luz en sus ojos transparentes, y eso, eso era lo que le daba miedo— lo hace sentir distinto, importante. Con un poder especial.

Mecha la mira fijamente, las pupilas inmensas. La Humana le coge el cigarro de la boca, fuma de la boquilla húmeda de saliva.

Fue aquel día, viviendo en el campo. La Humana aún vivía en la parte de arriba de la casa y el Predicador estaba muy alterado después de un viaje de dmt. *He visto algo. He visto tu libro.* Le agarraba fuerte las manos, sonreía, la invitaba a destruir todo lo que llevaba escrito y empezar de nuevo siguiendo las directrices que le había confiado el viaje psicotrópico. Y, cuando ella se resistió, la apostilla desdeñosa: *¿No quieres saber nada del mejor libro que po-*

drías escribir? Su libro no era gran cosa, pero era la única cosa que podía llamar suya en ese mundo en el que ni siquiera su cuerpo era ya su cuerpo, y por perder había perdido ya hasta la capacidad de hablar en voz alta sin tropezar con las palabras. La Humana, desesperada, se echó a llorar, se dejó hacer cuando él quiso follar. Porque para enfadarse, para enfadarse de verdad, hace falta fuerza, y ella no tenía ninguna.

Un par de días después, despertó en medio de la noche. Sentía una furia inmensa que no parecía suya. El Predicador dormía a su lado tras una fiesta con otra gente de las casas de arriba. Los muros de piedra de la casa del campo, las ventanas mal aisladas, dejaban pasar los ruidos del bosque de noche, las luchas de perros contra jabalíes, remolinos de sonido animal que a veces la hacían despertar sintiéndose en el centro mismo de la riña. Al principio de vivir allí había soñado que los animales se la disputaban, peleando por probar un bocado de su cuerpo. En los últimos meses soñaba que la olisqueaban y la dejaban abandonada como a una piel de naranja. El corazón le latía muy rápido, no había aire suficiente en la habitación para la bocanada que necesitaba. Sintió que la cama se movía. Apartó las mantas. Era su cuerpo, sus piernas revolviéndose, los brazos convulsionando sin que ella pudiese hacer nada. Sintió el cuerpo del Predicador despertando. La sujetó por un brazo. *¿Qué haces? Duérmete.* Apartó el brazo del Predicador con violencia. Él volvió a sujetarla, esta vez apretándole el brazo. La Humana se giró de golpe hacia él, le sujetó los brazos con fuerza. Su cuerpo se arqueó de golpe hacia delante, dándole un cabezazo. Al ver el labio de él sangrando, la furia se apagó de golpe. Llorando, hecha un ovillo, sintió el cuerpo cálido de Daniel pegándose a su espalda. La voz dulce de Daniel. *No pasa nada. Tranquila.* Él se le pegó más, cada vez más, le hizo sitio a su polla dura. La Humana sintió un asco venirle a la boca, pero no dijo nada. Mientras él se la follaba de espaldas, supo lo que acababa de pasar. Entendió también lo que les sucedía a las novias anteriores. En un momento dado, estando acorraladas y debilitadas, la capacidad de mostrarle su furia en estado consciente era nula. Pero el cerebro encuentra sus formas: en estado de semiinconsciencia, la furia se abría paso, el cuerpo clamaba y se movía llevado por el instinto de sobrevivir. En un momento dado, quizá la frontera se volviese difusa, e incluso fuese posible interpretar una de esas posesiones para poder enfurecerse a gusto. Recordó a la Quina defendiéndose de las sábanas y las mantas con una violencia que era impensable durante el día.

Conocía a muchas mujeres que fingían orgasmos, en las revistas y las series se hablaba de eso todo el rato, pero nunca había oído de ninguna que escenificara posesiones de espíritus como resultado de una contención diurna de la furia, o que incluso las fingiera para contentar a un marido ávido de poderes místicos. Si le hubiera contado estas conclusiones, él le habría reprochado querer arrastrar lo mágico a lo más terrenal. Y ese descorrer el velo habría supuesto la caída del telón, un final que ella no se podía permitir. La Humana era como el niño que corre por la casa aterrorizado, pidiendo ayuda a mamáááááá en señal de socorro, deseando refugiarse en el cálido regazo de mamáááááá, a pesar de que es precisamente mamáááááá quien lo persigue con la pantufla en la mano.

Pero, como siempre, *nada es tan fácil, todo está mezclado*. Al día siguiente él parecía el de hace mucho tiempo. *Estoy tan cansado que no soy ni humano. Soy un pijama con sacos de arroz dentro*. Tenía el labio roto. Ella, que de niña había llorado de ternura y compasión hacia los cacos de *Solo en casa*, golpeados, quemados y heridos hasta la saciedad, sintió un rayo tenue pero cálido atravesándola. Él la levantó en vilo y la besó. *Lo quiero todo contigo, ¿entiendes? Todo*. Tomada por un espíritu, doblegada a los deseos de poderes especiales de él, la Humana volvía a ser válida.

Tuvo miedo de que después de eso quisiese volver a follar. Pero sólo la abrazaba. ¿Cómo se podía odiar tanto a alguien y al mismo tiempo ser incapaz de existir sin él? Temió también que él pretendiese que ella siguiese perpetuando esos *ataques posesiones mentiras*. ¿Quién empezaba la farsa, quién la continuaba? ¿Eran las otras novias conscientes de la trampa que se tendían a sí mismas siguiendo el juego? Quiso conseguir sus teléfonos, llamarlas, saber si se habían creído poseídas de veras, si seguían creyendo en ello, y hasta qué punto. Mirarlas a los ojos y decirles: *Yo lo sé. Lo entiendo.* Necesitaba, al menos, hablar con alguien externo. Una persona que tuviese hambre a mediodía, que comprendiese que dejar las verduras pudriéndose en la nevera no era un síntoma de liberación de lo terrenal, sino una gilipollez. Que pagase alguna compra. Que saliese con ella de noche a ver jabalíes. Un amigo que le lanzase una cuerda de sábanas por la que ir descolgándose de todo aquello. Pensó en llamar a Piti. Piti, vino con limón, cigarros y una bolsa de cruasancitos rellenos de aquellos que comían en la cabaña. Pero la Humana llevaba casi un año sin responderle a los mensajes. Desde que se había mudado allí con él, casi no hablaba con nadie. Además, él conocía su historia con Piti. Nada más tenerla delante, intentaría seducirla, pisar la antigua conquista de la Humana. Y la Humana, diminuta, fea e inservible, no iba a poder impedirlo. Los cruasancitos se le fueron deshaciendo, perdiendo capas de hojaldre, la miga, el relleno, hasta desaparecer del todo.

A veces, mientras escribía metida en la cama, intentando que no se le metiese dentro el frío de los muros de piedra, él se tendía a su lado y la miraba. Al principio pensó que era una nueva forma distante de amor y compañía. Después empezó a sentir que observaba su determinación por seguir escribiendo como la serpiente doméstica de esa leyenda urbana, un animal salvaje que su dueño tenía suelto por casa, que iba creciendo y que cada poco se tumbaba cuan larga era junto a su dueño. Pensando que se encontraba mal, el dueño la llevaba al veterinario. Este le contaba que su serpiente estaba perfectamente, y que lo que estaba haciendo al tenderse a su lado era medirlo para calcular cuándo, al fin, podría tragárselo entero.

No no no. Ella no queriendo follar, cediendo a la presión, prestando el cuerpo, sintiéndolo tirante primero, trepanado durante, destruido después. *Ha sido raro.* Cuando el Predicador dijo eso, ella pensó que había sentido el asco de ella, su miedo, su desamor. *Ha sido raro. Claro* —pensó ella, con una lucidez que le resultó ajena—, *me has violado.* La frase apareció en su cabeza un segundo, como un coágulo que podía haberlo detenido todo. Pero le dio un golpe al coágulo y la sangre volvió a fluir, diluyendo la frase. Fue a los pocos días cuando él empezó a decirlo. *He visto tu muerte y la muerte de nuestro hijo.* Pero por la tarde, durante una discusión por la limpieza de la casa, la revelación se enmarañaba aún más: *Voy a tener que quitarte a nuestro hijo. Voy a tener que quitártelo. Porque tú estás loca.* Lo repetía de cuando en cuando, y ella lo miraba desde un estupor terrenal, calentando el café de la mañana en los fuegos herrumbrosos de la casa de piedra, con un peso en el pecho. Ya no se atrevía a decirle que no tenían ningún hijo. Estaba segura de que él veía esa apreciación como otra muestra más de su apego al mundo material. Le daba miedo hablar y recibir de nuevo ese sello estampado con violencia: el certificado de su incapacidad para apartar el velo y ver más allá. Fue a los pocos días cuando, angustiada ante la posibilidad de tener que follar otra vez más con él, cansada de limpiar lo que dejaban a su paso las visitas que él tenía, de recoger los restos de las tomas de dmt, se mudó al cuarto de la planta de abajo.

La Humana mira a Mecha y siente que el eme frena la desesperación.

Cuando empecé a sangrar ni siquiera sabía que estaba embarazada. Entonces pensé que igual él tenía

Se queda callada. Tiene la boca seca.

que igual él tenía poder de verdad.

Llega a esa última frase como quien ha cabalgado una yegua loca sin silla de montar, cayéndose de la montura y volviendo a retreparse varias veces en plena carrera. Se estira hacia atrás, respira el aire helado del pinar, el pecho le hace crac. Mecha empieza a reírse, a reírse sin parar, con una carcajada de bruja de cuento, echando la cabeza hacia atrás, llena de un poder que no necesita de planchas ni maquillaje. Le agarra la cara, su mano caliente aprisionando la mandíbula, le dice: *Pero cómo criatura pero cómo. Ese tío es un mierda. Un loco. ¿Tú me oyes criatura? Un puto loco. Y no hay más. Y claro que te volvió loca a ti y a las ex suyas. Os tenía autogestionadas.* La Humana rompe a reír, se ríe de puro alivio, no le dice que no se dice autogestionadas sino sugestionadas, claro que no. Porque, de nuevo, Mecha vuelve a tener razón. *Yo también le habría dado un hostión así te lo digo. Con toda la cabeza así pum. ¿Tú sabes que el cuerpo a veces hace lo que mejor le parece? Pues eso. Tuviste suerte. Echaste al bicho.* Y no sabe si se refiere al Predicador o al aborto. Se miran a los ojos. *Y no hay más.* Mecha se acerca a un tronco cortado, se sube a él. Alza los brazos al cielo y brama con voz impostada de ultratumba. *He visto tu muerte.* La Humana la mira con la sangre detenida, sin saber qué camino tomará su cerebro. Mecha vuelve a rugir con tono ceremonial. *He visto tu muerte.* El muro de la Humana se quiebra y se ríe se ríe se ríe. Sube al tronco con Mecha. Coge aire y lo grita. *He visto la muerte de nuestro hijo.* Se sujetan la una a la otra para no perder el equilibrio, gritan las maldiciones y siguen riéndose como niñas meándose en una Biblia. Les parece que están solas en ese bosque, que no hay nadie más en el mundo, y les basta. Mecha le mantiene la mirada. La Humana huele, con los sentidos agudizados por el eme, el sudor de Mecha, su sérum nosequé, la grasa dulce de su pelo. Se comería ese olor. Pero es Mecha quien la besa. Los labios se *encuentran separan encuentran ondulan las lenguas.* Los huesos finos de la mandíbula de Mecha en su mano. Lame el cuello sin marcas. Se detiene un momento, se separa, mareada, sin saber qué tiene. El siguiente bombeo de sangre reparte la sensación por todo el cuerpo: es el poder casi olvidado de encapricharse de alguien, acercarse mucho, acercarse más, sentir el cuerpo de la otra persona derramándosele entre los brazos. Toma aire para volver a sumergirse. Pero antes mira alrededor y no ve a la Perra. No está. Silba. Se separa de Mecha, avanza unos pasos. Silba. Silba. Silba.

Pero la Perra no aparece.

Si hablas mal de mí. Justo cuando el marido convenció a la chica de que las manos grises no existían, de que no hacía falta remeter las sábanas, las manos grises asomaron bajo la cama. *Si hablas mal de mí.* Agarraron a la chica por los tobillos. *Perderás.* La arrastraron bajo la cama. *A los que amas.* Y desapareció para siempre. *Amén.*

El bosque es infinito. Nada más que oscuridad cruzada por el silbido desesperado de la Humana. Silba hasta que pierde el aire y le duele la boca. Empieza a atardecer. ¿Por qué es tan grande el mundo? Lo reduciría a ese claro del bosque. Haría desaparecer todos los árboles hasta que pudiese divisar un punto negro a lo lejos, y la Perra se hiciese cada vez más y más grande hasta estar junto a ella. Se alejan andando de las luces que indican la cercanía de la ciudad. El pinar va escaseando y empiezan a aparecer encinas, aquí y allá, hasta que el bosque es otro. *Si esto parece la dehesa de mi pueblo.* Quizá la Perra haya sentido de nuevo el deseo de ser *olida ensartada impregnada* en el mismo tipo de bosque en el que Mecha fue *olida ensartada impregnada* por primera vez.

Vamos a casa criatura. Nos vamos a congelar. Mañana volvemos a buscarla. Tú verás que el lebrel aparece. Las palabras les salen retorcidas por la tiritona. El sudor se les enfría en el cuerpo. Han caminado sin rumbo durante horas. La Humana piensa que tendrían que haberse repartido, que una esperase en el punto inicial y la otra diese vueltas alrededor. Ahora ya es tarde, ha oscurecido. La droga sigue saltando dentro de ellas, pero se golpea contra un muro. No sabrían volver al sitio donde han dejado las bolsas, los bocadillos, el agua. Por suerte llevan las carteras en el abrigo. De la oscuridad del bosque viene a ráfagas un ritmo seco, radiofórmula distorsionada. Y por encima otro sonido. Al principio es un rumor extraño, imposible. *¿Qué coño es eso?* Gritos humanos, una jauría de cuerpos que pasan del silencio más absoluto al clamor desgarrado. No es canto ni misa ni fiesta. Mecha y la Humana se miran sujetándose el miedo, encogidas, apretando cada una los antebrazos de la otra. Cuando arrecia el silencio, caminan rápido, a trompicones, por ese suelo que casi no ven. No son capaces de entender. El silbido de la Humana es una agujita fina en una nueva ola de gritos que vuelve a atraparlas, esta vez más cerca. Las voces viajan por el espacio, como si alguien las trajera y las llevara, *manipuladas vapuleadas desolladas*, clamando aterrorizadas por su vida con el cuerpo del revés. Piensa que cuando finalmente le llegue esa muerte que sólo el Predicador sabe, justo antes de morir, verá este bosque oscuro. Su amígdala cerebelosa, recámara última del recuerdo, hará catacrac, se abrirá y escuchará su propio silbido microscópico tapado por gritos de gente siendo *manipulada vapuleada desollada*, con el cuerpo del revés.

El miedo las guía al resplandor de la estación de metro, plantada en el solar que precede al inicio del bosque, como una nave espacial. Mecha rompe en una carcajada loca, de ataque de nervios en un funeral. Mira alto, a lo lejos, tras el hombro de la Humana, que se gira. Desde esa distancia se ven las luces fluorescentes, el punto más alto de la montaña rusa del parque de atracciones, que emerge de las copas de los árboles, a lo lejos. Monstruo que trae y lleva gente, voces desgarradas, como si las mataran. Se ríe se ríe se ríe Mecha con la misma fuerza con la que lloraba hace un rato, escuchando los gritos. *Era la puta montaña rusa de los cojones.* La abraza aliviada, saliendo del mal sueño. Pero la Humana la aparta, vuelve a internarse en el bosque, vuelve a silbar.

Ocho
La Urción

La mujer quería irse a casa, pero ya estaba en casa, allí, en mitad del campo, en una casa sitiada.

LYDIA DAVIS

En el foro *Duelo animal*:

OREOSBLANCAS: *Perdi a mi cochinito de la finca y lo encontramos ahogado a los días en la tanquilla de agua de la vecina. Yo lo quería como nada y ya habíamos decidddo mi marido y yo que lo convenci que no se iba a comer. Estaba flotando blanquito como era hinchadito el pobre. No puedo parar de llorar me levanto sin ganas de vivir él me seguía por la huerta me acompañaba alla donde fuera. Y no puedo dormir porque cuando cierro los ojos se me representa delante no puedo dormir porque en sueños se me representa.*

LA_MEDIUM_SALVADORA: *INVIERTE EN TI. ERES TU PROYECTO MÁS IMPORTANTE <3 EL TIEMPO ES EFÍMERO TODO PUEDE CAMBIAR Y MEJORAR <3 <3 <3 ATRAE LO QUE DESEAS A TU VIDA ¡!! RECUPERA LO QUE PERDISTES ¡!! ESCRIBEME*

Sólo a veces le sale ese sonido. Sólo con la Madre y sobre todo de pequeña, en las fiebres, el cansancio y los golpes jugando. Es un maullido debilitado, intermitente. El ruido del cuerpo al escapársele la última fuerza.

236

Hija esa perra te iba a dar problemas. ¿Qué hacías con un bicho así tú de aquí para allí saliendo tarde de trabajar el animal todo el día solo en la casa?

Eso fue otra vida. Pero la Madre, al otro lado del teléfono, no lo sabe. Maullido leve. Bendito analfabetismo de la infancia que le permitía ser sólo un alarido animal que se alza sobre las copas de los árboles.

Pídete unos días de vacaciones te vienes para aquí y ya ves que se te olvida.

Pero la Humana no puede alejarse del lugar donde ha desaparecido la Perra. Maúlla otra vez al teléfono móvil, que encierra la voz de la Madre, pequeña y lejana, allá en la isla. Siente que va a tener que peregrinar a la Casa de Campo cada día, quedarse allí silbando silbando silbando hasta que el Predicador deje de tener razón y la Perra vuelva. Maullido sostenido.

¿Todavía estás así por ese bobo?

La Madre quiere tener conversaciones personales con su hija, porque eso es lo que ha visto que hacen en las películas las madres y las hijas que se llevan bien. Mete las manos en el fango y las revuelve con ligereza, como si todo fuese un despintarse las uñas mientras dices *No te merecía tú eres mucho más guapa que él que parecía que Dios le había hecho los ojos con un punzón.* Amaga una risa después de tender ese puente entre ella y su hija (a mitad del puente está la Abuela diciendo esa misma frase de los ojos y el punzón; Dios haciendo gente en clase de manualidades). Pero la risa choca contra el maullido. La Madre respira hondo, angustiada de ver a su hija como un trapo mojado atascado en un meandro. Intenta pescarlo, salvarlo del remolino, pero sólo lo enreda más en los juncos de la orilla.

¿Pero por qué no te fuiste antes hija?

Reproche impaciente con tono de caricia. Cuando alguien pronuncia este tipo de frases, pierde todo valor a ojos de la Humana. A ver, mamá: ¿por qué tomas café, si sabes desde hace veinticinco años que te sienta mal, que te irrita el colon ya de por sí irritable? ¿Por qué comías perritos calientes cuando creías que yo no podía verte, si tan malos eran? Los ojos de la Madre aquel día: una niña salvaje lanzada a su propio barro. ¿Y por qué, por qué, mamá, por qué no has dejado nunca de mostrar tu horror ante mis tetas *gigantes desbordadas demasiado alimentadas*, por qué me has alejado mostrándome tu asco, a pesar de que me quieres y quieres que te quiera, y te gustaría que ahora fuese a la isla, a tu casa, a reconocer que he fallado y engancharme a los huesos de tus clavículas como una periquita de nombre Bienvenida?

Pero no dice nada de todo eso, claro. Le responde que la quiere y cuelga. La Madre enseguida le envía un wasap que intenta reparar las faltas, poner un colchoncito amable en el barranco que se abre entre ella y esa hija que sufre demasiado. El emoji del pollito saliendo del cascarón. *Mañana a la playa que va a hacer buenisimo.* El cascarón, imagina la hija, es el invierno. El pollito es la madre renaciendo al sol.

Mira en internet vídeos de perros perdidos, malogrados, encontrados, operados con éxito de tumores imposibles, revividos, sin patas de atrás, sin patas de delante, corriendo felices, enseñando a caminar a cachorros con la misma lesión, todos ellos vivos, felices, guarecidos.

Le llega un wasap: *Feliz Navidad.* El GIF muestra un muñeco de nieve derritiéndose, escorado hacia un lado, casi tumbado sobre basura, en el grupo de wasap que tienen las cuatro. Aún faltan tres semanas para la Navidad, pero la Vieja ya anticipa lo que le espera, pide socorro desde el pasillo del hospital, con el marido ingresado susurrándole *Mira que eres inútil es que ni para cuidar a un moribundo vales*. Wendy responde con el emoji del brazo sacando bíceps y una ristra de corazones detrás.

Le llega un mail: *Sería estupendo poder contar contigo en las charlas de jóvenes creativos que tendrán lugar en la entrega anual de premios de ONG's españolas en las Torres Kio de Madrid*. Ni siquiera mira cuánto pagan, qué hay que hacer. Aunque necesitaría hacer, hacer para cobrar. Pero cómo presentarse así, toda ella *patas de cabra escamas grandes ubres dolorosas pies de cuero una perra perdida en el centro del cuerpo*, fingiendo ser la de antes.

Antes de salir por la mañana a buscar a la Perra, desliza el móvil en modo vibración en el sobaco de Mecha, que duerme el sueño artificial de la napolexda. En la Casa de Campo sólo hay cobertura a ratos, así que Mecha se queda en casa, pagando su ración de culpa por alentar el triple salto mortal hacia la maldición, esperando un *brzzzzz hola hemos encontrado a una perra tenía este teléfono en la chapita*.

Una ballena arrastró durante veintisiete días el cadáver de su cría muerta empujándolo con el morro. Un perro se comió la cara de su dueño cuarentaicinco minutos después de que este se suicidara, a pesar de que tenía pienso en su plato. Quizá intentaba retener algo, la esencia. La Humana no sabe qué animal es, qué comerse, qué empujar para licuar este dolor.

Instrucciones para hacer un cartel de búsqueda de una perra sin nombre:
¿Cómo se describe un silbido? MESTIZA, COLOR NEGRO, TAMAÑO MEDIANO. Mecha se ríe por primera vez en dos días, viéndola componer el anuncio en el ordenador.

Bueno, criatura, todo eso ya se ve en la foto. OJOS AMARILLOS. ¿Cómo se describe el aliento salado, el olor a pan, el gesto de dar la pata para pedir por favor que se la mire a los ojos durante horas, las ganas de lamerlo todo, su ansia viva por entrar dentro de las bocas de las que la aman? TIENE UNA CHAPITA ROSADA CON FORMA DE CORAZÓN CON EL TELÉFONO GRABADO. ¿Cómo se describe a una criatura de la que no se sabe si desea ser encontrada y aprisionada de nuevo, o bien merece ser libre en su huida, aunque esta signifique *hambre frío muerte*? En la foto, la Perra parece un borrón, la sombra de otro animal. *Hazme también cincuenta copias a color.* La chica de la copistería le advierte que eso sale caro. *No importa.* Es dinero tintineando en el cubo de ofrendas de la ermita, junto a las hogazas. Caminaría descalza, ungiría los pies del santo en bollicaos con chorizo. *¡Encuéntramela san Juan Silenciero te lo ruego!*

Mundo estúpido, inmanejable, tan grande que algo tan vivo puede extraviarse en él. Tremenda agonía cuando piensa que la Perra está en algún sitio, con la única complicación de que no es el mismo sitio en el que ella está. Intenta no asomarse siquiera a la posibilidad de la muerte. A veces, cuando consigue dormir, sueña que el Predicador tiene a la Perra encerrada en una despensa. Luego ya no es la Perra, sino ella misma, la que espera en la oscuridad mientras el Predicador, afuera, grita imitando su orgasmo.

Por la tarde, se baja del metro una parada antes y cruza el parque camino a casa queriendo acercarse pero temiendo acercarse mucho a las zonas con perros. Siente un vuelco al corazón cada vez que vislumbra una mancha oscura que corre. Una mujer un poco mayor que ella habla con su perra, pequeña, marrón, pizpireta, como una podenca bastarda cruzada con una rata, parecida a los perros sacatapas de Milagros. A medida que se acerca, la Humana ve los gestos de la mujer, la atención casi humana de su perra.

240

Perra y dueña tienen el pelo del mismo color: rabo y flequillo castaños que brincan en cada movimiento. La perra salta el banco por orden de la dueña. El cuerpo pequeño y musculoso vuela con ligereza, esos brincos parecen migajas para su energía olímpica. Hacia un lado. Hacia el otro. De nuevo hacia allí. *Mira, Mur. Un perro ha hecho pis en el mismo sitio donde ayer tú vomitaste hierba.* La mujer le señala a su perra una plasta indefinible de la que se aleja un perrito blanco y viejo: escritura sobre escritura, coloquio secreto de perros, cuentos amontonados que la perrita marrón lee husmeando. ¿Habló ella así con la Perra alguna vez, con esa ternura ridícula que ahora le parece una correa firme que debió atar bien fuerte? Quizá ese tono era el encantamiento exacto para que no se marchase de su lado. La mujer del flequillo se gira y la Humana ve *ojos asustados ojeras algo oculto* bajo una sonrisa boba. Piensa que esa perra marrón, tan distinta de la Perra, pero con los mismos ojos amarillos, consigue que esa mujer del flequillo difumine algún daño antiguo. *A esa mujer la han hecho algo.* La Vieja señalando la televisión del bar, esa paranoia desbordada, de bruja chiflada salpicando disparates. *A esa mujer la han hecho algo.*

Mecha intenta no hacer ruido, respeta la pena. *Pero algo tendrás que comer criatura.* Le cocina picadillo, la abraza en la cama igual que lo haría una hermana o una amiga. No hay confusión posible. Ninguna de las dos menciona sus lenguas acompasadas en el encinar. Cuando la Humana siente que la napolexda ha tumbado a Mecha, observa un momento los ojos emborronados de rímel, la vena que late en el cuello. El asomo de La Fuerza se ha vuelto a taponar, como una cañería rota. Cae una sola gota de la tubería a los baldosines. Demasiado poco. La mente no la deja distraerse con cosas del cuerpo. Se va al salón y escribe un mail.

Hablaré siempre bien de ti.
Hablaré siempre bien de ti.
Hablaré siempre bien de ti.
Hablaré siempre bien de ti.
Amén.

Pero no lo envía.

Mecha lo ha dicho, en sus jornadas de siesta forzada y charlas con la lengua lenta, mirando al techo. *Tía, ¿tú estás enamorada de él?* La frase de Mecha convirtiéndolas de pronto en dos adolescentes abúlicas que hablan de novios bajo el efecto de algún pegamento. La Humana calla, suspira. ¿Son amor esas ganas de lanzarse hacia él y decirle *Venga ven sí me entrego te hago caso te creo eres un brujo el más poderoso acaba conmigo y mi dolor me rindo?* Mecha se incorpora en la cama, revuelta de insomnio y sueño artificial. Da un puñetazo que rebota en el colchón. *Mecagoen to. Yo sí. Yo sí joder mecagoen mi puta vida.* Y se ríe desesperanzada, una risa terminal, de señora borracha brindando su cartón a un vagabundo, abandonando el cuerpo a un destino imposible de enderezar.

La Humana sabe que *rape* significa violación, pero también *rapto*. Y que *rapto* no es sólo sustraer a alguien por medio de la amenaza o la intimidación, sino que también tiene la acepción de *arrebatamiento éxtasis ardor*. Las palabras se encadenan hasta darse la vuelta por completo. Recuerda que el nombre de esa escultura a la que le sacó una foto en el viaje de fin de curso a Florencia —dos cuerpos de hombre encabritándose en torre para contener la huida de una mujer en la cúspide— aparecía traducida en la guía de viajes como *El rapto de las sabinas*. Pero no fue hasta años después, al verlo traducido al inglés, cuando se dio cuenta de que la foto que había tenido clavada con una chincheta encima de la mesilla y que veía cada mañana al despertarse no representaba sólo un robo de personas, sino una profanación de cuerpos y almas.

Mecha sabe otras cosas, y las sabe con el cuerpo: desde pequeña, conoce perfectamente que la misma mano que ama y alimenta es la que empuña el rengo matancero que se clava. Es la única de las dos capaz de comerse un animal que ella misma ha matado. La Humana, salvo en los experimentos vegetarianos de la Madre, siempre ha comido carne, masticando con furia hacia esa mujer a la que quiere y a la que al mismo tiempo quiere sobreponerse. Pesa sobre la Humana ese reparo hipócrita: jamás sería capaz de comer un ser que ella misma ha matado. Si ni siquiera miró algo que ella misma había parido. El amor y la muerte, le enseñaron, debían estar alejados el uno del otro. Fascinarse y quedarse. Dolerse y quedarse. Dolerse y huir, pero recordar la fascinación. Y entonces volver para ser rematada.

La Humana se pregunta, como antes de pasar a la última página de un cuento: ¿quién se salvará?

Mecha pela patatas para hacer revolconas, empuña un cuchillo con la hoja hacia arriba, pero entonces agarra con esa misma mano la taza de café ya frío que hay sobre la encimera. No suelta el cuchillo. Al inclinar la taza para beber, la hoja afilada le roza la mejilla, le amenaza el ojo. Se sobresalta un segundo ante su propia amenaza, pero sigue bebiendo café frío con el filo apuntando hacia su ojo.

Ve la sangre en las bragas y se le encrespa todo el cuerpo, se transporta a *subir la colina descalza no tiene latido parir un bulto*. Tarda unos segundos en comprender el dolor sordo en los riñones, ese desconsuelo antiguo del vientre. La vuelta de la regla es un teléfono de yogures e hilo que trae un poco de aliento. Al otro lado del hilo, en el otro yogurcito, está la Perra, también sangrando. Sólo tiene que seguir el hilo, caminar hasta allí antes de que el animal deje de sangrar y le empiece el celo. Titila esa ilusión: quizá se huelan la una a la otra, aromas ferrosos que se buscan hasta anudarse. Las tetas siguen doloridas, pero siente que la inflamación cede un poco, como si el relleno malo hubiese sido esa sangre apelotonada esperando salir.

Vuelve cada día al pinar, lo recorre hasta que llega a las encinas y continúa más allá. Se aprende los recovecos del bosque, las piedras y árboles que se diferencian del resto y marcan el camino hacia algún sitio. Cada círculo de búsqueda es más grande que el anterior. Pero hoy hay una niebla densa que le da la sensación de estar atrapada todo el tiempo entre los mismos cuatro árboles. Cuando el encinar clarea y da paso a los bloques naranjas de viviendas, se ve en un parque vacío. El caballito de los columpios ya no tiene cabeza ni cuerpo, es sólo un resorte en la niebla. Una vieja recoge algo del césped y lo mete en una bolsa de plástico. Va vestida a trozos marrones y negros, con una mancha en el abrigo. Cuando se acerca, la Humana ve que agarra a puñados unos montoncitos de algo. Pan con agua baboso, la mano desnuda insistiendo en cada trozo. Un engrudo que sabe que la Perra comería. Qué alimento hará que vuelva. *¿Qué miras? ¿Eres secreta o qué?* Jadea al hablar. *Sólo estaba mirando. Pensé* —se aclara la voz dormida, la boca dolorida de tanto silbar— *que estaba recogiendo setas o algo así. ¿Ha visto una perra negra?* La vieja la mira, primero furibunda, luego una sonrisa de bruja desdeñosa le ilumina el rostro. *Fíjate que tienes cara de saber cosas pero ya veo que no sabes nada.* Sigue hablando, cada vez más brusca. *Es comida para las palomas. La eché ayer. Hoy no van a venir porque hay niebla.* Y luego se lanza una reprimenda a sí misma. *Si tengo fuerzas para echarlas comida también tengo fuerzas para recoger.*
Las palomas se pierden con la niebla, las perras se pierden en la niebla. Los ojos de la mujer, debajo de toda la rabia, son de cachorro. Para de recoger el engrudo y se gira

bruscamente hacia la Humana, presintiéndola en contra. Así es como el mundo se ha portado con ella. *Y no me vengas con mierdas de ratas con alas. Porque mira, te voy a hacer una pregunta: ¿a ti te han agarrado entre cinco palomas y te han hecho de todo en un portal y luego te han dejado ahí tirada y encima lo han grabao?* La Humana niega con la cabeza, abrumada. Se despide, aunque la vieja ni la mira. Retrocede, vuelve a internarse en el encinar.

Camina y silba, escuchando a ráfagas el griterío de la montaña rusa, hasta que empieza a anochecer.

De pequeña le pegaron un chicle en el pelo. Recuerda esa sensación de desamparo, el no poder saber cuándo había sucedido exactamente. Hasta entonces pensaba en la gente mala del mundo como una abstracción que quizá la rozaría más adelante, dentro de muchos años. *Si me hacen daño será como esto no más que esto.* Y se pellizcaba la cara interna del brazo. Cuando la Madre llegó a casa, la Humana ya lo había solucionado cortándose el mechón del chicle. Después intentó igualarlo todo. Una pequeña Juana de Arco trasquilada. La Madre, agotada de trabajar, muerta de hambre, no se dio cuenta hasta que se lo dijo la canguro. Después no podía parar de reír, le salió kéfir por la nariz. *Parece que te vomitaron los gatos.* La Humana feliz, feliz como una bola de pelo gástrica, siendo mirada.

En el metro de vuelta a casa, el viaje de la rendición, siente cómo cada estación la separa más de la Perra en la niebla. Hay un hombre que pide dinero. La Humana lo ve de lejos. Es joven, muy flaco, con acento de algún país del Este y ojos azules de susto perpetuo. Se acerca a cada persona y le habla de forma personalizada en su acento que arrastra cada palabra, hincando las consonantes. Por alguna razón, a las mujeres jóvenes las llama guapa. A las mayores, mamá. Quién le habrá explicado esos protocolos. Cómo la llamará a ella. Antes de saber su designio, el calor del vagón la atrapa, la cabeza cae una, dos veces sobre el pecho y se duerme.

Antes de jubilarse, antes del herbolario, la Madre había trabajado durante muchos años en una escuela de oficios. Allí daban clase a adolescentes de zonas perdidas de la isla, chiquillos que nunca habían sido escolarizados. Criaturas misteriosas, hoscas, a veces fruncidas de timidez. Así los recuerda la Humana. Los veía en fotos y muestras de fin de curso. En la escuela les enseñaban un oficio que les permitiese salir de un entorno rural con pocas perspectivas y desenvolverse en un nuevo mundo hostil. Algunas veces las familias se negaban a que los servicios sociales arrancasen a sus hijos del hogar. Para qué ese riesgo. Mejor amanecer siempre en el mismo sitio, despertar con la leche hirviendo. Entonces la Madre se encaminaba montaña arriba a reclamar a los chicos, acompañada por dos agentes de la policía local y alguien de los servicios sociales. A veces se encontraban un padre amenazando con una azada mientras una abuela medio calva espiaba desde una ventana. Otras, el viaje hacia los riscos abría un paraíso perdido. La Madre volvía a casa enredada en contradicciones, se las servía a la hija junto con el muesli y la leche caliente de la cena. *La madre me dijo que el niño tenía que ir a coger uva me sirvió un potaje aunque yo le dije que no quería. Si vieras lo bueno que estaba.* La Humana se dormía escuchando cuentos de niños amorrados a las ubres de la cabra, niñas que sabían trepar palmeras y sangrarlas para sacarles el guarapo.

La mayoría de los chicos querían irse a la ciudad, alejarse de la agricultura y la ganadería de subsistencia. O aunque sea bajar a la verbena. Casi todos leían y escribían a trompicones. La Humana no los veía casi nunca, pero existían todo el tiempo en su cabeza. Pasaba la tarde dibujando frente a la tele mientras la mujer que la cuidaba le preparaba la merienda y dejaba lista también la cena y algo para el recreo del día siguiente. A veces la Madre llegaba tarde y le daba el beso de buenas noches en la oscuridad. En comparación con aquella juventud al borde de la perdición, la hija estaba absurdamente poco necesitada, bien alimentada, haciendo unos deberes impecables, con la dicción y el acento de los niños de la tele. *¿Pero por qué hablas así? ¿Pero cómo estás hablando?* Hablaba como las personas con las que pasaba la tarde. Espanto en la cara de la Madre. Quitó la tele, que fue a parar a la salita de la escuela de oficios, a distorsionar las ambiciones de mundo exterior y deformar los acentos de los otros niños.

Por las mañanas la Madre conducía con el gesto tenso de una mujer que tiene treintaidós hijos ahogándose en un pantano y tiene que ir a lanzarles una cuerda. Alrededor del cuello, un collar de macarrones, talismán del día de la madre. *Póntelo siempre.* La Madre la dejaba en la puerta del colegio tras ofrecerle el panorama sin florituras de la realidad. Le contaba que un niño de la escuela de oficio tenía cicatrices, lugares donde el pelo no volvía a nacer, quemaduras. Su tío le había pegado con el mismo palo con el que más tarde amenazaría a la policía para que no se lo llevaran los servicios sociales. De las chicas, muchas eran adultas en miniatura, con una listeza suprema que atrapaba al vuelo cada detalle. Otras eran muy infantiles, candorosas, temerosas de todo, tan tan niñas que parecían viejas asustadas. La Madre conduciendo, el pelo castaño claro chorreándole por la espalda. Ni tiempo para secárselo. La camiseta al revés. La Humana acariciaba la etiqueta con ternura. Sonó un chirrido leve, una vez, otra vez, otra. Maullidos mecánicos. Aparcadas frente a la puerta del colegio, la Madre abrió el capó y fue sacando gatitos, sucios y aterrados, pero vivos, que se habían colado durante la noche buscando la tibieza del motor. Todos los niños se paraban a ver.

Salva a los niños y a los gatos, decía cuando le preguntaban en qué trabajaba la Madre. Y entre todos ellos Candita, dulce animal. Pizpireta, raquítica, con todos los dientes cariados brillando en una sonrisa encantadora. Candita tenía un físico que muchos años más tarde la Humana volvió a ver en una película francesa. Una niña de pelo negro a lo garçon y jersey rojo se escapaba y hacía travesuras por París. No sabe qué extraña conjunción de astros había provocado que el mismo encanto de Zazie, la francesita huérfana que robaba baguettes, emanase de Candita, que en su vida había comido un pan que no fuese de matalahúga.

Fotos. La Humana niña las miraba todo el tiempo, casi a escondidas: Candita tomando un bocadillo y un vaso de leche en el taller de ensamblaje de pinzas de la ropa. Candita en una foto de grupo tomada en una excursión a la playa, aupada en el aire por dos chiquillos enormes, con su cuerpo de quince años escondido dentro de uno de doce. La madre, traspasando la barrera de sus responsabilidades, la llevaba al médico, le compraba vitaminas y tabletas de Calcifor. *A ver si los dientes no se le pudren del todo por lo menos que le baje la regla.* Candita reía con apuro cuando se mencionaba aquello, intentando ocultar primero su ignorancia, y después su vergüenza hacia su propia ignorancia. *Yo se lo explico y se lo explico pero a ella como que le dijeron que de eso está mal hablar.* El fin de semana, en el cine, la hija miraba a la Madre de reojo. No atendía del todo a la pantalla, se removía en la butaca. Chupaba el palo de regaliz que la ayudaba a dejar de fumar, se distraía con cualquier ruido. La Humana no sabía: ¿estaban viendo la película o estaban, en realidad, esperando la regla de Candita?

A mediados del segundo curso, Candita dejó de aparecer por la escuela de oficios. *Esa chiquilla yo no sé.* La Madre mascaba chicles de nicotina. A las dos semanas subieron a buscar a la niña. La casa, perdida entre unos peñascos a los que ni siquiera llegaba la carretera, estaba recién encalada. Tenían un huerto hermoso, se oían cabras a lo lejos. Dos perros salieron a ladrar. Una vieja regañada asomó la cabeza por una de las ventanas. La cocina era austera. La vieja empezó a prepararles un café sin decir nada. La cafetera hervía en una cocinilla de camping colocada sobre unos fogones quemados, inservibles. En un banco corrido, envuelto en unas mantas, dormía derrengado un hombre que olía a vino y leña. Detrás del revuelo de los perros, se oyó un mugido de algo que no era una vaca. El sonido llegaba apagado, aprisionado por varios muros. La vieja les echó azúcar sin que se lo pidieran.

Ustedes no entienden. La niña no puede andar por ahí. Ya le vino la demostración. Si la dejo bajar me la desgracian.

Apareció en la puerta un hombre mayor con una escopeta colgada al hombro y un conejo muerto en la mano. *Mejor se van no vayamos a tener un disgusto.* Cuando el de servicios sociales intentó decir algo, el hombre se descolgó la escopeta del hombro y pegó un tiro por la ventana. La Madre se vio de pronto en el suelo, encogida, reptando fuera de la casa. La vieja seguía tranquila, pasando un trapo por la encimera, como si fuese sorda o estuviese acostumbrada ya. El borracho del rincón tampoco se movió. Quedaron las tazas de café sobre la mesa.

Mientras se alejaban a todo correr, la Madre vislumbró la puerta entreabierta de una habitación que daba directamente al exterior. Fueron dos segundos, un pequeño resquicio de visión en la carrera por salvarse, pero la imagen quedó: en una habitación ruinosa, sobre un colchón desnudo, había alguien. Estaba atado con jirones de sábanas al cabecero de hierro. Un revoltillo de mantas. La cara estaba destrozada, cubierta de hendiduras sanguinolentas, deformada por la inflamación. *Todo era pura llaga.* Lanzaba aquel mugido doloroso que habían escuchado desde la cocina. No hubo más tiempo ni más visión ni nada. Subieron al coche. A la Madre le dio una bajada de tensión, todo el cuerpo se le descompuso. *Me iba por la pata abajo me tomé un agua con limón pero no me hizo nada.* Llegó a casa a las cinco. La Humana, al verla, se quedó petrificada, feliz feliz. Dejó un dibujo a medio hacer, los rotuladores destapados, y fue a atenderla. Esa misma noche, bebiendo suero con una pajita, la Madre le contó lo que había visto. *Todo era pura llaga.* La Humana se comió el cuento de terror a cucharadas. No le cabían en la boca.

Por la mañana, la Madre a oscuras en el dormitorio. *Mi cielo no abras la ventana que me duele la cabeza. No metas ruido.* La hija bailaba de puntillas en el salón, conteniendo la respiración, silenciosa y feliz de tenerla cerca. *Tráeme el inalámbrico haz el favor.* A través de la puerta, la conversación medio susurrada que iba subiendo de tono. La policía intentando relativizar para quitarse de encima a una loca, la loca insistiendo.

Cuando volvió a subir a la casa, la policía encontró a Candita encerrada en una de las habitaciones interiores, un poco deshidratada y con una crisis nerviosa, pero entera. De lo otro, ni rastro. La habitación que la Madre les había descrito ni siquiera existía. Era un baño a medio construir. *Y allí no cabía ni una cama chica, señora.*

En aquellos días la Humana hizo otro collar para la Madre, esta vez de unos nuevos macarrones que habían salido al mercado. Pasta de verdura, roja, amarilla y verde, para protegerla del horror. Se levantaba en mitad de la noche a por un vaso de agua y encontraba a la Madre fumando en la mesa de la cocina. Si creía en los Reyes Magos, le traerían regalos. Si creía en el monstruo que había visto la Madre, esta le sería devuelta. Se coló en su nube de humo y la abrazó por detrás. Lo formuló, decidida pero temblorosa.

Mamá
yo te creo.

La Madre le dio unas palmaditas, sin oírla, con la mirada perdida, y la mandó de nuevo a dormir.

Un año después se encontraron por la calle a una antigua compañera de la Madre en la escuela de oficios. Con una mezcla de espanto y regocijo cotilla, les contó que Candita había entrado a vivir en un centro de acogida y se había quedado embarazada de uno de los guardias de seguridad. Para entonces el cabildo había reducido las ayudas a centros de oficios y hacía meses que la escuela había cerrado. La Madre trabajaba a media jornada en el herbolario y decía que había dejado de fumar de nuevo. Pero por las mañanas había una o dos colillas apagadas en el fondillo de agua del fregadero.

En los días después del aborto, en el monte, encerrada en el cuarto de abajo de la casa de la hiedra, la Humana soñó con el monstruo. Arremolinada en mantas, sangrando, dejándose caer en la fiebre. En duermevela repasaba la vida: todas las veces que pudo haberse quedado embarazada por accidente. Se recordaba en distintos sitios, con diferentes personas: parque oscuro, cocina de una fiesta, habitaciones alquiladas; un callejón, con la falda levantada y las bragas quitadas rápido rápido, apretadas en el puño. Otra vez, de noche, en un rodaje en la sierra, las colgó de un árbol. Cayeron al río y se las llevó la corriente. Las vieron durante un rato, blancas en la penumbra del agua que rugía. Casi deseaba haberse quedado embarazada de adolescente, viviendo aún con la Madre. Le parecía celestial imaginarse con un camisón de papel, tumbada en una camilla, abriendo las piernas para que le aspirasen el embrión en una clínica, previo pago de quinientos euros. La Madre esperándola fuera, arrastrándola a casa, llevándole a la cama un tazón de caldo.

De noche le subía la fiebre. Lloraba un rato, sudaba, dormía a golpes. Quería encender la luz, pero no encontraba el interruptor, como si no sólo hubiese perdido el control sobre el cuerpo, sino también sobre el espacio. La cabeza se le llenaba de bruma. Las voces del recuerdo se deformaban con la fiebre, deliraba, le parecía oír pisadas en la hojarasca. La Madre bajando al valle, llegando a la casa de piedra con la enredadera prendida comiéndose el revestimiento. Con ella, un trabajador social y dos agentes de la policía. Se acercaban a su puerta. El ojo negro y brillante de la madre asomaba por la rendija. La Humana gemía en su remolino de mantas y sangre. La Madre entrando como una tromba, desanudando los jirones de sábana que la ataban a la cama. La Madre y los policías arrastrándola ladera abajo. La Madre cargando con su hija, sin resuello, pero con la sonrisa triunfal de la que siempre tuvo razón: en aquel cuarto había alguien que necesitaba ser salvado. La Madre tomándole la fiebre como toman la fiebre las madres. Después apartándose un poco para mirarla. Riéndose. *Parece que te vomitaron los gatos.*

La Humana despierta en el metro, con una moneda apretada entre las manos. Iba a dársela a aquel chico flaco que pedía limosna, pero ya no hay ni rastro. Le pregunta la hora a un chaval. Lleva casi dos horas atrapada en la línea circular de metro, girando en sueños. Fuera ya será noche cerrada y en casa habrá un plato de patatas revolconas esperando ser recalentadas. Le molesta la oscuridad porque no puede buscar, porque parece que es más propensa a tragarse a la Perra para siempre. No hay manera de dormir si piensa que la Perra está perdida y sola. Sale del vagón con la sensación de la fiebre antigua, camina por los pasillos del metro, se equivoca en los transbordos, como si esa no hubiese sido su ciudad todos estos años. Llegar a casa supone claudicar en la búsqueda otro día más. Resuena en su cabeza la frase tantas veces escuchada en los true crimes sobre desapariciones. *Las primeras horas son cruciales.* Pero las primeras horas pasaron hace ya cinco días.

Tras el aborto, hubo dos días de silencio en la planta de arriba. Después, el Predicador y su gente volvieron a la casa. Los escuchó llegar, quedarse en silencio durante horas, probablemente abatidos por varias resacas superpuestas. Había, no obstante, nuevas risas, nuevas voces, una alegría flotando en el ambiente ceremonioso. *Hay mucha gente aquí que me interesa gente con la que es importante que hable.* Eso había dicho él cuando lo había llamado. A los delirios de la fiebre se les sumaba un dolor que casi disfrutaba: dentro del salvajismo de los últimos acontecimientos, los celos parecían un valor antiguo al que amarrarse, como un postre de la Abuela, un postre que se ha quemado y sabe mal, pero que no termina de disgustar, porque, al fin y al cabo, es un postre de la Abuela, con la seguridad y el confort y la tradición de los postres quemados y amargos de la Abuela.

Deseaba ser una mujer normal que no vive en una bruma de confusión, que se da cuenta de que lleva tres meses sangrando muy poco y reacciona al respecto. Decir *eh, mi cuerpo es mío, yo escojo lo que sucede.* Pero su cuerpo no era suyo. Lo había ido prestando poco a poco con obediencia casi médica, y al final lo había donado entero, alma incluida, a un hombre al que ya no conocía. *¿Estás?* Dos golpes suaves de nudillos. El Predicador era una sombra al otro lado del cristal de la puerta. Empujó la puerta y entró. Le pareció que había crecido. Su espalda era más ancha, con músculos nuevos que sobresalían de la carne blanca. Su nueva belleza, construida a base de una seguridad que se alimentaba de los demás, era la de alguien que sube a un podio. Llevaba un cigarro apagado en una mano. En realidad, no era posible saber cómo era realmente. Lo bañaba una capa de orgullo y solidez construida a base de admiración externa, un manto que tapaba su verdadero físico, que ceñía su alma muy fuerte, hasta el punto de no verla a ella, hasta el punto de que tampoco la Humana podía verlo del todo. *No sabía si estabas.* La Humana echó un cojín sobre el montón de telas manchadas. Se pasó una mano por el pelo sucio. Al monstruo dolorido y asustado le importaba, de pronto y sin previo aviso, no resultar del todo repulsivo. Monstruo coqueto. Una vez, en la ciudad, había visto a una vagabunda muy sucia, con las piernas llenas de postillas negras, pintándose los labios en el espejo retrovisor de un coche. *¿Cómo estás?* Había algo huidizo en los ojos del Predicador, una extraña timidez, como si un personaje de sus visiones le hubiese chivado al oído que había sido despiadado, que debía pedir perdón. La Humana estaba tan débil que lanzarse a llorar a su pecho, resguardarse en lo terrible conocido, le parecía un plan posible. La fuente empezó a brotar. A él le molestaba verla llorar. Tras unos minutos de silencio, se encendió el cigarro y aspiró tomando el filtro entre el pulgar y el índice. Cuando lo conoció, tosía al fumar, no sabía tragarse el humo.

Estabas loca por tener un hijo. Si no no entiendo por qué estás así. Mariana también tuvo un aborto y no se puso así.

La frase se le clavó de lado a lado, como una lanza. ¿No era acaso él un ser atravesado por una clarividencia que le permitía comprender el mundo mejor que casi toda la gente? ¿Y quién era Mariana? No lo sabía. Quizá una de esas personas interesantes a las que él quería conocer en la fiesta. Pero no se lo imaginaba en una esquina de la rave, contándole a alguien que la Humana acababa de tener un aborto, escuchando a cambio la historia de otro aborto.

Se sentía engañada por la naturaleza, fertilizada en contra de su voluntad, *ensartada impregnada chicle en el pelo.* Su amor había recorrido ya el camino del cuidado y el mimo femeninos, y aquella vereda era lo más lleno de ortigas que había visto en su vida. Si algo quería en ese preciso momento, con un dolor venenoso empezando a llenarle las tetas, era estar limpia, libre, estéril, no sentir nada, no albergar nada que no fuese una fuerza que la pusiese a la altura de él. Se habría vaciado entera y una vez a su altura, se habría batido con él. Vencerle era la única manera de que la amara. Le pareció que le sobrevenía el eco de un rugido antiguo, el de la joven dragona que había sido. Le burbujeaba esa llama en el pecho. La escupió.

¿Qué coño estás diciendo? Tú me metiste esa mierda ahí.

Ahí. Esa mierda que querría haber visto sólo para haberla visto, por no tener que saber ya toda la vida que no la había visto. *Eso tiene ser mujer,* decía Bernarda Alba. *Malditas sean las mujeres,* le respondía su hija Magdalena. La Humana había hecho de Magdalena en el grupo de teatro de la universidad, pero hasta conocer al Predicador no había sentido el grosor de los barrotes.

El primer día sin calmantes, en unos segundos de algo que le pareció lucidez, había pensado en volver al hospital a reclamarlo. La Abuela guardaba sus piedras del riñón en el armario, dentro de sucesivos táperes fechados. Pero sólo asomarse a ese mundo taxidérmico era un puente levadizo resbaloso.

En el foro *Muerte gestacional*:

El protocolo sanitario establece que los fetos con una vida inferior a los 180 días y que pesen menos de 500 gramos son tratados como material quirúrgico y, por lo tanto, el hospital es el responsable de deshacerse de ellos.

¿Cómo se trata el material quirúrgico? ¿Se tira a la basura? ¿Pueden los perros callejeros acceder a esos cubos? Miraba al Predicador liándose un cigarro e imaginaba que una procesión de chuchos arrastraba el embrión hasta ponerlo en el tranco de la puerta, como a la hija de la Librada en *Bernarda Alba*, como providas histéricos agitando una bandera. El Predicador se lo encontraría en la alfombrilla de entrada, tendría que mirarlo y tragarse unos miligramos del horror que le había tocado a ella.

El Predicador se encendió el cigarro. Estaban ahí, frente a frente, soltándose frases terribles cada cinco minutos. La Humana, con los canales de pensamiento ya tupidos de grandes palabras, las sentía venir.

Escucha. Yo ahora estoy en otra historia. Estoy en esto. No pasaré mucho por aquí. Si estuvieras bien verías las cosas distintas y podrías venir con nosotros.

Hizo un gesto con la mano hacia la planta de arriba, hacia esa gente que eran algo así como sus discípulos. De pronto la miró y fue como si le volviese el recuerdo de quién había sido ella para él. *Escúchame. Esto es difícil pero tienes que cambiar tu forma de pensar saltar de la tierra al aire. Están pasando cosas increíbles. He…* La voz se le quebró un poco por el humo. *He escrito dos libros.* Todo se detuvo. Dos libros. La Humana lo miraba a los ojos intentando discernir si aquello era una broma. ¿Dos libros? ¿Cuándo? ¿Cómo? Ella sudando, hilando a ciegas para armar ese cadáver exquisito que se jugaba a solas. Y él. Dos libros. Se encogió aún más. El Predicador era una herramienta cuyo diseño se iba modificando en función de las debilidades de ella, una gubia muy precisa que la limaba por los salientes para que no pudiese atravesar nada. Recordó a Daniel en la ciudad, la primera vez que la visitó, comiendo un plato tras otro de lentejas. Ladrón, saqueador de ollas y cuerpos.

Dos libros. El Predicador soltó el humo en una gran bocanada, hizo incluso un anillo de humo final. *¿Cómo que dos libros?* Él hizo un gesto vago, saltó a otra cosa. Hablaba sin mirarla. *Siento que tengo un don una capacidad especial. Puedo sanar a la gente puedo VER a la gente. ¿Me entiendes?*

La Humana no había terminado de llorar y ya se estaba riendo, riendo a carcajadas, sin poder parar. Era una risa cruel, verdadera, llena de ira y burla. Brillaban las escamas de la dragona antigua. No tenía una polla ni ningún tipo de herramienta con la que horadarlo y dañarlo, haciéndolo morir de pena y asco, y además preñarlo y lastrarlo así aún más. Pero tenía esa risa. Él, teniéndola delante a ella, con el cerebro y el cuerpo agujereados por sus cuentos, creía de veras que poseía una sensibilidad especial que le permitía sanar. El Predicador la miró primero con estupor, y luego asomó los deditos un desvalimiento infantil que enseguida se volvió fuego. Le tembló la boca. Una hoguera en cada ojo. La agarró de los brazos y la sacudió con fuerza. La Humana consiguió desasir un brazo, y su mano buscó algo a lo que agarrarse. En ese tanteo aterrado, sólo encontró el enchufe del ordenador sobre la mesa. Fue sacudida dos, tres veces, mientras le daba la mano al ordenador. Era un socorro minúsculo, pero único, el de aquel cablecito blanco: ahí dentro estaban a medio escribir los cuentos de la Abuela, las conversaciones, las únicas pistas de un personaje incompleto.

Se quedó en la casa. Seguir escribiendo le parecía la única forma de encontrar la dignidad para salir de allí con la cabeza, si no alta, al menos en una posición normal que le permitiese poner un pie delante de otro. Estaba manchada por historias en las que la escritura de un libro resultaba en catarsis y salvación. Escribía con dos dedos helados, la puerta del cuarto cerrada con pestillo, las tetas aullando como dos gatas a las que un cóndor se les ha llevado volando a los hijos. No tenía otro lugar a donde ir. Volver a la ciudad en aquel estado habría supuesto una renuncia definitiva. El libro, al menos, era una razón, un orgullo, un arma.

A veces tomaba un pelo de la almohada y le sorprendía su uniformidad. Le resultaba rarísimo que todo lo vivido no hubiese afectado a su organismo a un nivel profundo, provocando un pequeño segmento capilar tortuoso en mitad del pelo, un trozo más fino y quebradizo crecido en el momento exacto del terror, como si toda la queratina disponible hubiese sido reclutada en ese instante para ocuparse del miedo. Intentaba no mirar los morados de los brazos, no tocar esa piel que de pequeña pellizcaba, vaticinando *si me hacen daño será esto nada más no más que esto.* Había días en los que lo odiaba con un rencor hondo, pero la mayor parte de las mañanas se despertaba con la firme determinación de fortalecerse, escribir para poder demostrar. Su amor seguía creciendo, como las uñas de los muertos o los dientes de las cobayas, sin ningún propósito, sólo para clavarse en el cerebro y atornillarla a ese lugar.

Había hecho frío, después calor, y después frío de nuevo, en una primavera que no terminaba de asentarse, y la Humana seguía en el monte. El Predicador había desaparecido, todos se habían ido, pero habían dejado sus cosas en la casa, así que pensaban volver. Ella no pisaba la parte de arriba. Cocinaba en el infiernillo, en el poyete de piedra de la finca de enfrente, resto de una casa que ya no existía. Si llovía, comía latas y frutos secos, caquis que crecían en el árbol cercano. Los días que hacía sol se lavaba en el huerto con una olla de agua que calentaba también en el infiernillo. Evitaba en lo posible el contacto con la gente, porque eso habría significado hablar de lo que le había pasado, de lo que le pasaba. Se creía fuerte, igual que aquel niño espartano de la leyenda, sonriendo con una zorrilla oculta bajo su camisa, intentando aparentar valor marcial, formando fila. Pero, igual que al niño, la raposa le iba devorando las tripas.

Una tarde, sentada a la mesa, sintió un silencio detrás. El que produce la presencia muda de algo que nos mira sin que lo veamos. Al girarse, allí estaba.
Fueron menos de dos segundos, quizá incluso menos de uno. Inmensa, larguísima, pendiendo sobre la cama desde un agujero entre las vigas. Sus ojos fijos en ella. Salió corriendo cuesta arriba, los niños de los vecinos la miraban confusos. Después le contaron que chillaba sin parar, que

la hicieron sentar, que la creyeron y fueron a ver. La serpiente no estaba por ningún sitio. Metieron palos y escobas por el hueco sobre la cama. Como una aldea clamando por ensartar la cabeza del hereje. Atraído por el escándalo, llegó un neozelandés que había empezado a vivir en una de las cuevas del barranco algunos meses antes. Era alto, pelirrojo, fuerte. No hablaba prácticamente. Sin decir nada, sacó el colchón, la mesa, la silla, las mantas, todos los libros y la ropa al prado. La Humana veía la fuerza bruta de su cuerpo hallando cauce en esa misión medieval de encontrar al demonio. Se decía que había sido ganador de un reality show de lucha libre en su país, que era muy famoso allí, que la fama lo había arrastrado a la depresión. Intentaba abrazar la calma, un par de veces se lo había encontrado meditando casi en el borde del barranco, pero tantos años de exaltación de la violencia le habían dejado la necesidad de quemar la energía de formas brutales. Lanzaba las cosas al prado con una agresividad voluntariosa, destrozando la simulación de hogar que la Humana luchaba por mantener. Ella lo miraba atónita, sin fuerzas para detenerlo, sin poder pararse a pensar. Sólo veía una y otra vez a la serpiente deslizándose por el hueco y mirándola. El cuerpo reptil anudado a su cabeza como un antifaz que impedía la visión de todo lo demás. Ojalá ahora, meses después, en la ciudad, aquel hombre volviese a estar frente a ella, gigantesco, sacando toda la ciudad por la puerta hasta dejar únicamente a una PERRA MESTIZA COLOR NEGRO TAMAÑO MEDIANO OJOS AMARILLOS OLOR A PAN. En la línea de metro correcta tras el transbordo correcto, le chillaría a toda esa gente que no la mira *ayúdenme a remover todo con palos y piedras ayúdenme hasta que la encontremos.*

¡Que viene la Urción! La Abuela y el resto de los niños de Milagros salían corriendo en estampida, descalzos, por los campos a medio segar, huyendo de la serpiente. No había nada que la Abuela temiese más que la siega, cuando

todas las alimañas quedaban al descubierto y buscaban hogar en las casas, bajo almohadas y colchones. En los años en los que intentaban visitar Milagros y paseaban por las tierras resecas, la gente de por allí las llamaba culebras o cristalinas. La Abuela seguía llamándola la Urción y gritaba aterrada con cada crujido de la hierba. *¡Que viene la Urción!* Cuando la Abuela era niña, el alcalde del pueblo más cercano a Milagros les daba un real si llevaban las patas y la cabeza de un cuervo, fuente de desgracias. También si conseguían atrapar a la Urción. Un bebé del Milagros, le contaba la Abuela, había muerto de hambre, a pesar de que su madre era una moza robusta, con buena leche. En un momento dado se descubrió que, cuando la madre daba el pecho al bebé y se adormilaba, la Urción entraba por la ventana, apartaba delicadamente al niño de la teta, y chupaba la leche con su boca reptil. La Abuela hacía como que el cuento había terminado, pero después de unos minutos se volvía hacia la Humana y cerraba la historia. Mientras la Urción se bebía la leche, para evitar que el bebé llorara, le metía en la boca el extremo final de su cola. Lo que más espantaba a la Humana era eso: imaginar al niño succionando el falso pezón seco y reptil, acunado por el engaño.

La Humana no volvió a entrar en la casa de piedra. Los vecinos de la parte alta del camino la dejaron dormir en un jergón de la habitación que les servía de almacén. Pero ni siquiera allí estaba tranquila. Detrás de cada saco de aceitunas en sal había un hueco para la Urción. A los pocos días metió algunas de sus cosas en una mochila y subió la ladera hasta la carretera para volver a la ciudad. Desde arriba vio el prado frente a su casa ya florido y todas las cosas que no se había podido llevar regadas por la hierba.

En cuanto abre la puerta de casa, Mecha la mira devastada desde su nube de humo, ojos tristes. Niega con la cabeza apretando los labios. No ha llamado nadie. Pijama gastado de Disney, cena romántica de patatas revolconas, crema de orujo y cuatro napolexdas primorosamente colocadas en una servilleta. La Humana sólo prueba dos cucharadas de patatas. Después se amorra al vaso y al blíster como el bebé a la cola de la Urción: remedio momentáneo que no lleva a buen lugar, pero cómo calma en el momento.

Tumbada junto a Mecha, esperando el efecto, piensa en las cenizas del Abuelo, junto al río, en un bosquecillo cercano a aquellos campos agostados en los que ella le espantaba las alimañas a la Abuela. ¿Se encontrarán alguna vez frente a frente la Urción y una partícula de su Abuelo? Mecha se encoge medio dormida, se tapa con la manta a empellones, su aliento dulce de tabaco roza su cara. ¿Es esa blandura húmeda que siente en la mejilla un beso consciente o sonámbulo? Gira los ojos, cada vez más lentos, hacia ella. Duerme profundamente. ¿Por qué su Abuela está enterrada en el cementerio, su grasa dorando la piedra fría, y su Abuelo, en cambio, convertido en polvillo a la ribera de un río de cangrejos?

Lo dejó dicho tu abuelo que él ni loco al cementerio cosas suyas ya sabes
vas a venir en Navidad?

La Madre le envía el emoji del abeto adornado.
La tía Silvia sí lo sabe. Le responde al wasap rápido, sin saludos ni qué tal estás.

Mi madre quería estar enterrada con sus hermanas y sus padres
pero mi padre no quería estar enterrado con el padre de mi madre.

Cada palabra que lee resbala por el tobogán de la napolexda y espesa el trabalenguas.

Tras un rato, la tía Silvia escribe:

Ya sabes que tu abuelo no podía ni ver a su suegro. No querría que a tu abuela la enterraran con su padre y sus hermanas, pero ella lo había dejado dicho en el testamento y no se podía hacer otra cosa.

No lo sabía. Creía que no lo sabía. Entre los vapores que se elevan, acallando el sistema nervioso central, repunta la voz del Abuelo la última Navidad. *Ese hombre era terrible.* La Humana yéndose al baño inquieta, sabiendo el cuerpo de Daniel enredado en otros cuerpos. El Abuelo agarrándole la mano. *¿Tú me estás escuchando lo que te digo?*
A las horas, la tía vuelve a escribir:

Un abrazo muy fuerte para ti y un besito para tu perrita. Perdona que no te haya dicho nada antes pero es que estoy con mi amigo Edwin un personaje interesantísimo que lo invité a la playa del majahual este fin de semana un lugar precioso, te encantaríoa conocerle.

Tía Silvia, siempre entre la cooperación internacional y el turismo sexual.
Intenta aprovechar la relajación momentánea para dormirse, pero el cuerpo no la deja. Las tetas le retumban en un latido doloroso. Desea que la Urción entre por la ventana y chupe y robe la leche del niño. Ven, Urción, no hay ningún niño. Toda mi leche es para ti. Pagaría por una serpiente malvada que le desatascase los conductos. Y la imagina entrando por la ventana oscilobatiente entreabierta. La Urción tal y como la vio, descolgándose del hueco sobre la cama: enorme, más gruesa que un brazo, con marcas rojas y un cráneo achatado. Su respiración podía escucharse desde donde la Humana estaba.
¿Alguna vez vio alguna con su Abuela? Cree que nunca. Lo que materializaba a la serpiente eran el miedo y los

gritos. Un leve crujido podía detonarlo todo. Con el miedo, el cerebro se extraviaba. La Abuela, tan recia, hermética, una carcasa repleta de un misterio del que solo obtuvo el jugo de los cuentos. Escondidas detrás de una alpaca de paja, la Abuela apretándole fuerte el brazo. *No te muevas Quina. Por tu madre no te muevas.* Y la Humana incapaz de decirle que no era Quina, cediendo hasta el punto de poner cara de Quina, de intentar moverse como se habría movido la Quina de niña, sintiendo su mismo miedo a algo inconcreto, hundiendo la cabeza en el pecho de su Abuela, que la inmovilizaba, le decía *Quina tú cierra los ojos que viene el gato. No los abras hasta que yo te diga.*

Escribe de nuevo a la tía Silvia.

Y el hueco de la cabeza que tenía la Abuela cómo

Cómo se lo hizo, iba a escribir. Pero le viene nítida la mirada, el tortazo de la Abuela al preguntárselo. El recuerdo le hormiguea en la mejilla. El hueco era un secreto de ella sola. Borra los mensajes. La tía Silvia no los habrá visto. La imagina desnuda, cabalgando a su amigo Edwin en una playa a punto de ser explotada por el turismo, haciéndose y deshaciéndose el moño mientras cabalga, borrando la huella de una madre que probablemente también a ella le cerraba las piernas mientras dormía.

En el mecer de la napolexda, al recuerdo de la Urción le brota una lengua sibilante de color rojo. La Humana casi se ríe de esa imagen imposible. El recuerdo se desmonta. Urción, alucinación de medio segundo que salva. Como el espejismo de oasis que obliga a un viajero al borde de la muerte a caminar un poco más. El espejismo lo engaña, haciéndolo desear un agua que no existe, forzándolo a reptar hacia ella, dejándolo desmayado y ya a salvo cerca de un camino donde será encontrado horas después por unos peregrinos que aún podrán salvarle la vida. ¿Qué habría sido de ese viajero sin la alucinación que lo hizo avanzar?

Se incorpora tambaleante, muerta de un hambre que piensa que no es sólo suya, sino también de la Perra. Envuelve onzas de chocolate en lonchas de chorizo, mastica con ansia, aprovechando que Mecha duerme para dar rienda suelta a sus antiguos instintos.

Mientras mastica y traga, mastica y traga, la mezcla de sabores antiguos calmando el cuerpo, la Madre le envía el emoji de una gamba. *Me quemé un poquito en la playa pero qué buen día ayer tú qué hiciste?* En lugar de contarle que lleva cuatro días silbando entre los árboles, preguntando por los barrios cercanos al bosque, le envía el emoji de la chica con un portátil. *Currando?* Emoji de la manita diciendo ok, eso es. *Te quiero mucho mi cielo.* Piensa si será cierto que la Madre ha estado en la playa, si será verdad que lo ha pasado tan bien, o si también ella estará comiendo chorizo y chocolate, perritos calientes, sintiendo el adormecimiento de algún ansiolítico retrepándole la cara, buscando algo que no aparece o temiendo algo que no existe.

Nueve
Los pies

Siendo internet mucho más grande que el mundo, cuando vuelve de buscar a la Perra en la Casa de Campo se asoma a ese cuadradito de luz del ordenador como a un terreno acotado. De adolescente nunca había sentido terror hacia el universo inabarcable que les explicaban en clase. Sólo más adelante, un cierto vértigo hacia el cuerpo y sus impulsos. Ahora su organismo es un pozo tapiado, y el mundo le produce el vértigo que no sintió en el aula a oscuras, los planetas girando en la pantalla de proyección, la voz de Enrique —*el universo se expande*— haciendo bromas que más tarde la Humana descubrió que eran de Woody Allen.

En el foro *Milagros, Vida e Historia*:

Milagros, municipio de la comarca de Las Aguas, en La Rioja, cuyo gentilicio es agros y agras. 9 habitantes censados. Milagros no tuvo la denominación de pueblo, sino de posada de jornaleros, hasta 1926. La zona estaba establecida como alojamiento provisional para las familias que iban a trabajar las tierras de los señores del castillo de Rustera, actualmente reducido a ruinas por un incendio. Lugares de interés: ermita de San Juan Silenciero, cuya procesión, formada exclusivamente por hijas de las familias de agricultores, se celebró por última vez en 1963.

JUANHERRERUELA: yo ya no vivo en Milagros ni tampoco vivi nunca pero si que vivió mi padre que actualmente cuenta ya con 95 años. Da mucha pena como está el pueblo ahora de abandonado con lo bonito que fue

ESTEBANDELAHOZRIOJANO: hombre bonito bonito nunca fue. Yo nacido allí pero criado en Trevelillo aunque ahora me estoy ahciendo un chalet en Las Aguas. Ya sabra que dicen que nunca fue pueblo de verdad sino un campamento para la gente que venia a trabajar las tierras de los ricos. Y ya algunos quedaron por allí trabajando para los señores por cuatro perras.

JUANHERRERUELA: pues bonito era, si señor. No por ser pobre es más feo un lugar. Toda la vida trabajó mi padre las tierras y muy honrado que fue. La ermita la procesión, y el santo que hacía milagros que mi padre aún le pide vamos de visita una vez por pascua. De los milagros del santo toma su nombre el pueblo.

CONTRA_LA_CIRCUNVALACION_DE_LAS_AGUAS: Pocos quedan allí ya. La Chusa Villar, un señor que no me acuerdo con una hermana que le quedó viuda y las dos hijas que quedaron solteras del Malagüero. No sé si una que tenia problemas de disminuida mental o algo ya murió o estaba mala en el sanatorio. Pero la Valvanera que era la que se ocupaba de todo sigue allí que la saludo cada vez que voy.

JUANHERRERUELA: No era Malagüero sino al contrario. Buenagüero. Que decían que curaba el reuma y enterraba cada año una moneda en la tierra que quien la robara jodia a todo el pueblo porque esa moneda era para tener buena cosecha. Y si no salía cosecha como para pagar los señores no pagaban y allí todo el mundo se moría de hambre.

ESTEBANDELAHOZRIOJANO: Muertos de hambre estuvieron seimpre

ESTEBANDELAHOZRIOJANO: Y por cierto que el nombre de Milagros os dejo un enlace para que veais que no es por los milagros. Viene de mil agros, mil tierras. Por aquello de que alrededor era todo campo cultivable.

MARIARIBERADELAHOZ: que decían que ese hombre el malaguero se podía transformar en caballo mulo o lo que fuera porque siempre había animales solos que andaban por el pueblo entonces escuchaba todas las conversaciones- Lo sabía todo y resolvía conflictos
JUANHERRERUELA: Buenagüero.
MARIARIBERADELAHOZ: y era muy temido por eso. No lo digo yo, lo contaba mi madre que en paz descanse que le conoció bien.
JUANHERRERUELA: Y sí que se llama así el pueblo por los milagros del santo eh. El enlace que has mandado no me va. Pincho y nada.

En el dolor *desgarrado supersticioso casi casi católico* por encontrar a la Perra, jura que si aparece volverá a Milagros, irá a ver a Valvanera, le pedirá que hagan un pan, lo llevará al santo con los pies descalzos en cuanto empiece el año. La Madre le cuenta por teléfono, queriendo distraerla, que en los últimos años la juventud de los pueblos cercanos aprovecha la despoblación de Milagros para hacer fiestas en las casas destruidas que, al fin y al cabo, siguen siendo de sus familias. Allí pueden perder el control, armar todo el ruido que quieran, romper muros con un martillo. Imagina la Humana el rostro seco de Valvanera, terca superviviente, iluminado por las luces rosas, azules, verdes, de una bola de discoteca comprada en Amazon. El maquineo haciendo vibrar su pelo escaso.

Lee foros todo el rato, con un ojo siempre puesto en el teléfono, esperando un dulce *hola disculpe he encontrado una perra tenía este número en la chapita del collar.* Vistazos rápidos de una pantalla a otra, y de pronto un mail.

Yo
te vi hace unos días
dormida
Sé que no estás bien

Sé que puedo ayudarte
Yo
te sigo queriendo.

Acompaña el mail una imagen. En una aplicación de esas en las que subes una foto de tu cara y otra de la de tu novio, y brota en la casilla del medio el rostro del bebé fruto de vuestro amor, el Predicador ha hecho lo propio. La cara que la mira desde la casilla central es una superposición fantasmagórica de los rasgos de los dos en una cara pequeña y redonda de pelo rubio. Es como si la hubiesen escupido al mundo por primera vez en ese momento, frente a ese mail, y no supiese cómo usar el aire, el suelo, las manos. *Dormida.* Se piensa en el metro, desmayada de cansancio, siendo mirada por él sin saberlo, y se le encrespa la columna. Agarra el aire que puede a zarpazos. *Sé que no estás bien.* A pocos metros de ella, Mecha fuma en la ventana entreabierta, sin importarle el frío. La luz ilumina el humo, que sube por las hojas de higuera del patio de vecinos. *Sé que puedo ayudarte.* Mecha tiene los ojos entrecerrados, la mirada convertida en ese tajo negro de cuando está nerviosa. Se maquilla y al rato vuelve a maquillarse. Al final del día, cuando la vida le pesa más que las pestañas, se toma una napolexda que la termine de doblar. *Te sigo queriendo.*

¿Tú quieres cenar algo criatura?

Hay potaje de cuaresma, porque Mecha necesita gastar los nervios en cocinar cosas que sus estómagos cerrados no vayan a querer. Al servirlo, algo tintinea en el fondo de la olla. El cucharón de servir, junto con el potaje, eleva desde las profundidades una cucharilla pequeña y ardiente, cocida durante horas con el bacalao y los garbanzos. Mecha se ríe. *Ya decía yo.* Se ríe, se ríe. *La había cogido para probar de sal después no la encontraba y mira.* Pero hay un temblor detrás de ese despiste, esa risa de señora que dice *es que no tengo remedio menuda soy yo.* La Humana siente una hiena en el pecho. La novedad de esta desesperación es que no es doliente, frágil. Aprieta fuerte su cuchara. No le tiembla la voz. *¿Te ha escrito otra vez?* Se lo pregunta precisamente porque ella misma guarda el mensaje del Predicador debajo de una piedra que le pesa en el pecho, pero que no piensa levantar. El cucharón de servir detenido en el aire, gotas sobre el mantel. Mecha enseguida reanuda el movimiento, aparta la vista de ella. Qué agonía la de poseer. Mecha es un capricho que se le ha prendido dentro, pero qué fuerte se le agarran sus *pestañas negras dientes escorados humo entre los labios.* Un animal imposible de salvar al que además no tiene nada que ofrecerle. Castrada, saqueada, encerrada en su cuerpo como Bienvenido en la despensa. Cuando fueron a sacarlo de allí, había roto todo. Estaba rebozado en harina. Manaba leche caducada de la esquina de un cartón, como una fuente. Bienvenido los miraba como si todo aquello hubiese sucedido solo. El amor, inmenso poltergeist.

Mecha no come. Revuelve el potaje y habla con la mirada más oscurecida que nunca. *Si no hubiese cárcel yo a veces pienso que lo mataría criatura. Así no habría manera de volverme yo con él.* Se pregunta la Humana si esta escritura simultánea de los ex responde a un ciclo hormonal, si también ellos habrán empezado a sentir un desconsuelo en el vientre, esas ganas de mancharlo todo con sangre. Pero Mecha confiesa: *Me lleva escribiendo todo el tiempo.* Tiembla igual que la Perra cuando pusieron la calefacción del edificio y sonaba un zumbido de agua destilada que la volvía loca, venga a ladrar y a querer defenderlas del goteo que venía de las paredes. Pero por detrás, la cola entre las piernas, el chasis entero a punto de desmontarse de un soplido.

Briones, matancero de honor de las fiestas de La Pesquera Negra, que ama la sangre de los cerdos corriendo calle abajo, y mira satisfecho la que brota de la boca de Mecha cuando le cruza la cara, pero que luego teme mancharse la polla y las manos con la sangre que sale sola del cuerpo, sin golpe ni herida, le ha escrito:

que si vas a lo de guardamar

Lo de Guardamar es una boda de una de las de siempre de la pandilla, que se casa con uno de allí. *Pero yo no voy si él va.* Lo dice orgullosa, como si hubiesen tenido una riña de novios y ella no diese su brazo a torcer. La Humana no quiere desinflarse, pero se desinfla. *¿Pero no lo habías bloqueado de todo?* Contacto cero, primer paso de la terapia, las nuevas buscando cómo se bloquea *es echando para abajo después del número y pinchando aquí, ¿ves?,* todas diciéndoles a amigos comunes a la pareja *oye mira es que no puedo hablar contigo porque.* Muchas no haciendo nada. Porque cómo vas a tachar al mundo entero, quedarte sola, buscarte otra vida, ser otra. Amigos y familiares con alma de carnero idiota que van inmediatamente al ex a decirle que se acaban de enterar, *que cómo ha podido ser pero si yo sé que tú eres incapaz de eso.* O que, al contrario, quizá peor, señalan al ex con furia, le dicen *cómo has podido hacer eso,* soplando a las brasas, provocando una hoguera que acaba en un mail en el que *si hablas mal de mí.* Mecha se encoge de hombros, arquea las cejas mirando la cuchara que se enfría. Qué *lengua beso droga orden de alejamiento* podrán detenerla a ella de acercarse a él.

Cuando la Abuela se escapaba y la encontraban descalza en el portal, pidiendo ir a casa de su padre, ya sin miedo a que alguien viera sus pies hechos trizas, el Abuelo empezó a anudar su muñeca a la de su mujer con un cordelito. Atarse para que uno de los dos no escape al pasado.

En la cama, la Humana pega su muñeca a la de ella, como si hubiese una cuerda. Como si una correa fuese a salvar a Mecha de su propio impulso.

Piti y la Humana veían *Blade*. El Abuelo asomando, señalando a la tele. *¿Es un vampiro ese? Pero si es negro.* Después salieron las dos a caminar de noche por los trigales cercanos, conscientes de estar internándose un poco demasiado en la oscuridad, imbuidas del espíritu de la película. Aunque ya tenían doce años, aún suspendían a ratos la fingida madurez y caían en fantasías imposibles que por un momento parecían tener cuerpo, voz, posibilidad. Piti quería ser vampira. Brillaban sus ojos y dientes por el resplandor de las luces en la torre de alta tensión. La Humana desolada de pronto, sin saber por qué. *Pero nunca nos veríamos de día.* Piti se encogió de hombros. *¿Y qué?* Como si la Humana fuera un pasatiempo hasta que llegase su vida de verdad, sus compañeros reales, los dueños de la noche.

Se pregunta si, para que Mecha se quede, tendrá que hacer crecer en sí misma la brutalidad de un matancero mayor. La fuerza de succión de un vampiro.

La Vieja en el grupo de wasap:

(Foto de sándwich mixto y café con leche en la barra de la cafetería del hospital).
Con esto me sostengo
Cómo van mis guapas?

Wendy responde:

(Foto de ropavieja y arroz).
Cuando se vaya pal hoyo te preparo esto rico y nos reimos
Por cierto encontraron ya a la perrita?

La Humana comparte el emoji más doloroso, más que el corazón roto. La manita del pulgar hacia abajo, *derrota gladiador vencido sin fuerzas ni pasión. Muerto.*
Un wasap de Wendy dirigido sólo a la Humana:

271

Ya tú sabes que le escribió a Mecha el singao ese no?
Que vaya pal pueblo o va a buscarla el
Me da miedo

La Humana empieza a escribir, pero borra. Escribe y borra. Escribe y borra antes de enviar, porque hay poco que decir.
De nuevo Wendy:

Mira con lo de la perrita y eso por qué no vienes pa la casa
que igual te ayuda hablar con cristina
Yo le conte un poco a ella lo tuyo

La Humana siente el mareo de la falta de control sobre sus pocas palabras: imagina a Mecha hablando con Wendy, contándole todo mal y rápido *ella cree que ese hombre es un brujo que todo lo malo le pasa por lo que ella habla de él.* Mecha, lengua suelta que no está hoy en casa porque ha vuelto a trabajar en lo de su prima, *pero sólo colocando postizas y limpiando, que no me deja ya tocar un solo pie una sola mano. De bruta que soy.* No volverá hasta la noche. La Humana camina una hora hasta la casa nueva de Wendy con tal de no coger el metro. Se pone gafas de sol para que nadie pueda ver dentro de sus ojos *te vi sé que no estás bien.*

Cristina es diminuta, el pelo fosco en una media melena recta y gris, una diadema rosa de niña, como si hubiera cogido lo primero que había para apartarse el pelo de la cara. Un chándal naranja, ajado, con bolitas en las zonas de roce. Las piernas, dos palos flacos. La cara hermosa, cobriza casi verde, la nariz recta, los pómulos altos, arrugas de reír. Podría tener la edad de Mecha o la de la Vieja. Podría ser alguien acabado o recién comenzado, alma pura de niña vieja. La Humana lleva tanto tiempo hablando sólo con mujeres al borde del colapso que no recordaba lo que era una mirada fija.

Yo no hago esto por poder. Tú háblame normal como si fuera tu tía.
Yo hago esto porque es mi responsabilidad. Si veo algo te lo digo.
Yo no te voy a engañar mija: yo no te puedo encontrar a tu perra. Pero te puedo mirar y vel qué es lo que tú tienes montado encima.

Sobre la mesa, unos mantecados marca El Patriarca. El señor regañado de barba blanca las mira mal desde el logo. Se oye a Wendy y a sus niñas trasteando en la cocina, entre los cuartos, intentando no meter ruido.

Mira mija tú
tú no llevas encima más maldición que creer en él.
Él tiene el poder que tú le diste.

La Humana se relaja, como si le hubiesen dicho que el bulto es benigno.

Pero cucha. No te me escapes.

Chasquea los dedos. Le retiene la atención y la mirada como a un perrito que se despista de la carne con el vuelo de una mosca.

Ese poder que tú le diste es mucho. Muchísimo. Casi todo el que tú tenías.

A Cristina le gusta ver los efectos de sus palabras en el rostro de la Humana.

Tú tenías poder. Te queda ahí.

Piensa que va a señalarle el pecho, la capillita del alma, pero el dedo se desvía y da en la mitad de la frente. La Humana se encoge de hombros.

No no te hagas la boba. Una imaginación fuerte genera acontecimiento.
Eso también es un poder. Una religión. La tuya de ti.
Niña, pérate. Si la perra no aparece no es porque él lo haya dicho. Si no aparece es porque no tiene que aparecer. Lo que vamos a hacer no es para encontrarla. Es para que ella esté donde esté se encuentre bien y viva feliz. Pero eso no significa que vaya a volver contigo.

Abre un polvorón, le da un mordisco. Tuerce el gesto.

Esto ta malísimo. Wendyyyyy. Wendy, mira a ver si traes un poco del dulce de coco ese que hiciste.

Se recompone del asco.

Tú tienes mil nombres pa la Perra.

Por casa de la Madre debe rondar esa lista construida durante años, esperando el momento de tener un perro suyo, un animal que no tuviese que ceder en sacrificio a esa lista interminable de Bienvenidos y Bienvenidas. Su letra inmensa de niña:

Pisto Sigilo Baladí Trazas
Onza Tapujo Sirope
Chisme Brío
Escollo
Esquirla

Piti quería tener dos pequineses que se llamaran Winona y Ryder.

¿Por qué tú no le pusiste nombre?

Y después, con un tono de maestra de escuela diciendo la lección, de oruga que fuma un narguile subida a una seta, ella sola se responde.

No se lo pusiste porque no estás viviendo la vida de verdad mi amor. Y no te creías que la perra te iba a querer. Te parecía capricho.
Lo que no se nombra desaparece. O se pudre.
Tú le tienes que poner un nombre a esa perra.

La Humana asiente, asiente rápido con el culo al borde de la silla. Quiere marcharse a *cumplir la palabra firmar cerrar el conjuro* antes de que la Perra desaparezca o se pudre. Antes de que la *huelan ensarten impregnen.* Pero Cristina la mira fijamente.
¿Y qué más?

La Humana la mira confusa, sin saberse esta parte de la lección. Cristina se inclina hacia delante, la escudriña casi topándola.

¿Tú sabes que no se puede obligar a ser feliz a alguien que no puede?

La Humana quiere revolverse como una culebra electrificada, discutiría con esa bruja que lo sabe todo con tanta calma. Le viene el olor a humo de Mecha, nube de desesperación.

Pero la perra sí. La perra puede.
Y tú también vas a poder. Si quieres.
Porque también eres buena perra tú. ¿O no?

Se ríe Cristina mientras da con el puño en el polvorón mordido y vuelto a meter en el envoltorio. Sale un aliento de harina, como un fantasma pequeño.

Yo no te voy a hacer un ritual ni nada. Yo sé que tú quieres que yo te haga una magia y te arregle las cosas pero esto no es así como que tú te compras algo y te lo traen a casa, ¿tú sabes?

El tono se columpia entre la reprimenda y la risa, pasos cortos por un hilo fino.

Yo te voy a mandar un baño con unas hierbas. Eso va a abrir camino.
Pero cúchame: el ritual lo tienes que hacer tú como tú decidas.
Los dioses de toda la gente no pueden ser los mismos.

Empieza a apuntar en un papel. *Siguaraya hojas de álamo apasote*
Wendy se asoma con el platito de dulce de coco, la expresión de quien no quiere que sepan que estuvo escuchando pero tampoco tiene tiempo ni ganas de disimular.

Ella no tiene bañera tiene ducha nada más. No se puede hacer el baño en su casa.

Se miran Wendy y Cristina.

Mira. Te vamos a preparar el baño aquí. Tú te metes y te estás el rato que necesites. Si luego te quieres echar te preparamos el sofá cama.

La Humana recuerda, no sabe por qué, a Marisa, esa chica del grupo de terapia. Marisa, siempre rotita la pobre, volviendo una y otra vez, cada vez más pequeña, con ese novio que le decía que el coño le sabía mal, que ni beber zumo de naranja la dejaba, porque había leído no sé qué en internet de las mucosas y la eliminación de ácidos. Marisa, sonrojada ante sus propias palabras, contó en terapia que antes de tener ese novio a ella el coño no le olía así. *Pero es que él nunca quería usar preservativo así que me puse el anillo vaginal igual es por eso el olor que notaba en las braguitas.* Porque Marisa era de esas que dicen braguitas en lugar de bragas. La Vieja preguntando qué es el anillo vaginal. Mecha explicándoselo en voz baja. El cuello blanco de Mecha, la vena latiendo, la boca inclinada en el oído de la Vieja. La Humana flota en la bañera y late al ritmo de esa vena. La temperatura del agua ralentiza el pensamiento del dolor, agudiza otro tipo de pensamiento que rebusca en la tierra dura con sus garritas. Piensa la Humana si el mal olor no sería el esperma de él secándose, goteando días después, ya revenido. Si no sería el asco de él, en realidad, un asco inconsciente hacia sí mismo. Y piensa que quizá en algún momento podría volver a la terapia.

En el duermevela de la bañera, la tensión bajando hasta el sótano, sueña que está en una rave. En aquella rave. De la cima de un montículo cercano brota un leve resplandor anunciador. Contaminación lumínica en la que se dibuja la silueta de la Perra. El cuerpo largo, los cuatro palitos, la cabeza plana y puntiaguda, las orejas *trapos suaves horno de pan.* Cima. Sombra en la cúspide de una de esas montañas artificiales que recubren toneladas de basura que nunca se degradará. Cima. *Cima.* Lo dice en voz alta, suena el eco del baño. Las hierbas se mezclan con el agua caliente y la sangre.

Wendy le pone el abrigo, insiste en secarle el pelo, le grita en el viento ensordecedor del aire caliente: *Ella no cobra. No se te ocurra darle dinero. Tú tráele otro día lo que se te ocurra. Algo pa comer. ¿De verdad no te quieres quedar?* Ve en Wendy, ocho años mayor que ella, la determinación de una madre salvadora que quiere alejarla de malas compañías y sufrires. La Humana después del baño es *muñeco de goma nube globo* que se golpea con las esquinas del mundo sin daño ninguno. Pero no tanto como para dejarse caer en esa blandura.

La foto pegada en el centro del folio, el rotulador negro, el pulso que tiembla: SE LLAMA CIMA. *Doscientas copias a color, por favor.* Se deja el final de sus ahorros en un último intento.

Un wasap de una amiga del instituto:

Tía mil años sin saber de ti. No te vemos el pelo por la isla.
Sí, iré pronto. Cómo estás?
Bueno tirando. Mi padre jodido con la quimio pero bueno
Joder lo siento mucho no sabía nada
Nos encontramos el otro día a Enrique el profe también está en trtamiento
Qué. No sabía.
Sí. Pero ese seguro que se salva. Mala hierba nunca muere jajaja. Aunque unas cuantas nos alegraríamos si revienta de una vez

Estupor, silencio. El cerebro de la Humana escarba, no sabe qué busca, pero sí. La amiga antigua —se recuerda vomitando con ella, dadas de la mano, en el carnaval, primero una, después la otra— sabe cómo soltar entero el torrente del pasado. Un wasap más de la amiga la empuja al borde:

Empezando por Gisela

Enrique, Enrique. Enrique detrás del polideportivo dándole de fumar. Niña feral. *La psique de una adolescente es alto voltaje.* Enrique deteniendo la visita al museo para hacerlos observar lo diminuto, el pis de un perro. Su mentor se le achica y se le agranda en la mente, como una bestia en la borrachera de Dumbo. La cara de Enrique muta, se vuelve grotesca. El único que le ofreció unas pautas para la vida. No. El único que le dijo que no había pautas. Enrique la última vez que se vieron, justo antes de irse la Humana a vivir a Madrid: *La vida es la selva. No hay ley. Intenta pasarlo bien.* A ella en aquel momento le pareció demasiado, una bravata lanzada desde la falsa oscuridad. Porque así era su profesor preferido. El caso es que Enrique a veces vivía preocupándose únicamente de pasarlo bien, sin importarle devorar a los que estuviesen por debajo de él en la cadena trófica. Su mujer, flaca de sufrir, los ojos muy azules, girando la cara cuando se encontraba a la Humana en el supermercado. Enrique se tira a Gisela escrito en rojo en la puerta de los baños de chicas. Yo también me lo follaría jaja escrito más abajo, en letra más pequeña. El monstruo de unas pocas, siendo ídolo de tantas, era imposible de derribar. Hay gente que se agarra al pedestal como si se encadenara a un árbol que el ayuntamiento va a cortar. Grita. No quiere. La Humana escucha el estruendo. Enrique siguió siendo su profesor preferido. Gisela llorando, su pelo castaño pegado a la cara de tanta lágrima, su cuerpo diminuto temblando, el esternón casi a la vista. La Humana pasando a su lado en clase de Historia del Arte, sentándose en el extremo opuesto del aula. Gisela desapareció, se fue a otro instituto, y todos se ocuparon bien de no hablar más de ella. Enrique les compraba alcohol, los hacía sentir merecedores de las mejores historias. En cambio Gisela. *Gisela era un coñazo.* Lo dijo la Humana, fumando desdeñosa en la pausa entre Historia y Biología. También ella es ahora mismo una estatua que se derrumba. Escucha su propio estruendo al caer. *¿Qué necesidad hay del demonio cuando basta la persona?*

Cuántas veces se habrá columpiado en ese Parque del Síndrome de Estocolmo Perpetuo. Qué más manos grises quedan por aparecer. Mecha, un día, tras la terapia, desplegando su adicción: *Pero Wendy tú me entiendes. Tú me dices que no sabes por qué lo sigo queriendo pero me entiendes.* Wendy suspirando. *Claro que te entiendo mija. Cómo no te voy a entender si soy de Cuba.* La risa, los dientes blancos de Wendy mostrándose en una carcajada amarga.

La Humana es de esa primera generación sin bautizar, niñas educadas lejos de cualquier espiritualidad. Pero crecen y necesitan algo. No creen en Dios, pero lo echan de menos. Enrique lo sabía. Con la camisa remangada, en el baile de fin de curso, cuando casi todos los profesores se habían ido ya, pero él permanecía, tan borracho como sus alumnos. Un profesor de Latín, Griego y Cultura Clásica como en la grada del anfiteatro, pagando otra ronda de chupitos, gritando: *¡Pan y circo para todos! ¡Y mucho amor para las chicas!* Tiempos en los que la galantería macarra y la broma oscura eran señal de profesor enrollado. La Humana gritaba igual de enfervorecida que todas. En la discoteca, al bajar al baño, vio y no quiso ver. Enrique y Gisela en un abrazo confuso, el cuerpo de ella derrumbado, acorralado, rendido. Y al mismo tiempo tan dispuesto. Gisela tenía un padre borracho, seis hermanos. No hizo la comunión porque se olvidaron de ella, se les fue pasando.

¿Qué buscamos, sino un cuento que salva? La vida, narración pesada y sin sentido. Vaya destello mágico cuando aparecen en ella los elementos del cuento. Lo desdibujado se dibuja. El profesor te mira sólo a ti. El matancero mayor te desvirga en el encinar. La mano enfundada en la bolsa recoge una mierda anónima. El destino te hace encontrarte con el que cagó aquello. Magia. Se te lleva a galope de esa vida tuya que podía volverse gris en cualquier momento. Cómo no creer, si hizo la cama contigo dentro, igual que tu Abuela. Magia. Si creía en todos aquellos cuentos que venerabas en secreto. Si te alimentaba de sirope. Destino. Una sombra cruza el cuento, se posa lentamente sobre tu amor ferviente y lo asfixia. Él —esto puede descubrirse al final del cuento, pero también a la mitad, o casi al principio— ha llegado a robarte poderes que ni sabes que tienes. Y, como tienes el pecho abierto, el organismo entero domado como un mono con chaleco de terciopelo, es tan fácil alargar la mano, agarrar, apretar, tirar hacia fuera, devorarse tus lentejas.

Pero cúchame: el ritual lo tienes que hacer tú como tú decidas.

A los veinte años, el jefe de la primera agencia en la que hizo prácticas de verano le dijo que le iba a enseñar a poner la alarma, y cuando ella se acercó a la pared para pulsar los botones, él se colocó detrás de ella, muy cerca, clavándole en el culo su erección blanda de borracho. Ella huyó torpe, avergonzada, sin quejarse. No le dijo nada a nadie. A las semanas, le echó leche por el hueco del salpicadero del coche. La leche se reparte por los conductos de aire acondicionado, después se pudre y apesta.

Escupía cada noche en el felpudo de aquel vecino que llamaba al timbre para reñirle por pisar demasiado fuerte, que disfrutaba de tenerla siempre un poco atemorizada.

Mientras la despedían de su primer trabajo, decidió apretar. Sabía que, si lo hacía con fuerza, la sangre desbordaría los límites, saldría en oleada más allá del ala de la compresa, y empaparía obediente el pantalón, traspasándolo y mordiendo el tapizado de la silla ergonómica que le habían traído a su jefa desde Suecia.

Por la noche sale a pegar carteles y a mear por todo el barrio. Peina el parque, los barrios cercanos, pis cartel pis cartel pis cartel pis cartel pis cartel. Mea y pega hasta casi llegar a la Casa de Campo. Cuando se le van las ganas, se compra una botella de agua de dos litros, se la bebe con

281

voluntad de domesticación, obligándose, hasta que le duele le barriga. Por cada cartel, un pis que escribe en el suelo helado VEN CIMA VEN. Aunque sean unas gotas. Por cada pis, un cartel que grita en letras negras fotocopiadas SE BUSCA SE LLAMA CIMA LLAMAR AL. La orina caliente, mezclada con gotas de sangre de esa regla en sus últimos días, escribe un mensaje que lo aleja a él, que la acerca a ella. A veces no tiene ganas de mear ya, aprieta y no sale nada, así que pega sólo el cartel. En la oscuridad le es fácil ocultarse o esperar con paciencia a que no pase nadie. De madrugada deja de disimular. Unas adolescentes que comen pipas la observan con la curiosidad divertida con la que se espía a las locas. Cuánto tardarían en un pueblo en decir *esa bisnieta del Buenagüero que tiene problemas de disminuida mental.*

Llega a casa a las cinco de la mañana, agotada de andar, los muslos rozados de tanto bajar y subir pantalón y braga. El culo helado. Mecha levanta la mano que prende la manta. La cama se abre como una boca salada y se traga a la Humana. Mecha tiene el rostro abandonado de las pastillas, los ojos entornados. Susurra. *Vas a ver que aparece.* La abraza, le besa la frente, el pelo. La Humana intenta dormirse, pero no puede perder la consciencia con ese otro cuerpo tan cerca, esa mano que le acaricia el pelo, que empieza a hablar, la voz aclarándose, alzándose en un cuento que hace abrir los ojos más y más. *En mi pueblo. Bueno no en mi pueblo sino en uno cerca. Me estoy acordando ahora.* Se emociona Mecha, entre la nostalgia y el horror, mientras le cuenta la historia de tres chavales que se pasaban mucho drogándose, e iban de bar en bar, hasta arriba de todo, a la hora de las cañas. *Todo el mundo los vio, yo no estaba pero me contaron.* Agarrados por los hombros, tres camaradas del desastre liándola allá donde fueran. *En los últimos bares de la calle uno ya andaba medio esmayao que lo dejaron tirado en un sofá del bar.* Se tomaron un par y lo volvieron a agarrar para llevarlo al siguiente, *al chico le iban arrastrando los pies como un muñequito. La Mari lo vio y decía: ese niño no está bien.* Derrengado en un rincón, *le servían una doble al lado por si le daba gana.* Y así un bar, y el penúltimo y el último. Al amigo baldado no había quien lo despertara *y los otros ya estaban de retirada.* Se lo llevaron a la madre, *se lo dejaron ahí tiradito en la escalera de la casa.* Y resulta que el muchacho llevaba horas y horas muerto, que lo habían llevado de fiesta muerto la mitad de la noche. *Lo dijeron luego en la autopsia esa.*

Mecha dice tres chicos del pueblo, pero la Humana lleva mucha amiga en el lomo, bien de confesiones de adolescencia en la grabadora, mucha colega que lo deja con su novio pero en cuanto él le vuelve a escribir y *chichi pecsicola* no puede parar de hablar de él. Reconoce ese venenito metido por las grietas del cuento. Sabe que uno de los dos que arrastraron al muerto era el Briones. Es que lo sabe. Cómo se conoce esa excusa de niñata enamorada que pronuncia en voz alta un cuento que en realidad es una especie de porno romántico que se fabrica para sí. Una vez, con un ataque de pánico en urgencias, vio a una mujer agarrar a su bebé congestionado, pegar la boca a su nariz diminuta y sorberle los mocos con fuerza. Después los escupió en un pañuelo. El bebé pudo respirar y dejó de llorar al instante. Cómo podría sacarle a Mecha esa flema atascada en el organismo entero.

Briones: guapo, brazos enormes, guiñándole un ojo a Mecha. *Qué pasa moza.* Briones apretándole la cara contra el suelo. *¿Dónde coño estabas?* Briones follándosela mientras Mecha llora. Mecha corriéndose. *Pero ya sabes no es tan fácil las cosas se sienten mezcladas.* Y es verdad.

Yo
te sigo queriendo.

¿A qué juego de las prendas quiere jugar el Predicador, si ella ya no tiene ni una mala prenda de la que despojarse?

¿Y por qué escribe esos mails así, como un poema cutre? Darse cuenta por primera vez de esa ridiculez suya la ayuda a no ceder ni un milímetro. Sabe que necesita un buen muro de contención para no desmayarse y caer, responder, ir a donde él esté. Es posible que ese beso que Mecha le da en la boca ahora mismo sea, como el potaje de cuaresma, una forma de matar los nervios, pero es un beso, lo da ella, y es un buen muro protector de las palabras del Predicador. Se enredan las lenguas un momento, se aferran la una a la otra hasta que Mecha, poco a poco, se va quedando dormida de nuevo. Es el juntarse natural de dos cuerpos que coinciden en un espacio reducido, que buscan agarrarse a cualquier lado para no tomar el mal camino. La Humana se queda despierta, colgando con una sola mano de ese asomo de deseo. Lo palpa como en un trastero, adivinando las formas de un mueble muy querido bajo la sábana polvorienta.

La última frase que le escuchó a la Abuela fue un fogonazo de falsa memoria. Había muerto Lady Di. Veían en la tele el reportaje del entierro y la vida glorificada. Apareció una foto de Dodi Al-Fayed. La Abuela, callada en los últimos meses, perdida en ordenar la casa desordenándola, señaló la pantalla. *Ay cuánto me hizo disfrutar a mí ese hombre.* Tono provocativo, suspiro de una gata en celo prendida en la fantasía. La Humana no fue capaz de mirar al Abuelo. Tampoco a la Abuela. Dejó los ojos fijos en la pantalla mientras sentía la sangre subiendo a la cara. Se le encogió el alma al pensar en ese cuerpo aprisionado en sí mismo toda la vida. No mucho tiempo antes, el Abuelo le había ofrecido un cigarro —*ya sé que fumas no pasa nada pero a tu amiga más le valdría que se cuidara el asma*— y fue ahí, de noche en la terraza, rememorando bodas, fiestas y nacimientos, cuando le soltó esa confidencia que le venía enorme a sus trece años. *Con mi mujer toda la vida cada vez que nos encamábamos era como la primera vez.* No era el tono soñador del enamorado, sino la tristeza derrotada de una persona que ha vivido con resignación junto a una esposa llena de miedos, dolores y luces apagadas. Pero en la mente casi fundida a negro de la Abuela, frente a la foto de Al-Fayed, había surgido esa chispa de fantasía. Quizá había existido desde siempre, sumergida en las profundidades por vete a saber cuánto plomo. Fue el último cuento.

La despierta el timbre del teléfono a máximo volumen. Fuera ya es de día. Al descolgar escucha una voz que se entrecorta en un túnel de ladridos. *Espera, que salgo.* El sonido se aclara. *Perdona que he tenido que salir fuera. Mira te llamo de la protectora Suave Lomito. Nos trajeron anoche a una perra que tiene una chapa con este teléfono.*

En el taxi fulgurante que la lleva hasta la protectora, respira el aire como si se lo hubiesen puesto sólo para ella, mira las caras de la gente y le parece toda guapísima. Se asombra ante ese destino que se ha torcido para bien y la alumbra con un foco. Se ve desde fuera, la nariz asomada por el hueco de la ventanilla, feliz como una perra de aguas, THE END recortado en rojo sobre su rostro lanudo. *Pero tú sabes que los cuentos pueden seguir y terminar como a ti te dé la gana, ¿verdad?* La Madre, cuando la veía llegar tras el verano, más alta, más rubia y absolutamente carcomida por los cuentos —imposible dormir sin pensar en *el castillo quemado las manos grises los hombres peleando el dedo por el culo el gato negro enorme enorme*— le decía *ese es el final del cuento porque tu abuela corta ahí y para de contar. Pero tú sabes que los cuentos siguen, ¿no? Puede haber otro final después de ese final.* Era la única forma de que la Humana recobrase el sueño y empezase el colegio con la cabeza en su sitio. Nuevos finales: las manos grises rebrotaban de debajo de la cama para devolver a la muchacha al mundo de los vivos, a los brazos aterrados de su marido. El gato enorme era un gato normal que paseaba por el pueblo, pasando junto a las niñas malas como si nada. El castillo quemado se reconstruía, pese a la maldición.

La Abuela también contaba la vida de la Madre como un cuento truncado. *Él se iba a casar con mi hija se la llevó a las Canarias a vivir pero se cansó y se fue. Y ahí sigue en esa isla con la niña que no sé por qué se ha quedao ahí mi hija la verdad.* Su madre, según la Abuela, Ariadna anhelante. Su madre Teseo, piensa la Humana ahora. Alguien desesperado por buscar y derrotar. Sangre cazadora, no azúcares, comida cruda, búsqueda desaforada de La Verdad del propio organismo, de la solución de algo —estar viva— que no tiene más solución que la muerte.

La chica de la protectora es joven, con ojos grandes. Pero, sobre todo, está cansada. La mira desafiante. Duelo de ojeras con ladridos de fondo. *Tú me entiendes que no me puedo fiar de ti si la has tenido todo este tiempo sin microchip sin esterilizar y la dejas sin correa justo cuando está por tener el celo. Tú lo entiendes.* Está tan agotada que ni siquiera es capaz de formular el tono de interrogación, y aquello queda como una afirmación. *Sí*, dice la Humana, con la sangre helada, el corazón que hasta ahora brincaba detenido de un topetazo con la realidad. Algo le rumia las tetas cuando escucha, lejos pero ahí mismo, el ladrido de Cima. *Claro que te entiendo.* La Humana lo ha visto en las redes sociales de la protectora: esa chica lidia con la vida de miles de perros cada día, consigue donaciones para castrar a las colonias de gatos de tal o cual barrio, una vez viajó en coche durante seis horas sosteniendo la mandíbula partida de un pastor belga mientras este gritaba de dolor e intentaba defenderse mordiéndola con su boca rota. Ha visto a perros quemados, golpeados, atropellados aposta. Cuidó durante un mes y recaudó dinero para la operación de una bulldog francesa con prolapso vaginal que había vivido cuatro años encerrada, obligada a criar camada tras camada. En su cuerpo enjuto no hay un solo gramo de grasa de un animal que no sea ella misma. Pero a la Humana no la ve. Cómo explicarle que ha estado perdida en cuentos mágicos, pero que ahora siente que palpa la realidad, que va a ser práctica por amor. Las palabras que se dice la Humana a sí misma —*eres estúpida cómo no la vacunaste le pusiste un microchip es que no sabes hacer nada a derechas*— suenan al marido de la Vieja insultándola cuando los médicos no miran.

Maldice esa sucesión de finales que nunca son definitivos. En la calle hay dos hombres de mono azul que cambian la iluminación de Navidad. El intento de poner adornos navideños que puedan acoger a todas las religiones ha levantado protestas en algunas partes de la ciudad. Lo ha leído en internet: *Descontento entre los vecinos del sur de Madrid: «A las hadas de la decoración navideña se les nota un pezón».* Respira hondo el aire frío. Es un suspiro, un alto en el viaje del héroe, de la heroína. Un nudo que se anuda y se anuda y se anuda sin desenlace posible. Tiene una semana para reunir el dinero, hacer el ingreso y, entonces ya sí, pasar a buscar a una Cima castrada, registrada, con el chip de identificación alojado bajo la piel del lomo. Recupera el mail de hace semanas: premios anuales a las ONG. *Nos gustaría poder contar contigo en las charlas de jóvenes creativos que tendrán lugar en las Torres Kio de Madrid.* Le parece casi mágico, se ríe de esa buena suerte. Es igual a cuatrocientos sesentaiséis euros con cuarenta, que cubren la esterilización de perra de más de veinte kilos con cirugía de abordaje reducido más puntos internos absorbibles. Responde con un frenesí laboral antiguo. *Estaré encantada de.*

Le colgará la reliquia de san Juan Silenciero. Dirá su nombre todas las veces que haga falta. Su capricho de humana enamorada de la tataranieta de la loba que se detuvo a comer huesos en la entrada de una cueva y entró a por más, su capricho de despertar y ver *esa cara ese hocico esa voluntad de pan anchoas y sal* es más fuerte que sus teorías

287

de mujer que huye de la domesticación porque la sufrió en su propia carne de animal. Estará encantada de ser una señora que pregona su atadura, que le cuenta a cualquiera en el parque *la quiero más que a mi vida si la tiras por la ventana yo voy detrás*. Es imposible arreglar una existencia llena de tropezones y convertirla en una crema fluida y clara que todos puedan comprender. Pero sí se puede agarrar la vida rota de un perro y restaurarla, volverla sencilla, andar a su lado para intentar copiarla.

Le nace la energía de cuando algo apremia. Se enreda en los rituales del por si acaso, como si se convirtiese a varias religiones porque alguna, por probabilidad, tiene que funcionar. Escribe el nombre de la perra en la tierra del parque con el pie. Más tarde entra en un bar, se pide una caña, se la bebe de un trago. Pide otra, se la bebe de otro trago. Y una tercera. En el baño del bar, toma la última sangre que arroja su cuerpo, ese caldo de hierro color marrón, y escribe CIMA en su brazo.

La sobrepasa la energía de cuando algo apremia. Una fuerza entre la rabia, la euforia y una borrachera incipiente la llevan caminando a casa. En el último tramo, le llega al móvil el aviso de nuevo vídeo en el canal de Cielo Medina. *Ritual de sanación de las raíces para una navidad en paz. Para sanar heridas familiares debemos.* Cielo Medina anima a regar las plantas o un árbol con sangre menstrual. *Recuperaremos el contacto con la tierra de nuestras antepasadas, el conocimiento sobre sus cuerpos que nuestras abuelas tenían y que nosotras hemos perdido.* En el vídeo sale Cielo hablando en plano medio y una animación en la que un cuenco lleno de algo color rosa intenso se derrama en las raíces de un arbolito del que brotan tres hojas verdes. *Somos nietas de las brujas que no pudieron quemar*, dice Cielo. La Humana entiende que Cielo tiene que hacer cosas así para mantener una clientela de seguidoras formada por jóvenes desorientadas, encantadas de abrazar muy fuerte un cuento que les cuente alguien con el suficiente magnetismo, pero no puede aguantarse.

Abre el foro de comentarios, sigue caminando a paso firme, camina camina camina y habla al dictado de voz del móvil, que va escribiendo lo que ella dice. Ve correr solas sus palabras por la pantalla blanca como hormiguitas obedientes. Habla habla habla mirando al frente, como arrastrada por un animal, las manos *atadas envuelta toda ella en un engrudo las certezas quedándose pegadas a su cuerpo* a medida que avanza en lo que dice. Le da igual que la escuche la gente que pasa a su lado. No puede terminar porque el corazón le late enloquecido, todo le da vueltas, tiene que sentarse en el bordillo de la acera. Lee lo que ha dictado.

Regar plantas con la regla pues guay pero decir que es un ritual que da nosequé se poder estupidez. Mis ancestros mis bisabuelos vivía en un pueblo que no era ni pueblo Una vez mi bisabuela trabajando la tierra sintió Dolores parió un niño muerto y siguió trabajando. hay veces ni se enteraba de que estaba embarazada así que fíjate que conection con su cuerpo. Cuando sus hijas empezaron a tener las regla su mayor preocupación era que les siguiera viniendo cada mes porque sabes quien si que era brujo mi bisabuels decían se trans formaba en gato La gente le tenía miedo controlaba las tierraslas lluvias y lo que le daba la garra Te parece que esto de nuestras ancestras será estar conectadas con la tierra y su cuerpo la hermana de mi Abuela se volvió loca no soy nieta de bruj soy nieta de unas anecestras que ni siquiera sabían que se podían enfadar y seguían respetando hacían lo que podían

No lo envía. No sabe si es verdad. Es un cuento.

Un cuento posible que ahí, sentada en el bordillo, vuelve a leer un poco asombrada.

En casa, la maleta verde está abierta sobre la cama, con algo de ropa dentro. Mecha no dice hola, sólo se sobresalta. Dobla la ropa de cualquier manera, como si escapara de alguien, con el gesto insolente, casi ofendido, de quien sabe que ha sido pillada en falta, haciendo algo mal, pero tiene que defenderlo como sea. Como una loca en un motel de carretera. *¿Qué coño es esto? ¿Qué haces?* ¿Es eso que siente el vuelco al pecho del hombre que mira dentro de los armarios y bajo la cama porque está seguro de que ella miente, que piensa escapar, el novio adolescente que espera debajo de casa, por fuera de clase, que la controla porque sabe que en cuanto aparte la vista ella desaparecerá? Le sorprende su propia voz destemplada gritando, enfadándose. Discuten repitiendo las mismas frases. *¿Y qué hago? ¿Me quedo toda la vida aquí contigo encerradas en esta casa?* Se gritan mientras Mecha hace la maleta cada vez peor, cada prenda hecha un higo. Se persiguen discutiendo por la casa, la Humana tras Mecha, Mecha en busca del neceser, las planchas del pelo. Entre grito y grito, Mecha enchufa las planchas, se alisa con furia la melena ya planchada. La pelea es una coreografía en la que el cuerpo no se detiene y la canción es un estribillo que se repite con pocas variaciones. Al final las palabras de una son solamente un cojín para asfixiar las palabras de la otra. No se escuchan. Mecha agita sus razones. La Humana aprieta los dientes, ordena los cacharros de cocina puestos a secar en la encimera mientras siente el aliento furioso de Mecha a su lado. La mira enfurecida y suelta el último cartucho, fingiendo una serenidad que es toda despecho. *Sabes a lo que vas, ¿no? Te va a matar como a una cerda.* Mecha la mira escandalizada, como si hubiese manchado el honor de su marido. La Humana ve los agujeros de la nariz dilatados, los ojos en llamas. Acorralada. Mecha, sus manos grandes de uñas color pastel que se acercan. Esa manicura es nueva. Es lo último que piensa la Humana antes de recibir el empujón, antes de agarrarse a la olla grande y arrastrarla con toda la fuerza, tirando de paso un par de sartenes. En el metal brillante, el reflejo de la cocina, de sus figuras deformadas,

Mecha como una mancha inmensa en tonos rosas y negros. En ese espejo, su coleta alta y larga se derrite como un alga de pantano. Después de hacerlo, la Humana no da crédito. Las pocas peleas que ha tenido en la vida real siempre han sido como en los sueños: cada puñetazo volviéndose algodón, la rabia escalando de forma inversamente proporcional a la fuerza. Lo de ahora ha sido firme e intencionado. La olla grande, recién fregada, lanzada sobre el pie de Mecha. El ruido de una sola campanada que llama a dolor.

En urgencias se miran por primera vez después del golpe. En el pasillo contiguo, una señora transida de dolor dice *Arráncame la cabeza diosito por favor*. Un ciclista con la cara tumefacta y un costado sangrante abraza su bici medio doblada, sin una rueda. El rostro de Mecha se endurece un instante antes de romperse. Parece que llora, pero no, o no solamente. Se ríe. *Mira esos dedos que parecen ratones disfrazados.* Su pie, negro y azul, muy hinchado bajo la bolsa de hielo, asfixia unos deditos diminutos, coquetos, con uñas color pastel. Mecha le agarra la mano, entrelaza los dedos con los suyos, se la besa.

En un foro sobre adiestramiento canino:

CAROLAFDEZ: hola buenas yo quería comentar que lo paso muy mal riñendo a mi Camilo y el adiestrador nos ha dicho que si hace algo malo lo agarramos del pellejos del cuello. Es un cachorro de labrador muy noble pero revoltoso como es cachorro es natural. Lo castigo mas tarde se me pasa el enojo y le voy a dar besitos pero no se si será bueno para el
BRUNOTHEDOG: es normal que te cueste reprender a tu perro pero es necesario. Mucha gente cree que si los castiga el perro no los querrá. Y esto es es absolutamente al contrario. El perro desarrolla más apego hacia la persona que le reprende y le pone límites.

Quiero ir a casa con mi padre. La Abuela descalza en el descansillo. La Humana la agarró del brazo para intentar devolverla a casa, ella apartó el brazo, retrayéndose como una niña pequeña. Tono de niña orgullosa. *Si me haces daño le voy a decir a mi padre.* Hizo el gesto de echar unas cartas. *Él te hace así así y así y te lo dice todo.* Respeto y orgullo en sus ojos redondos de vieja vuelta niña. Un chispazo parecido prendiendo en la mente de la Humana, que, sin llegar a escribirlo, lo ha pensado un par de veces en los últimos días, escribiendo en su cabeza un mail al Predicador que dice: *Tú eres el único que me conoce. Tú eres el único que puede ayudarme.* Hay un miedo que hace caminar de nuevo hacia el miedo. Excepto cuando a una le han tirado una olla en el pie y tiene que estar una semana en reposo con el pie en alto e ibuprofeno de seiscientos miligramos cada seis horas.

Possessor, en inglés, las eses múltiples silbando como una sierpe, es la persona que es dueña de algo o tiene una cualidad especial. También quien toma, ocupa o mantiene bajo su poder algo o a alguien sin ser necesariamente dueño de ello.

Una de las marcas de transparencia del evento de las ONG, la señal de confianza plena en el otro, en ese pavoneo falso de bondad-rebeldía-riesgo que la Humana tan bien recuerda de sus tiempos trabajando en publicidad, es que pagan la misma mañana de la charla, antes de que la actividad tenga lugar. Lo decían en el mail, y la aplicación del banco tintinea en el móvil, indicando un ingreso. Es decir, que ahora mismo la Humana podría darse media vuelta y avanzar con los pasos largos de una podenca por la moqueta gris de la planta diecisiete de las torres KIO, meterse en uno de los ascensores y pulsar rápido el botón de cierre de puertas como en una película de persecución. Pero no sabe casi nada de avanzar, de moverse, y sí mucho de quedarse agazapada mientras los acontecimientos le pasan por encima.

Tiene los reflejos justos para esconderse en el baño a hacer la transferencia a la protectora, ansiosa, pulsando los botones antes de tiempo, equivocándose en el número secreto, la tarjeta de coordenadas entre sus dedos sudorosos, antes de que llegue su turno.

En el estrado, la Humana. PowerPoint. Diapositiva 1: TRANSPARENCIA en letras negras sobre fondo blanco. Diapositiva 2: la foto del tulipán cerrado, rosa y turgente, ofreciéndose en cazoleta, poniéndose casi horizontal, para toda aquella bestia que quiera *olerlo lamerlo ensartarlo*. La gente mira hacia la pantalla. Ni siquiera un rumor de confusión la abriga. La Humana siente que el estupor es atroz, mucho mayor del que había imaginado. El humor es una playa nueva, hay nuevas corrientes de mar, no sabe hasta dónde se puede nadar. Pero piensa en el ladrido de Cima, allá en el chenil de la protectora, y continúa. *Me invitaron a hablar de transparencia y yo quiero ser transparente. Quiero contarles en qué invertiré los cuatrocientos sesentaiséis euros con sesenta que cobraré por esta charla. Esto que ven en pantalla es el coño de mi perra en celo. Con los cuatrocientos sesentaiséis euros con sesenta de la charla pagaré su esterilización.* Le patina la última ce, se le cuela el antiguo seseo isleño. Hay un rumor leve, una tos. Suda a litros, siente que la camiseta negra de cuello vuelto y la chaqueta vintage, prendas de una vida anterior, no pueden ocultar las deformidades que le ha hecho la vida. La gente es una masa borrosa, no consigue leer los gestos. Entonces alguien ríe. Es una risa que parece real, incontenible. Antes de que comience la charla propiamente dicha, la risa cálida del público le cruje alrededor, le sopla el sudor, la hace seguir sin darse cuenta de que sigue.

Piensa cada paso por el estrado como la construcción de una campaña de sí misma para sí misma, haciendo el esfuerzo de venderse bien, creérselo, enderezar los hombros. Durante unos años fue capaz de convencer a la gente de cualquier cosa absurda. Incluso antes de trabajar en publicidad, vendió seguros de vida por teléfono. Su nombre escrito en el ranking de los diez mejores vendedores de seguros. Mucho antes, aterida de frío en las noches de invierno de la ciudad, convencía a la gente para que entrase a una discoteca inmunda y se tomase un chupito gratis. Se mira a sí misma a lo lejos, en el pasado, sorprendida de haber sido esa persona.

En el cóctel de después está Mario, está Clema, está Marijose, que también ha dado una charla. Antiguos compañeros de distintas agencias. Con Clema se besó una vez, sólo un momento, en la confusión de la fiesta de una entrega de premios. A Mario le falta un dedo, y la Humana se descubre varias veces mirando sin disimulo. Tuvo un accidente en un rodaje con vacas, todo el mundo lo comentó durante unas semanas, hubo incluso una campaña de boicot a la marca de leche porque se negaban a pagar la indemnización. La Humana estuvo a punto de escribirle, pero no habría sabido cómo hacerlo desde el cuarto bajo de la casa de piedra. Mario lleva el pelo rapado por los lados, una camiseta de gasa negra bajo la que se ve un tatuaje tembloroso, feroz, que cruza el pecho: INVERTIDA. Se les acerca Clema. Su americana con hombreras la convierte en un triángulo isósceles hermosísimo, los labios pintados de azul oscuro. La Humana se siente desacompasada, como una incapaz vestida por su madre. Se toca el pelo, pero no es así como se arregla. Visto el nivel de excentricidad, le alegra tener el asidero del coño de su perra en pantalla hace media hora escasa. *Tía me ha encantado.* Clema lo dice de verdad. La mira con una timidez curiosa. *Estabas viviendo fuera, ¿no? Jo tía qué bonita tu casa. Me flipaban las fotos que colgabas. Esa hiedra. Y el río. Tenías que ser superfeliz allí.* Cuando subía esas fotos a redes, ella misma también se las creía.

Ojalá eso que intenta que sea una sonrisa luzca como una sonrisa. Se oye a sí misma como desde lejos, explicando algo, haciendo un chiste. Todos toman vino orgánico y refrescos de jengibre, picotean sus chips de boniato, no hay un solo fleco suelto del que agarrar, tirar y deshacer la alfombra. También ella se muestra compacta, entera. Sólo a ratos piensa en el pie de Mecha, ya casi curado, en los pies de Mecha que pueden alejarse en cualquier momento, arrastrando la maleta verde.

En un momento dado, participando en esa conversación que es una escalera que sube y baja, cuenta que está escribiendo un libro. No sabe por qué lo dice, pero lo dice. *¿Una novela?* Lo pregunta Clema, dientes separados manchados de azul. La Humana hace el gesto de *algo así, más o menos*, con modestia, pero termina diciendo que sí. *Te pega muchísimo escribir una novela.* La Humana sonríe, creyendo por un momento que de veras ha escrito un libro. Hablar es un poco como postear en redes sociales: las frases se vuelven materia y pueden llenar el alma de verdad. Ahora sus palabras construyen un libro que, si existió alguna vez, ya no existe.

Hace ocho meses, cuando huyó del campo y volvió a la ciudad, había días en los que habría hecho cualquier cosa por desandar sus pasos y volver con la cabeza gacha a encajar en el mundo del Predicador. Había un perro guardián en las obras de Las Aguas que tiraba y tiraba, fiero, bestial, ladrando como un cancerbero. Los niños se acercaban disfrutando del terror. Un día, en uno de los tirones, la cadena se rompió. Silencio sepulcral, la mano de Piti apretando su brazo. Entonces el perro empezó a lloriquear. Se volvía hacia la atadura rota, temblando. No sabía vivir suelto, el cambio de las dimensiones del mundo lo aterraba. En aquel momento, casi recién llegada a la ciudad, había días en los que la Humana era capaz de cualquier cosa con tal de encadenarse de nuevo. Por ejemplo, darle la razón a Daniel: botón derecho sobre el Word de su libro, trasladar documento a la papelera. Vaciar papelera. Ese ruido como de un papel rasgándose. Después alquiló un coche, condujo ocho horas para volver a la casa de piedra. *He borrado el libro.* Él la recibió con el gesto del que ha ganado, gesto sereno, porque ya sabía que iba a ganar. Se encerraron en la habitación mientras los demás, en el salón, comían arroz de una sartén. Folló una vez más con él. Horror, dolor, fingirlo todo. Después se quedó tendida en la cama, helada de frío. Él fumaba. De un momento a otro le dictaría las claves, los cimientos de ese nuevo libro que él había visto en su viaje de dmt. Pero callaba y fumaba. La Humana pensó: *Me voy a morir. Si sigo con él me voy a morir.* Las terminaciones nerviosas dormidas chisporrotearon, le gritaron hasta levantarla, vestirla, hacerla caminar. *No quiero volver a verte nunca más.* Eso lo pronunció ya en el coche, dicho al vacío, como quien se toma un jarabe agrio con obediencia, sabiendo que es lo que debe hacer para curarse. A él sólo le dijo que iba fuera un momento a por agua.

Vuelve con Mario y Clema en un taxi. Se llevan cada uno dos botellas de vino orgánico del catering. Clema se baja la primera. *Tía, escríbeme y nos vemos un día.* Junto a la autopista, una valla publicitaria un poco gastada. Un prado, unas vacas. La marca de leche del anuncio, la del boicot. Mario señala el cartel. *Esa vaca,* dice. Está borracho, finge un tono violento, amenazante, pero se le escapa la risa. Sus ojos brillantes se ríen antes que su boca. *Esa vaca fue.* Salió de su pueblo a comerse el mundo, como todos, y el mundo ya le ha comido un dedo. Pero es hermoso verlo reír así, bailar con lo que le ha tocado. Después mira a la Humana, le hace el truco infantil del dedo cortado que se completa, pero sin necesidad de doblar el dedo. La Humana se ríe, se ríe de verdad. Al llegar a su barrio, Mario se despide y sale al frío con el abrigo largo ondeando como una capa. Antes de que el taxi arranque, se acerca a la ventanilla abierta, hace el gesto de robarle la nariz a la Humana, pero entre sus dedos no hay nada que simule ser nariz, sólo su muñón cercenado. Lo mira con cara de sorpresa, frunce el ceño, mira a la Humana como culpándola de seguir teniendo la nariz puesta, el taxi se aleja se aleja se aleja mientras ella ríe sin parar.

Mecha espera en su nube de humo, la tele encendida, el pie en alto. En el empeine aún hay un hematoma multicolor, pero la hinchazón ha bajado casi por completo. La mira. *¿Por qué no te quedas así? Estás guapísima.* Cuando salió de casa por la mañana, Mecha aún dormía. Agradeció la tranquilidad de poder ir vestida y maquillada de cualquier forma, sin una voz juzgando, señalando desde su reposo cada detalle disonante. Entiende que su belleza, más que de la chaqueta o los ojos pintados, viene del vino, la risa, la transferencia hecha, Cima en sus brazos mañana, el haber sido capaz, el fingir normalidad aunque fuera mentira. Camina hasta el sofá, se sienta junto a Mecha. Es la primera vez que no se siente una niña tímida y torpe a su lado, y le duele darse cuenta de que ese poder viene de una mirada desde arriba. El haber dado un par de pasos de camino a la resolución, esa energía nueva que siente la hacen enraizarse en sí misma. Mecha no le pregunta cómo ha ido la charla. Sonríe y fuma, con la mirada perdida en algo de adentro, como si esta incursión de la Humana en su antigua vida la dejase demasiado fuera. Señala la tele. *No has salido todavía. La tengo encendida por si te veía.* Desde la organización del evento les dijeron que algunos minutos del evento saldrían en los informativos de la noche, en esos minutos de relleno en los que se intentan ofrecer muestras que hagan pensar que el mundo marcha hacia algún lado, que el ser humano hace y construye para bien. *Igual ni lo ponen. Pero a mí ni se me va a ver, ¿eh? Que éramos muchos.* La Humana saca de la bolsa las dos botellas de vino, descorcha una, se sirve una copa y otra a su prisionera.

Sí que lo sacan. Y bien largo, además. *La entrega de premios a las ONG ha tenido lugar esta mañana en Madrid.*

Se la ve unos instantes, en medio de una frase en la que cuenta, toda transparencia y verdad, cómo la campaña de Tom Skäl se volvió contra ella. Después sale Marijose, un pedazo de su charla sobre cómo el movimiento del 15M cambió su carrera de estudiante de marketing y la encaminó a la publicidad enfocada a proyectos sociales. Y por ilustrar, sobre la voz en off de Marijose ponen imágenes del 15M. La Humana pega un bote, detiene el cacareo de Mecha. En esas imágenes antiguas de archivo sale ella, la Humana de veintiséis años sentada con otra gente junto a las tiendas de campaña de Sol. El ceño fruncido, los mofletes de cachorro. En el siguiente plano aparece otro grupo de gente, este más numeroso, y en un tercer plano terrorífico, un poco alejado, con las manos en los bolsillos, el Predicador. Lampiño, joven, más flaco, sin músculo, con el pelo rubio muy largo. Ahí no se conocían, faltaban aún años para que se encontraran. La Humana siente que su cuerpo se desmaya con ese mazazo: la evidencia de que el destino es ineludible, insorteable, feroz, que estaban llamados a encontrarse. Que, por mucho que escape, el universo no parará de lanzarle perdigones hasta que se doblegue a él.

Mecha la mira divertida, sin saber nada, mientras el cerebro borracho de la Humana viaja cuesta abajo hacia un agujero. Mecha está entusiasmada. *Que has salido. Qué fuerte. Mírate ahí toda pequeñita tan enfadada. Hecha un obelisco.* No le dice que se dice basilisco, no le dice nada, porque, como siempre, tiene razón en su error. A los veintiséis era un pilar bien firme de hormigón y ahora es sólo un charco. Está pálida, muda. El vino ralentiza el efecto del miedo. No puede caer ahora. No puede detenerse. Necesita un ritual letal que desenmarañe cualquier lazo. Habla. *Muy fuerte. Es muy fuerte. ¿Me has visto? Qué casualidad.* El vino le nubla el miedo, la deja acercarse a Mecha, acercarse más, darle un beso. Darle otro.

A Mecha no le gustan las mujeres, lo ha dicho mil veces con la risilla y la vergüenza de quien quiere mirar y no se atreve, de la que besa y después recula, de quien a la mañana siguiente no vuelve a mencionar el tema. *No claro Mecha pero es que a ti no te gustan ni los hombres ni las mujeres a ti sólo te gusta una persona.* La Humana ha clavado mil veces ese puñalito. Pero, en cualquier caso, lo que pasa esta noche no es cuestión de preferencias o gustos, sino de cuerpos que llevan a cabo un ritual, cada uno el suyo, porque *el ritual lo tienes que hacer como tú decidas siguaraya hoja de álamo apasote las lenguas y los cuerpos acompasados como si el ritual y la magia fueran la misma.* La Humana evade el tatuaje, la lengua circunda esa be de Briones sobre el pecho izquierdo. Después ya sí pasa la lengua por encima, pero cierra los ojos, como quitando la vista de un coche que se abalanza sobre ella. Es mejor no mirar ni pensar, sólo *lamer besar comer meter.* Mira cómo Mecha cierra los ojos y ruega que sea placer, y no su mente intentando arrastrar al puto Briones a la palestra de la fantasía.

La Humana quiere tragarse el cuerpo de Mecha, todo escrito de marcas, estrías, la cicatriz que le cruza un costado, las vértebras salientes. El cuerpo de la Humana huye de los refrotes y las posturas seguras de su vida anterior, se mueve como un animal distinto del que era antes. Siente que la ronda La Fuerza. Pero en el último momento se resguarda. Teme que La Fuerza llegue generada por alguien que nunca la corresponderá. Le dice a Mecha que pare, pese a que se lo está haciendo bien, pese a que siente que se deshace en sus dedos y su lengua. La Humana se aleja de la cama, la mira. Tiene ahí delante, a dos pasos, las tetas de Mecha, su cuerpo entero, pero cierra los ojos y piensa en sus propias tetas enormes. La Fuerza la golpea como la bofetada en el culo a un recién nacido. Arranca a respirar.

Mecha la mira con una cara que no es de Mecha. Quizá sí de una Mecha antigua, llena de vida, justo antes de ir al encinar. Le dice *rápido rápido rápido ven.* Le lleva la mano a su coño, le mete los dedos dentro. La Humana sabe que no es cierto porque el cuerpo de Mecha no se abre y se cierra en torno a sus dedos, no hay ningún espasmo, y la mezcla de placer y desconcierto en la mirada es la misma máscara que la de los días en los que Briones le escribía sin que ella dijese ni mu. Un rímel puesto tantas veces que deja de ser bello y pregona el artificio. Un rímel aplicado como acto de amor. Casi podría delimitar la frontera triste, el momento exacto en el que Mecha pensó que era posible y en el que vio que no, que era mejor fingir. La Humana no dice nada. Egoísta, se regodea en su propio cuerpo capaz, en la calma irreconocible de haber recuperado lo suyo. Abre un ojo y la mano de Mecha ya repta por la mesilla, agarra las pastillas, la botella de vino, traga y bebe. Mecha, Mecha. Insaciable. *Tómate dos que hay que celebrar.* Se ríe con los ojos brillantes. Y la Humana, aunque siente que merece la pena aprovechar ese momento de calma real, obedece como diciendo que sí a Piti en la cabaña, la cueva luminosa que hacían las manos ahuecadas en torno al fuego del mechero que prendía dos cigarros. *Toma.* El filtro siempre un poco mojado de saliva. Agarra las pastillas que Mecha le tiende, cogiéndolas directamente con la boca de la palma de su mano, como un animal. Bebe el vino, que se derrama por su barbilla y su pecho y que Mecha lame riéndose. La Humana alarga el brazo para coger el móvil tirado a un lado de la cama. Escribe:

Qué haces, zurrina

Piti responde inmediatamente.

¡Zurrina! ¿Qué es de ti? ¿Cómo va por el campito?

Le sorprenden los signos de interrogación y exclamación. Apertura y cierre. Quizá Piti tenga tiempo de entender su historia. Piti, chiflido en el pecho, ventolín, besos en la cabaña, una amistad persistente, podrá entender que la Humana se haya diluido unos años en una vida vampírica que la alejó de cualquier tipo de luz. No es capaz de decirle que llevan un año viviendo en la misma ciudad. Se lo dirá. Un día, cuando quede con ella. Pronto.

Mientras se rinde al sueño narcótico, como un golpe en la nuca que acaricia, siente un beso dulcísimo de Mecha, la lengua recorriendo su boca, acariciando sus párpados, sus mejillas, un abrazo inmenso que le llena la espalda. Después la oye reptar fuera de la cama. Vuelve con algo, suena una cremallera, saca cosas que tintinean, le quita los calcetines, toma sus pies entre las manos.

Diez
La Perra

> Para obtener un can sagrado hay que
> emprender largos viajes.
>
> MARIO BELLATIN, *Placeres*

Despierta. El cerebro de corcho, lento. La boca seca. Mecha no está. Tampoco la maleta verde. Queda un rastro de camisetas de licra, su pijama enredado entre las sábanas. *¿Mecha?* Tiene dos llamadas perdidas en el móvil. La chica de la protectora. Y un wasap de Wendy.

Ya el jodido viejo colgó los tenis
Ya puede estar tranquila la vieja

Se incorpora de golpe, lista para perseguir. Siente un dolor agudo en los pies. Tiene las uñas pintadas de negro con un reborde dorado. Los talones están en carne viva, rosados, rozados hasta alcanzar la suavidad y un poco más allá. *¿Mecha?* No sabe qué es lo que le encoge así el alma, si el dolor de sus pies en pulpa, pedicurados hasta casi la sangre, regalo de despedida que no sabe si ha salido mal o bien, o volver a decir su nombre en vacío. *Mecha.* Casi no puede caminar. Pero tiene que ir a buscar a Cima. La urgencia pisa la pena. Se viste con lo primero que agarra, las lágrimas saltadas. Camina de puntillas, sin apoyar los talones. No hay tiempo para el dolor.

En la encimera, un plato de manitas de cerdo. Muerte y amor.

Camina por la calle inclinada hacia delante. Sólo puede hacerlo a pasos cortos. Así, encorvada de dolor, ve que no lleva las zapatillas de velcro, sino unos zapatos rojos, dejados de lado durante meses. Los cordones están atados, pero no recuerda el momento en que se los anudó. Le pesa el alma como un ladrillo. Mecha fumando, planchándose el pelo. Sus besos desesperados. Mecha diciendo aborigen en lugar de vorágine, autogestión en lugar de sugestión. Se detiene un momento. *Criatura*, se alienta. Tiene que seguir. Respira hondo, suspira como Cima al tumbarse sobre su ropa sucia, sus ojos amarillos mirándola. Sólo tiene que continuar ese camino que duele, llevar la ofrenda a la ermita por el camino nevado, seguir aunque no se pueda. Se le quiebra el gesto de dolor y dentera. *No pongas esa cara, que era muy bonito. Había que llevar la hogaza más grande que hiciera tu madre.* La Abuela masticando un azucarillo. No puede. Se dobla hacia delante, camina a cuatro patas. Ve el suelo igual que lo vería la Perra. Colillas, un chicle, olor a pis superpuesto a otro olor a pis. Suena el teléfono. Otra vez la protectora. Siente la asfixia de estar haciendo las cosas mal otra vez. Descuelga. *Ya voy ya voy. He tenido un problema pero estoy yendo.* Busca, con dedos desesperados, un teléfono de taxis. *A la esquina de Guillermo de Osma con Benito Valderas.* Lo espera en cuclillas.

Mecha, Mecha. Mecha en el bus hacia su pueblo, temblando de amor irreparable. Hace muchos años, en una fiesta, la Humana vio al perro de la casa en la oscuridad, debajo de la escalera. Drogada, expansiva en su amor, se acercó a abrazar a ese perro viejo atacado por la artrosis. La fuerza del abrazo fue dolorosa para el animal, que le agarró la mano. Mordía sin llegar a desgarrar la piel, pero firme, con la presión exacta para que no pudiese hacerle otra caricia fatal. La Humana veía a lo lejos la cocina encendida, llena de cuerpos en pleno cacareo. Estuvo mucho tiempo allí, atrapada por esos dientes. Si no quería provocar un desastre, era mejor estarse quieta, esperando. Calmó al perro, acariciándole la cabeza con la otra mano, hasta que se durmió y soltó la mandíbula. Mecha le ha acariciado la cabeza, ha huido cuando ha visto que todo estaba atado, la Perra con ella, la mandíbula suelta, los pies limados hasta el límite, última nota de huida: *No me busques no vengas no me detengas en el camino a la destrucción.* Los pies inutilizados, última nota de protección: *No se te ocurra ir a buscarlo no te rindas no camines hacia tu destrucción.*

Cuando el taxi llega, el taxista, con la desconfianza y la hartura del caos de la ciudad, la mira con desagrado a través del retrovisor. La Humana le devuelve la mirada bien firme. Se ve en el espejito: el pelo revuelto, la americana de la charla sobre una camiseta de pijama de Mecha. *101 dálmatas* y una teta medio fuera.

¿Pero usted había pedido un taxi o se ha subido así porque sí? ¿Cómo se llama usted?

Le digo mi nombre. Comprueba en su cacharro que soy quien digo ser. Acepta de mal humor. En la radio anuncian que la capilla ardiente del marido de la Vieja estará instalada en el Ateneo. Los tertulianos lamentan su muerte. *Con él muere una época de la literatura en España.* Chasqueo la lengua, maldigo. *Con él muere su puta madre.* El taxista me mira alarmado, frunce el ceño.

En la sala de espera de la clínica esperan dos perros diminutos, dulces, preciosos en despeluche y salvajismo. Dientes de abajo que sobresalen, perros sacatapas. Cuando se alborotan, su dueña, una chica de pelo muy rizado, les hace el chasqueo amansador de calmar a los niños cuando han tenido una pesadilla. *Ven aquí demonio.* Se me acercan como ratones al chorizo. Pregunto sus nombres. *Ella es Chiqui y él es Pistolero.* Pistolero gime, eructa de emoción un regüeldo con olor a pescado.

La puerta se abre y ahí está Cima. La lleva atada con correa una auxiliar de la clínica, pero yo no veo más que a Cima, patas torpes aún por la anestesia, cono de plástico blanco alrededor de la cabeza para que no se muerda los puntos. Su alma va más rápido que su cuerpo y se tropieza, resbalan las uñas negras en su camino hacia mí, que me agacho, me agacho, no puedo agacharme más, tumbada en el suelo frío, Cima sobre mí, tiene unos puntos mínimos en la tripa rasurada, curados con una solución plateada que le futuriza el cuerpo. *Cima Cima Cima* orejas de trapo brillante, ojos amarillos derretidos por verme, el hocico como una babucha blanda se abre en un agujero oscuro que dice uuuuu y me chupa toda la cara. Ojalá compongamos la estampa más ridícula, más cursi, que alguien la mire desde fuera y comprenda que no hay maldición posible. La auxiliar es una voz lejos de nosotras, que ya somos sólo piel humana contra pelo negro: las temperaturas de dos especies formando una tibieza sola.

Te comento: pensábamos que habría hecho sus cositas ya para cuando vinieras pero está muy nerviosa y no hace. Tiene que orinar la anestesia. Igual si la sacas a la acera ahí justo ya orina luego te vuelves firmas esto y ya te podrías ir.

Sus cositas. Oigo lejos, no escucho. Hundo la nariz en su pelo. La cojo en brazos.

Igual conviene mejor que le dejes andar. Y luego vienes y firmas y ya tal.

Salgo a la calle. Respiramos al mismo tiempo. Me lame la barbilla, la boca, los dientes, intenta meterse dentro de mí de puro contenta. Oigo el correr de sus tripas. Su corazón. Yo siento su tum tum, ella siente mi tum tum. Tum tum tum tum tum. Me duelen los brazos de cargarla, pero no importa, los pies arden, pero no importa, las tetas ni las noto. No quiero soltarla. Siento un agua caliente que baja, que sale de ella pero que podría ser mía. Un pis tibio que no para y resbala por mi tripa, mis muslos, mis pies, escribiéndonos encima el único conjuro que sirve.

Agradecimientos

A mis abuelas, Pilar y Juana Rosa. A mi abuelo José. A mi familia, por todos los cuentos.

A María Folguera, primera lectora, gran impulsora de la escritura y detractora de los terrores, bestia compañera que me enseña a ser un animal mejor.

A Yuki, Pino, Dargo, Carbón, Natillas, Willy, Lucero, el Calabozo, la Yaiza, Caballito, Pistolero y Chiqui, Ginny, Rómulo, Billy, Loki, Manchas, Tanizaki, Baba, Patti, Sarnita, Píkara. A todos los animales, imaginarios o no, que me han enseñado la belleza y el horror del mundo.

A mi camada escogida. Tania, Mariquiña, Paula, Javi, Eva, Porcina Griffins-Saudade, Weldon, Mamen, Elías, Aida, Sofía, Ester, Yimit. Gracias por sostener y proteger. Por ser, hablar, contar las mejores novelas, decir los mejores diálogos sin daros cuenta. Sin vosotras ni sería.

A mi editora, Carme Riera. No se me ocurre quién podría haberme pastoreado mejor para que siguiera andando sin salirme del camino.

A María Rodríguez, por guiarme hasta nombrar sin miedo. A Clara Moreno y Begoña Olavarrieta, por nombrar sin miedo. A Carlota Visier y Laura Carrascosa, por dejarme ver que cualquier libro es posible. A Helena Alarcón, por la foto que generó una escena. A Fátima Moreno, por la conversación del dos de noviembre y la cicatriz. A María José Hasta, por la correspondencia diaria. A José Ramón Hernández, por la responsabilidad frente al poder y el don. A Claudia Muñiz, por ser la mejor coach de cubano. A la familia García Huerta, por la Casa del Cantón y los ríos. A Jesús García y Paula Carrillo, por la mano sobre la bestia. A Raquel Ferrández, que me habló de la amígdala cerebelosa caminando por Brion.

A Sara Mesa, Marta Sanz, Mercedes Cebrián, Miguel Ángel Hernández y Sergio del Molino, por sus cartas de recomendación, sus mails y su confianza.

A Horacio Castellanos, por los sabios consejos y por contarme que los perros escribían al mear. A mis compañeres del MFA de Iowa.

A Seña Lugina, Marina Tsvietáieva, Henri Michaux, Lina Meruane, William Carlos Williams, Juli Mesa, Lydia Davis, Teseo Cuadreny, María Sánchez y su abuelo José Antonio Sánchez y Mario Bellatin, por las frases protectoras.

A todas las mujeres de la sala 3.

Y de nuevo a Choche, por ser lo más bello que me ha pasado jamás. Sin tu amor, tu cerebro brillante, tus frases despierto y dormido, las lecturas en voz alta, tu compañía, tu cuidado y tu magia, este libro no habría sido posible.

Y de nuevo a Murcia, por ser lo más bello que me ha pasado jamás. Sin tu aparición mágica, tus ojos, tu vida, tu calor, ese precioso analfabetismo tuyo que tanto me ha enseñado, no sé cómo me habría salvado.

Partes de este libro se escribieron en la Residencia Finestres y Manoir de la Moissie (Nicolás Gaviria, Marcos Giralt, Leila Guerriero, Sierra Forest, Marcel, Luce, gracias por ser, acompañar, cuidar, hablar).

Este libro se terminó
de imprimir en
Móstoles, Madrid,
en el mes de
mayo de 2024

«Para viajar lejos no hay mejor nave que un libro».

EMILY DICKINSON

Gracias por tu lectura de este libro.

En **penguinlibros.club** encontrarás las mejores
recomendaciones de lectura.

Únete a nuestra comunidad y viaja con nosotros.

penguinlibros.club

Penguin
Random House
Grupo Editorial

 penguinlibros